*Zur See* in der Presse:

»Dörte Hansen braucht nicht viele Worte, um einen Menschen zu zeichnen, eine Welt zu entwerfen. Die Bilder im Kopf entstehen sofort, ganz unmittelbar. Definitiv eines der besten Bücher der Saison!«
*Maren Ahring, NDR Buch des Monats 2022*

»Dörte Hansen schreibt mit einer großen Liebe und Zärtlichkeit von der Angst und der Einsamkeit und der Überforderung ihrer Romanbewohner. Es sind Gesellschaftsromane unserer Zeit, die von den modernen Verzweiflungen ebenso viel wissen wie vom Klimawandel und von den drohenden Katastrophen.«
*Volker Weidermann, Die Zeit*

»Es sind eindrucksvolle Figuren, Psychogramme; Menschen, die einem nahe gehen. Dieser Roman besitzt eine erzählerische Wucht.«
*Jürgen Kanold, Südwest Presse*

»Wieder ein großer Wurf der Autorin: eigensinnige Figuren, kleine Bosheiten und tolle Naturbilder.«
*Ariane Heimbach, Brigitte Woman*

Außerdem von Dörte Hansen lieferbar:

*Altes Land*
*Mittagsstunde*

www.penguin-verlag.de

DÖRTE HANSEN

# ZUR SEE

ROMAN

PENGUIN VERLAG

MIX
Papier | Fördert gute Waldnutzung
FSC® C104608

Penguin Random House Verlagsgruppe FSC® N001967

1. Auflage

in der Penguin Random House Verlagsgruppe GmbH,
Neumarkter Straße 28, 81673 München
Umschlaggestaltung: Sabine Kwauka
Umschlagabbildung: Universal History Archive / UIG / Bridgeman Images
Satz: GGP Media GmbH, Pößneck
Druck und Bindung: Nørhaven Book A / S
Printed in Denmark
ISBN 978-3-328-11213-6
www.penguin-verlag.de

*Nobody heard him, the dead man,*
*But still he lay moaning:*
*I was much further out than you thought*
*And not waving but drowning.*

*Poor chap, he always loved larking*
*And now he's dead*
*It must have been too cold for him his heart gave way,*
*They said.*

*Oh, no no no, it was too cold always*
*(Still the dead one lay moaning)*
*I was much too far out all my life*
*And not waving but drowning.*

Stevie Smith,
Not Waving but Drowning

# 1
# *Knochenzäune*

Auf einer Inselfähre, irgendwo in Jütland, Friesland oder Zeeland, gibt es einen, der die Leinen los- und festmacht, und immer ist er zu dünn angezogen für die Salz- und Eisenkälte eines Nordseehafens. Falls er an Herbst- und Wintertagen eine Mütze trägt, bedeckt sie keinesfalls die Ohren. Handschuhe trägt er nie. Zwischen seinen steifen Fingern klemmt, sobald das Schiff an- oder abgelegt hat, eine Kippe. Sein Haar ist lange nicht geschnitten worden, seine Haut von Meerwasser und Alkohol gebeizt, und immer hustet er in seinen ungekämmten Bart und spuckt das, was da hochgehustet wird, ins Hafenbecken. Und immer sieht die Jacke, die er trägt, so aus, als hätte sie den Ahnen schon gehört.

Der Mann, der Leinen los- und festmacht, ist nie freundlich zu den Fremden, die vom Festland auf die Insel fahren. Mit schroffen Gesten weist er beim Verladen ihre Wagen in die Spuren, treibt mit knappen Kopfbewegungen die Fahrradfahrer und die Fußgänger aufs Schiff, die sich wie Schafe von ihm scheuchen lassen.

Der Decksmann friert aus einem Grund, den er wohl selbst nicht kennt. Er tut nur das, was schon die Vorbesitzer seiner Jacke taten: das kleine Frieren üben, weil irgendwann das große Frieren kommen wird. Der große Sturm, die große Flut oder die eine große Welle. Wer dann nicht frieren kann, ist schon verloren.

Und, ja, auch schwimmen kann der Mann an Deck, auch wenn es von den Seeleuten von jeher heißt, sie wollten es nicht lernen. Er hat es früh gelernt, von seiner Mutter.

Dass Festlandfrauen sich in ihn vergucken, kennt er schon. Dass sie ein bisschen in den wilden Bart verliebt sind, in seine alte Seemannsjacke und in den kleinen Ring aus Gold in seinem Ohr, das will er doch stark hoffen.

Für die Dauer einer Überfahrt, für eine Stunde oder zwei, ist er das Standbild eines Inselmannes. Steht an Deck, macht Leinen fest und los und lässt die Messingknöpfe mit dem Ankermuster glänzen. Übt das Frieren, pfeift ein altes Lied. Und Winde wehn.

Sein Vater, seine Brüder, seine Onkel frieren jetzt vielleicht auf einem Krabbenkutter, einem Frachter, einem Seenotrettungskreuzer, einem Ausflugsdampfer, einer Bohrinsel, und alle halten klaglos eine kleine Unterkühlung aus, als müssten sie den Vorfahren Respekt bezeugen.

Sie alle sind die Nachkommen von Männern, die das große Frieren noch beherrschten: Grönlandfahrern, die auf Walfangschiffen in die Arktis segelten.

Und etwas hat sich eingedrückt und auf sie abgefärbt, ist in sie eingesickert von diesen Schiffsjungen und Harpunierern, Steuermännern, Kapitänen, die jedes Jahr vom Frühjahr bis zum Herbst ins Nordpolarmeer fuhren, ihre Kleider niemals trocken, ihre Körper niemals warm.

Irgendetwas in dem Mann, der zu dünn angezogen ist,

erinnert sich an diese Zeit, auch wenn sie schon dreihundert Jahre her ist.

Vielleicht steckt es in den Knochen seiner rot gefrorenen Hand, in seinen Rückenwirbeln, in der Haut auf seiner Stirn, in seinen Blutgefäßen, in den Wurzeln seiner Zähne, seines Bartes.

Und vielleicht glauben das auch alles nur die Fremden, die vom Festland kommen und ihn auf der Fähre stehen sehen, das Original, den waschechten Insulaner, der sie kaum eines Blickes würdigt.

Der Mann, der wortlos seine Gästeherden auf die Inselfähre treibt, ist unter Deckenbalken aufgewachsen, die so niedrig waren, dass er mit fünfzehn schon den Kopf einziehen musste. In einem Haus mit alten Mauerankern und mit Delfter Fliesen an den Wänden.

Der Vorfahr, der es bauen ließ, war noch zwei Handbreit kleiner als die Inselmänner heute, aber ein Großmeister des Frierens: mit zwölf das erste Mal an Bord und dann ein Seemannsleben lang den Sommer nicht gesehen. Vom Kombüsenjungen hochgefroren bis zum Kapitän.

Er baute sich ein großes Haus, ließ seine Initialen in die Wand des Giebels schlagen und um sein Grundstück einen Zaun errichten, nicht aus Holz gezimmert, sondern aus den Kieferknochen eines Grönlandwals.

Von diesem Knochenzaun ist nicht mehr viel zu sehen, nur eine Reihe Stümpfe, schartig und verwittert, die von grünen Algen überwuchert sind. Ein schadhaftes Gebiss, kein schöner Anblick. Aber niemand denkt daran, den Zaun herauszureißen, und am wenigsten der Mann, der jeden Morgen über ihn hinwegsteigt und sich auf den Weg zum

Hafen macht, in einer Jacke, die so aussieht, als hätte sie den Ahnen schon gehört.

Am Abend, nach der letzten Überfahrt, wenn alle Fahrzeuge und Fußgänger das Schiff verlassen haben, geht er von Bord und wartet auf dem Fähranleger drei, vier Zigarettenzüge lang, bis er ein großes Auto kommen sieht. Es ist zu schnell, wie immer, und die Frau im Wagen steuert auf ihn zu, als wollte sie ihn überfahren. Dann bremst sie doch noch, lässt ihm gerade Zeit genug, die Kippe wegzuwerfen, einzusteigen und die Tür zu schließen. Noch bevor er richtig angeschnallt ist, gibt sie wieder Gas. Der Motor heult wie ein gequältes Tier, der Lack des Wagens ist vom Salz der Seeluft ziemlich angefressen.

Sie hat nicht viel Geduld mit Autos und mit Männern, die von Schiffen kommen.

Auf einer Nordseeinsel, irgendwo in Jütland, Friesland oder Zeeland, gibt es eine Frau, die einen Mann von einem Hafen abholt wie von einem Tatort, schnell und schweigend. Lebensretter fahren so, Komplizen eines Überfalls – und Inselfrauen, die nicht mehr an Hafenkanten stehen wollen, winkend, wartend, Ausschau haltend nach dem Schiff, das kommen wird oder auch nicht, nach Messingknöpfen, Bärten und verfrorenen Gesichtern.

Sie steigt nie auf der Inselmole aus, sie bleibt am Steuer ihres Wagens sitzen, ganz egal, ob er nur einen Tag auf See gewesen ist, zwei Wochen, sieben Monate, ein Jahr. Und wenn er wieder fährt, macht sie es ebenso: nicht aus dem Wagen steigen und nicht winken. Motor laufen lassen und den Mann absetzen wie ein Stück Expressgut. Schiffe geh'n und Schiffe kommen, und das Abschiednehmen, das Willkommenheißen muss man beiläufig erledigen, gleichmütig wie die See, die immer da ist, aber auch auf keinen wartet.

Es gibt für einen Mann, wenn er von einem Schiff nach Hause kommt, nie eine Zeit der Schonung. Kein Essen in der guten Stube, von den feinen Goldrandtellern. Nach einem Abendbrot am Küchentisch spült sie die alten Tassen mit dem Zwiebelmuster und wirft ihm das Geschirrtuch zu.

Die Frau, die nicht an Hafenkanten winkt, bewahrt in ihrem Haus die Dinge auf, die alle Kapitänsfamilien hüten: Seemannskisten und Sextanten, Kompasse und Messingzirkel, Seefahrtsbücher. Nachlässe der Väter, Brüder, Ehemänner, ihre handgeschriebenen Berichte von entbehrungsreichen Reisen. Von den Schiffen, die sie liebten, und den Walen, die sie töteten, von Mast- und Knochenbrüchen und Erfrierungen und schweren Stürmen, alles glücklich überstanden. Es sind die Chroniken der Überlebenden und Tüchtigen, die in den Seemannskisten liegen, und in den guten Stuben stehen ihre Ablassgaben, von großen Fahrten mitgebracht, um Frauen, die zu lange warten mussten, zu besänftigen: blauweißes Teegeschirr aus Porzellan, durchscheinend wie Papier, und Silberschalen, nie benutzt. In den Vitrinen ausgestellt wie glänzende Pokale, die für Treue oder Tapferkeit verliehen wurden.

Irgendwo in diesem Haus, verborgen unter Deckenbalken, hinter Maurankern oder alten Fliesen, in den Ritzen eines Knochenzauns vielleicht, müssten auch noch die Geschichten sein, die nicht geschrieben wurden: die Erinnerungen der Ertrunkenen, von einem Mast Erschlagenen, Verschollenen, Erfrorenen und an Skorbut Gestorbenen.

Und in den Wäschetruhen, tief versenkt, die Nachlässe der Seemannsfrauen: Chroniken des Wartens und Alleinseins, der Winterhochzeiten, des Kindersterbens und der Witwenschaft, vermutlich eingestickt in Taufkleider und Bettbezüge, eingenäht in Trachtensäume, eingeklöppelt in die Spitzendecken, für die Töchter.

Die Frau bewahrt auch diese Dinge auf.

Es könnte sein, dass ihre Ungeduld ein Erbstück ist von Müttern, die ihr halbes Leben lang ein Weltmeer zwischen sich und ihren Männern hatten. Und dass ihr Haus in einem alten Rhythmus atmet: schwer im Frühjahr, schnell im Sommer, kurz im Herbst und tief im Winter, wie der Mann, der es gebaut hat, und die Frau, die ihn im Februar in Richtung Eismeer segeln sah, im Juni auf den Heufeldern gebraucht hätte und im Oktober auf ihn wartete, mit einem neuen Kind im Arm. Wenn es ein Mädchen war, bekam es mit der Muttermilch wohl schon die Antikörper gegen alle Krankheiten des Wartens.

Das alles weiß man nicht. Ob sich das Frieren und die Ungeduld vererben, wie der Atem eines alten Hauses geht und wo sich die Erinnerungen der auf See Gebliebenen verbergen, das alles fragen sich vielleicht nur Menschen, die zu lange mit den Händen in den Taschen an der See gestanden haben. Sie wirft dann Fragen an den Strand wie Muscheln oder kleine Stöcke. Ein altes Spiel der See, die meisten spielen mit.

Die Frau, die jeden Abend schnell und schweigend einen Mann von einem Schiff abholt, hält nichts von Händen in den Taschen, und sie bückt sich nicht nach Muscheln, Steinen oder Stöckchen.

Am rechten Mittelfinger trägt sie einen Ring mit einem gletscherblauen Stein, den ihr vor vielen Jahren einer mitgebracht hat. Auch eine dieser Ablassgaben, hochkarätig, die sie aber nicht besänftigt hat, im Gegenteil. Er war von Anfang an ein bisschen groß, sie trägt ihn trotzdem alle Tage, weil er schön ist und sie findet, dass sie ihn verdient hat. Seemann geht, Gold besteht. Beide Hände fest am Steuer, fährt sie abends Richtung Hafen, etwas Puder im Gesicht und etwas Lippenstift, die Kleider selbst genäht, aus guten Stoffen. Keine Landfrau, keine Stadtfrau, eine Inselfrau, die ihren Sohn vom Hafen holt.

Den Ältesten, der schwimmen kann und trinken muss.

Es gibt auf einer Insel kein Geheimnis. Man kann sich hinter Knochenzäunen nicht verstecken, wenn die Nachbarn und Verwandten seit Jahrhunderten die Augen- und die Ohrenzeugen des Familienlebens waren. Alle sehen es, wenn Hanne Sanders Ältester von seinen Hafenkneipentörns nach Hause schlingert. Sie hören, wie er singt und lacht und flucht und in die Hecke aus Kamtschatka-Rosen kotzt. Und alle wissen, dass sich Ryckmer Sander, Sohn von Jens und Enkelsohn von Henrik, Urenkelsohn von Ove und so weiter, langsam, aber konsequent von der Kommandobrücke eines Tankers auf einen Nordseependelkahn herabgesoffen hat. Vom Kapitän auf großer Fahrt zum Decksmann, der auf einer Inselfähre durch das Küstenwasser schippert und noch ein bisschen Seebär spielt für die Touristen, die sich von ihm scheuchen lassen. Sie kaufen ihm die Schweigenummer ab, den wilden Bart, das grimmige Gesicht und diese alte Seemannsjacke. Die Fremden lassen sich ganz gerne blenden von den Messingknöpfen mit dem Ankermuster und dem Ring in seinem Ohr. Ein Ryckmer Sander passt in ihren Nordseeurlaub wie der Austernfischer und der Seehund und die Kutterscholle.

Sie merken nicht, dass ihr Original nur eine gut gemachte Fälschung ist.

Der Inselfährenreeder weiß, wie es um seinen Decksmann steht, auch seine Ahnen waren Grönlandfahrer. Man sitzt hier seit Jahrhunderten in einem Boot, und darum schickt man einen Ryckmer Sander nicht von Bord, auch wenn er manchmal nicht ganz sicher auf den Beinen ist. Den Poller trifft er noch.

Und Hanne Sander sorgt dafür, dass er am Morgen jedenfalls noch nüchtern ist, bis er zur Fähre kommt. Mehr kann die Mutter eines Trinkers nicht versprechen. Sie kann nur hoffen, dass er nicht im Bordbistro schnell eine halbe Flasche Küstennebel kippt oder ihm einer seiner handzahmen Passagiere einen Grog ausgibt, man weiß es nie, sie nimmt es, wie es kommt. Sie ist nur schwer zu überrumpeln.

Auf allen Inseln gibt es Frauen, die man nicht erschrecken kann, weil sie in ständiger Bereitschaft leben. Hanne Sander ist zu jeder Zeit auf Springfluten gefasst, auf schwere Stürme und auf Männer, die nach Hause kommen, volltrunken oder nüchtern, mit gletscherblauen Steinen oder ohne.

Ihr Kofferraum ist groß genug, um Lebensmittel für vier Wochen einzukaufen, und in ihrem Haus gibt es zwei Tiefkühltruhen. Sie bräuchte nicht zu hungern, wenn die Insel für ein halbes Jahr vom Festland abgeschnitten wäre. Was immer ihr die Nordsee vor die Haustür spülen mag – Seefahrer, Schiffbrüchige, Sommergäste –, ihre Betten sind bezogen, ihre Vorratsschränke immer voll. Es fehlt an nichts in ihrem Haus, und trotzdem sieht man ihren alten Kombi mit den Salzrostflecken jeden Morgen in der Stadt, weil Hanne Sander etwas zu besorgen hat.

Es gibt nur eine kleine Stadt auf dieser Insel, nicht viel mehr als ein paar Einkaufsstraßen, die wie die Finger einer Hand am Hafen hängen. Eine Strandkorbpromenade, eine Waffelbude, ein paar Krabben- oder Backfischstände und ein Eiscafé, das in der Nachsaison zu einem Tee- und Kerzenladen wird. Regenjacken, Möwenbecher und Piratenflaggen in den Läden, eine Bernsteinschleiferei und ein paar Restaurants und Kneipen, allesamt zu Schiffskajüten umgetakelt. Messinglampen in den Sprossenfenstern, an den Wänden Fischernetze, auf den Tischen Treibholzkunst und vor den Türen alte Bojen oder Schiffslaternen. Seemannslieder aus der Stereoanlage, und alle Tresenkräfte tragen Fischerhemden.

Hanne Sander wüsste nicht, was sie in einer Hafenkneipe soll. Sie ist auch nicht gemacht für eine Inselpromenade, das Geschlurfe und Geflatsche dieser Badeschuhe, all die Hände in den Taschen. Meistens meidet sie die Innenstadt und fährt auf der Umgehungsstraße von der Hafenmole bis zum Inselsupermarkt. Sie steuert gar nicht erst den Parkplatz an, hält vor der Eingangstür am Straßenrand, zwei Reifen auf dem Fußweg, Blinker eingeschaltet, und die Frauen an der Kasse wissen schon Bescheid, wenn sie den Kombi sehen.

Sechs Flaschen Bier abzüglich Pfand für die sechs leeren Flaschen, die sie morgens wieder abgibt. Es ist die Tagesdosis eines Mannes, der den Poller treffen muss.

Ryckmer Sander trinkt die erste noch im Wagen auf dem Weg nach Hause, wenn sie ihn abends von der Fähre holt. Sobald er eingestiegen ist, nimmt er den Öffner aus dem Handschuhfach, reißt seine Flasche auf und trinkt, als hätte er die Wüsten dieser Welt durchwandert.

Sechs Flaschen sind ein Witz für einen Mann, der sich betrinken will. Sie reichen allenfalls für eine Halbbetäubung zwischen Feierabend und dem frühen Morgen.

Aber er weiß, dass er das ganze Haus durchsuchen kann, die Seemannskisten und die Wäschetruhen und den Garten mit dem Knochenzaun, und er wird nirgends eine siebte Flasche finden. Auch keinen Fingerbreit Likör und keine Weinbrandbohne mehr, keine Rumrosine irgendwo im Küchenschrank. Er weiß es, weil er viele Nächte lang gesucht hat. Er trank die Schwedenkräuter seiner Mutter, aß die Madeirapflaumen aus dem Backregal und löffelte drei Gläser Calvadosgelee, die sie von einem Gast geschenkt bekommen hatte. Dann gab es ein paar klare Sätze in einer Nacht am Küchentisch – und einen Schwur, wie ihn wohl jeder Trinker hundertmal geleistet hat.

Nur hat nicht jeder Trinker eine Mutter, die wie Hanne Sander ist. Die ihrem Sohn fünf Tage in der Woche seine Flaschen rationiert und ihn an freien Tagen trinken lässt, bis er auf allen vieren an den Knochenzaun gekrochen kommt.

Er trifft den Poller noch.

Auf allen Inseln gibt es einen, der die Sagen kennt, die alten und die neuen Mythen, all die wahren, halbwegs wahren, frei erfundenen Geschichten über diese See, die Menschen, ihre Schiffe, ihre Angst. Er muss sie weitersagen, ob er möchte oder nicht, denn die Geschichten suchen den Erzähler aus, nicht umgekehrt.

Auf dieser Insel ist es Ryckmer Sander, der die Sagen kennt.

Er kann die Stürme auseinanderhalten wie andere Menschen Vogelstimmen. Er weiß, wann sie nur spielen wollen, nur ein bisschen toben oder grölen. Und wann man sie persönlich nehmen muss.

Seit vielen Jahren führt er Buch und zeichnet Wind und Wasserstände auf. Er kann, wie eine lange, schreckliche Ballade, alle schweren Nordseefluten der vergangenen tausend Jahre aufsagen. Er kennt die Namen aller Orte, aller Kirchen, die versunken sind, die Namen aller Inseln, die die See zerrissen und verschlungen hat.

Es sieht nicht gut aus, findet er. Da kommt noch was.

Manchmal, wenn die Nacht sehr still ist und die Bierbetäubung zu früh nachgelassen hat, ist Ryckmer Sander sich fast sicher, dass er vom Meeresgrund die Kirchenglocken hören kann und auch die Stimmen der Ertrunkenen. Sehr alte Stimmen, manchmal singen sie, oft ist es nur ein Murmeln oder Raunen.

Das wäre schon genug, um einen Inselmenschen wach zu halten.

Und da ist noch etwas, das er sehr gern vergessen und hinunterspülen will, wenn er in seinem alten Kapitänsbett liegt: Er hat, auf der Kommandobrücke eines Tankers stehend, eine weiße Wand gesehen – die eine große Welle, die ein Seemann selten überlebt und nie wieder vergisst.

Für die er, ohne es zu wissen, in der Jacke seiner Ahnen friert.

Ryckmer Sander findet, dass er zu viel weiß, um nüchtern

einzuschlafen. Er wüsste gerne ein paar Dinge weniger – oder Dinge, die ihm jemand glaubt.

Kirchenglocken, alte Stimmen, weiße Wände – alles viel zu tief und viel zu hoch, um wahr zu sein. Die Grenzen zwischen Rausch, Hellhörigkeit und Wasserfühligkeit sind fließend, und er schwimmt.

Man sollte meinen, dass ein Mensch das Weite sucht, wenn er auf einer Insel aufgewachsen ist. Dass er, sobald er flüchten kann, den kleinen Brocken Land verlässt, der da halb abgesoffen in der Nordsee liegt. Was hat er da verloren? Er ackert auf versalzten Böden, die doch bald im Meer versinken werden, und lässt sich von den Stürmen prügeln. Schickt seine Söhne in das Eis, lässt sie im walblutroten Meer ertrinken, wenn sie nicht vorher schon erfroren sind. Er meißelt ihre kurzen Lebensläufe in die Grabsteinplatten, schickt den nächsten Sohn und dann den übernächsten. Einer wird wohl wiederkommen, mit Silberschalen im Gepäck und einer Ladung Kieferknochen.

Und warum baut sich dieser Sohn, der nicht im walblutroten Meer ertrunken ist, sein Haus dann wieder hier, auf dieser Insel, die schon halb der See gehört? Und warum gibt es hier noch eine Frau für ihn, die wartet und das schlechte Land allein beackert, die Stürme übersteht und ihre Söhne in das Eismeer schickt?

Ohne Not fährt niemand zu den Walen, aber keine Not scheint jemals groß genug zu sein, um einen Inselmenschen auf das Festland zu vertreiben.

Es gibt auf einer Insel eigene Naturgesetze, eine andere Art der Schwerkraft und der Anziehung vielleicht. Gezeitenströme, die noch nicht verstanden werden. Einen unerforschten Sog, dem Heimweh ähnlich, aber stärker.

Ein Mensch, der hier geboren ist, kehrt irgendwann zurück, lebendig oder tot, egal, wie weit er segelt und wie lange er verschwunden bleibt, so lautet ein Gesetz der Insel.

Und für die meisten gilt es noch. Nur wenn sie jung sind, wagen sie den Sprung aufs Festland. Manche bleiben dann und leben mit dem Heimweh wie mit einem Rheuma, das in Schüben kommt und geht.

Hanne Sander hat in ihrem Haus vier Fremdenzimmer, die sie jeden Morgen lüftet. Sie putzt die Fenster oft, weil ihre Scheiben sonst von Salz und Sand erblinden.

Alle Betten sind bezogen, aber es hat lange niemand mehr darin geschlafen, weil ihre Zimmer alt sind und mit schweren Möbeln eingerichtet, ohne Fernseher, das Bad im Flur.

Sie stammen noch aus einer Zeit, als man Touristen »Badegäste« nannte und wie Verwandte unterbrachte, Familien aus dem Rheinland oder Schwaben, die jeden Sommer wiederkamen und mindestens zwei Wochen blieben. Sie buchten Vollpension und aßen das, was Hanne ihnen morgens, mittags, abends auf die Teller legte, sie durften manchmal in der guten Stube auf dem Sofa sitzen. Man spielte Karten mit den Gästen, lachte über ihre Art zu sprechen, kannte die Geburtstage der Kinder. Sie schickten Weihnachtskarten.

Manche schreiben heute noch, und hin und wieder kommen sie vorbei, auf einem Mietfahrrad, wenn sie in einem der Hotels am Strand drei Tage Wellness machen. Trinken Tee an Hannes Küchentisch, erinnern sich an all die schönen Inselsommer, erzählen von den Enkelkindern, und dann radeln sie zurück zu ihrem Spa mit Nordseeblick.

Manchmal wohnen in den alten Zimmern noch Studenten, die aus irgendeinem Grund die Inselsprache lernen wollen. Professoren schicken sie mit Wörterlisten, und die jungen Leute klappern dann vier Wochen lang die Häuser ab und hoffen, dass noch irgendwo ein Seemann lebt, eine alte Hebamme oder ein zahnloser Krabbenfischer, der ihnen ein paar Sätze dieser fast verstummten Nordseesprache in die Mikrofone nuscheln kann. Irgendwann erbarmt sich Hanne Sander meistens, setzt sich an den Tisch mit ihnen, spricht ihnen die alten Inselwörter für »Strandhafer« oder »Seeschwalbe« in ihre Aufnahmegeräte, und beim Frühstück fragt sie die Vokabeln ab für »Brot« und »Ei« und »Milch«.

Die beiden Musiker, die viele Jahre lang von Juni bis September bei ihr wohnten, sind dieses Jahr nicht wieder aufgetaucht. Gábor und Zsófia, Bassist und Sängerin der ungarischen Kurkapelle, sie wollten jedes Jahr dasselbe Zimmer.

Nur in den Sommerwochen waren sie ein Paar, dann reisten sie getrennt zurück zu Mann und Frau und Kindern, und Hanne hat sich jedes Mal gefragt, wie sie zu Hause wohl empfangen worden sind. Ob jemand sie erwartet hat mit einem Blumenstrauß und einem Fest. Ob ihnen ein Geschirrtuch zugeworfen wurde nach einem Abendbrot am Küchentisch.

Und ob es anders ist, auf einen Musiker zu warten als auf einen Seemann, der sich ein Kreuz, ein Herz und einen Anker in die Haut gestochen hat.

Der Glaube ist ein krankes Kind, die Liebe ist ein Biest. Die Hoffnung ist nicht tot zu kriegen.

Die Sehnsucht auch nicht, jedenfalls nicht ganz. Wenn in den kalten Monaten der Himmel wie versteinert über dieser

Insel liegt, die See so stumpf und räudig wie ein Rattenfell, träumt Hanne manchmal von der Welt, die nicht an einem Hafen endet. Wie anderen Menschen in bestimmten Wetterlagen die Gelenke schmerzen, brennt bei ihr ein altes Fernweh. Nach Hügeln oder Wäldern, warmem Licht. Nach Kleidern, die auf Inseln nicht getragen werden.

Sie hätte es wie ihre Schwester machen können, durchbrennen mit einem Badegast – und dann mit ihren Heimwehschüben leben. Aber das tut man nicht, wenn man Jens Sander haben kann.

Und Hanne hängt an diesem Brocken Land, sie weiß nur manchmal nicht, ob dies noch ihre Insel ist.

Vielleicht gehört sie längst den Wellenreitern und den Wolkenmalern, den Nacktbadern und Muschelsuchern – oder den Eintagsfliegen, die in Schwärmen jeden Tag vom Festland kommen, eine Inselrunde mit der Pferdekutsche drehen, Kaffee trinken in der Leuchtturmstube, weiterzuckeln Richtung Inselkirche, Vogelkoje und Museum, einmal kurz die Promenade rauf und runter, Abendessen im *Klabautermann* und mit der letzten Fähre wieder auf das Festland, wo die Reisebusse auf sie warten. Oder den Ausgebrannten und Asthmatikern und den Erschöpften in den Mutter-Kind-Kur-Heimen. Den Gestressten, die sich eine »Auszeit« gönnen, zwei, drei Nächte lang im neuen Strandresort.

Alle Inseln ziehen Menschen an, die Wunden haben, Ausschläge auf Haut und Seele. Die nicht mehr richtig atmen können oder nicht mehr glauben, die verlassen wurden oder jemanden verlassen haben. Und die See soll es dann richten, und der Wind soll pusten, bis es nicht mehr wehtut.

Hanne Sanders Badegäste kamen und sie gingen wieder.

Im Sommer teilte man den Strand, die Seeluft und den Wind mit ihnen, und im September klopfte man die Fremden ab wie Sand von einem Kleid – auch das war ein Gesetz auf dieser Insel, so verlässlich wie der Zug der Vögel.

Es gilt nicht mehr, die Leute bleiben jetzt. Sie werfen sich in Winterstürme wie in Achterbahnen, feiern die brutale See für ihre Wildheit, sie möchten Sturmfluten erleben und zahlen ein Vermögen für ein Haus mit Delfter Fliesen und den Initialen eines Grönlandfahrers in der Giebelmauer.

Hanne Sander schließt am Abend ihre Stubentür, wenn sie die Flüche und Verwünschungen von oben hört, das Poltern eines Menschen, der den Poller treffen muss. Sie ist gefasst auf alles, wartet aber nicht. Sie macht es wie die See, die immer da ist.

# 2
# *Federlos*

Man muss, wenn man auf einer Insel leben will, die Tagesränder suchen. Die Dämmerzeiten zwischen Tag und Nacht, die frühen Nebelmorgen und die späten Regennachmittage. Man muss am Strand, beim Bäcker und im Supermarkt gewesen sein, bevor die erste Fähre mit den Bustouristen und den Fahrradfahrern kommt. Und man muss warten, bis die Abendfähre weg ist, wenn man allein auf einem Inselfriedhof stehen will.

Nach zwanzig Jahren Dienst in einer Seemannskirche fällt ihm kaum noch auf, dass seine Tage nach dem Schiffsfahrplan getaktet sind. Die Pendelfähre ist das Metronom, nicht nur für ihn, für alle Inselleute. Er hat das Leben an den Rändern hier gelernt.

Erst wenn der letzte Tagesgast sich sein Memento mori bei den alten Seemannsgräbern abgeholt und vor den Kreuzen der Ertrunkenen und Namenlosen kurz geseufzt hat, erst wenn die schwere Friedhofspforte krachend hinter ihm ins Schloss gefallen ist, beginnt die Tageszeit der Hiesigen. Die Zeit der Harkenden und Gießenden, der Trauernden und nicht mehr Trauernden, der Orgelschüler, die noch eine Stunde üben müssen. Die Tageszeit der Schwalben, die endlich freie Schwünge zwischen Kirchendach und Friedhofshecke fliegen können, ihr Gezwitscher unbekümmert wie das Lästern seiner Konfirmanden, wenn sie nach dem Unterricht vergessen, dass er sie noch hören kann.

Die Zeit des Inselpastors, der nach dem Abendsegen und dem letzten Händeschütteln noch ein paar Minuten an der Feldsteinmauer lehnen will, die Augen zu, ein abgeschminkter Komödiant nach seinem letzten Vorhang.

Im Sommer strömen die Besucher schon um zehn Uhr morgens Richtung Inselkirche, um den Taufstein aus dem vierzehnten Jahrhundert zu besichtigen, das Votivschiff und die alte Kanzel – und ganz sicher wollen sie dann keinen Pastor sehen, der in verschwitzten Laufklamotten um die Kirche rennt. Der Privatmensch muss verschwunden sein, bevor die Fremden kommen.

Weg mit den Joggingschuhen, weg mit dem Ehemann, dem Vater und dem Sohn Matthias Lehmann, weg mit dem leisen, seltsamen Geräusch in seinem Kopf. Er hört es jetzt auch schon beim Laufen, weg damit. Her mit dem Gottesmann.

Von Juni bis August ist Hauptsaison, auch für den Pastor, denn die See, der Wind, die freie Zeit, sie werfen Fragen auf. Reizklima bringt die Menschen aus der Ruhe.

An vielen Sommertagen steht er zweimal in der Kirche, eine Kurzandacht zur Mittagszeit, ein kleiner Abendsegen mit Musik. Seit seine »Seelensnacks im Inselkirchlein« auf der Website des Verkehrsvereins als Ausflugstipp gelistet werden, hat er im Juli oft noch mehr Besucher als im Weihnachtsgottesdienst.

Vorausgesetzt, das Wetter ist nicht allzu schön, sonst beten seine Urlaubsfrommen nur die Sonne an und feiern ihren Untergang am Abend Weißwein trinkend an den Stränden.

Auch allzu schlechtes Wetter ist ein Hindernis, denn wenn es regnet, sind Touristen für die Frohe Botschaft nicht empfänglich. Sie wollen dann nur, dass der Himmel aufreißt. Manche raffen sich vielleicht noch ins Museum auf, um sich die Trachten und Harpunen anzusehen, oder schleppen sich zum Kursaal, wo sie vor dem Sturmflutfilm ein bisschen dösen können. Die meisten aber schmollen wie Betrogene in ihren Unterkünften, bis der Regen endlich aufhört.

Die kühlen, leicht bewölkten Sommertage sind die besten. Seelenhungertage.

Er weiß, dass sie auch seinetwegen in die Kirche strömen, dass manche ihn den »schönen Pastor« nennen oder den »Impresario des Herrn«, wie eine Zeitung einmal schrieb. Und warum nicht? Er hat die Gabe, Menschen zu begeistern, aufzuschließen, sie zum Glauben zu verführen, und er nutzt sie. Immerhin ist er noch nicht so selbstbesoffen, dass er denkt, es läge nur an seinem Charisma und seinen schönen Augen.

Es ist auch dieser Ort, der etwas mit den Leuten macht.

Kein Mensch kann ungerührt in einer Inselkirche sitzen, die siebenhundert Jahre lang den Stürmen standgehalten hat, den schwersten Fluten. Und alle atmen tiefer, wenn sie bei den Kreuzen für die Angespülten, Heimatlosen stehen, die Nordsee vor sich und die Friedhofsschwalben über sich. Dann braucht es gar nicht mehr die Axt für das gefrorene Meer in ihnen, dann reicht dem Inselpastor schon die Feile.

Beim ersten Ton der alten Orgel hat er sie. *Geh aus, mein Herz*.

Er feiert diese Viertelstunden, strahlt in ihre Sonnenbrandgesichter, streicht ein wenig Öl auf ihre aufgerauten Urlaubsseelen, spielt mit Worten und mit Bildern, die er morgens an der See gesammelt hat. In jeder Muschel, jedem Sandkorn, jeder Möwenfeder findet er die Handschrift seines Schöpfers und die große Kraft, von der er sich getragen fühlt, auch durch die langen Sommertage, wenn er am Abend heiser ist und leer und nur noch stumm an seiner Kirche lehnen will.

Er hat das so gewollt, er will es immer noch: sich jeden Tag verschwenden. Funken schlagen, leuchten! Diese Insel ist sein Kraftwerk, und er dankt dem göttlichen Betreiber jeden Tag dafür, dass er hier leben darf, mit einer Energie gesegnet, die er nicht allein verbrauchen kann. Er muss und will sie teilen, und in den Sommerwochen gibt er alles. *Vom Aufgang der Sonne bis zu ihrem Untergang.*

Lange vor der ersten Fähre steht er auf und macht sich auf den Weg zum Strand, egal, wie schlecht das Wetter ist.

Die Inselleute haben sich an ihren joggenden Pastor gewöhnt. Nur selten macht noch ein Gemeindeglied den alten Scherz und fragt, wovor er wegläuft, ob er etwa auf der Flucht sei. Er gibt dann jedes Mal dieselbe alte Antwort, die sich auch wie ein Scherz anhört, obwohl sie ernst gemeint ist: »Ich bring mich nur vor euch in Sicherheit!«

Ein Pastor kommt nicht weit, wenn er spazieren geht, vor allem nicht auf einer Insel. Ein schlendernder Pastor ist leichte Beute für all die Einsamen und Angeknickten, chronisch Kranken, frisch Verwitweten, Verlassenen und Lebensmüden, die ihm unterwegs begegnen. Ganz zu schweigen von den Herrschaften und Damen aus dem Orgelbauverein, dem Kirchenchor oder dem Bibelkreis, die ihrem Pastor jederzeit sehr viel zu sagen haben. Egal, wo sie ihn treffen oder wann, sie ziehen ihn in ihre langen, weit verzweigten Monologe, und er muss sehen, wie er wieder rauskommt.

Nach all den Jahren weiß er immer noch nicht, wie man schnell und elegant aus einer ungewollten Unterhaltung aussteigt. Ein Sprung von einem Karussell in voller Fahrt – so enden die Gespräche oft bei ihm.

*Klarheit. Fokus. Grenzen setzen.* Katrin hat versucht, ihm ein paar Stoppsignale beizubringen, die bei den Elternabenden und in den Konferenzen ihrer Schule immer sehr gut funktionieren. Sie findet, dass er die Gemeinde schlecht erzogen hat. *Du lässt den Leuten zu viel durchgehen, Matthias.* Aber er kann doch eine Witwe, deren Mann er gerade erst beerdigt hat, nicht bitten, mal zum Punkt zu kommen. Und einem Menschen, der vor Einsamkeit schon krank ist, nicht noch Grenzen setzen. Er ist nicht Trainer einer Hundeschule, er ist Pastor. Zur Seelsorge berufen, auch wenn Katrin bei dem Wort »Berufung« das Gesicht verzieht wie bei den Ausdrucksfehlern ihrer Schüler.

Die Trennung zwischen dienstlich und privat gehört nicht unbedingt zu seinen Stärken, damit hat sie recht.

Also läuft er, bringt sich in Sicherheit vor seinen Ungetrösteten und Unerhörten, winkt ihnen aus der Ferne zu und rennt vorbei, er muss ja weiter. Erst wenn er sieht, dass er am Strand alleine ist, kein Mensch zu sehen weit und breit, der mit Gesprächsabsichten kommt, hört er mit dem Gerenne auf, lässt sich in den Spaziergang fallen. Schlendert, bis ihm kalt wird in den Sportklamotten. Dann trabt er wieder an.

Es wird allmählich ruhiger auf der Insel. In den Zweigen seiner Apfelbäume sind die Spinnennetze schwer vom Tau, wenn er am frühen Morgen durch den Garten geht, und in der Rosenhecke halten sich die Blüten und die Hagebutten jetzt die Waage. Der August ist schon vorbei, und er ist froh darüber.

Die Pforte quietscht, wenn er sie öffnet, jeden Tag ein bisschen mehr. Sie prangert an, dass sie auch diesen Sommer nicht gerichtet und gestrichen worden ist. Er schließt sie hinter sich und lässt die Hand kurz auf dem ausgelaugten Holz, streicht mit dem Daumen über ihre Maserung, bis ihm bewusst wird, was er da gerade tut. Er tröstet eine Gartenpforte. *OMG*, wie seine Konfirmanden sagen würden.

Katrin wird es auf die Liste der Pastorenmacken setzen, wenn er ihr davon erzählt. *Déformation professionnelle!* Sie liebt solche Berufskrankheiten, sammelt sie wie andere Leute Schmetterlinge – und weiß, dass dieses Listenführen ihre Macke ist, die Deformierung eines Lehrerinnenlebens. Katrin kann noch lachen über sich, das können im Kollegium nicht viele. Sie konnten immer lachen miteinander, dreißig Jahre lang. Jetzt will sie weg von ihm.

Der erste Kilometer ist der schlimmste. Jeden Morgen ackert er mit schweren Beinen durch den Kirchenweg und dann die Dorfstraße entlang, bis er die Bäckerei erreicht, ein erster kleiner Sieg nach fünf Minuten. Sie hat noch nicht geöffnet, nur die Backstube ist hell erleuchtet. Ihre Fenster sind beschlagen, und die Tür steht einen Spaltbreit offen. Er bleibt für ein paar Atemzüge stehen und lässt sich trösten von dem Duft nach warmem Brot. Ab hier läuft es sich leichter.

Die meisten Häuser sind noch dunkel, keine Schritte auf der Straße außer seinen eigenen, das Dorf wird Jahr für Jahr ein bisschen stiller. Es leben nicht mehr viele Frühaufsteher hier, keine Fischer, Kapitäne, Steuermänner, die jetzt schon zum Hafen müssten. Keine Bäuerinnen, die man bei Tagesanbruch treffen könnte, auf dem Weg zu ihren Ställen oder Feldern.

Er läuft vorbei an ihren alten Häusern, die hinter Rosenhecken dämmern, in der Obhut von Alarmanlagen. Manche sehen noch so aus wie auf den Ölgemälden einer Künstlerkolonie, die hier vor über hundert Jahren lebte. Immer noch dieselben Häuser und dieselbe Kopfsteinpflasterstraße, auch die Nordsee und der Himmel noch wie damals schon gemalt, nur die Menschen auf den Bildern sind verschwunden: Inselfrauen, die in Trachten in den Stuben sitzen, Kinder kämmen, Wolle spinnen, wartend aus den Fenstern blicken. Seemänner mit Bärten, die Harpunen halten, in die Brandung rudern, Pfeifen rauchen. Alle längst begraben auf dem Inselfriedhof oder aufgelöst am Meeresgrund.

Nicht vom Denkmalschutz bewahrt wie ihre Häuser, die mit den reetgedeckten Dächern, den sanierten Giebeln und den frisch gestrichenen Fenstern wieder fast wie neu aussehen, zu schön, um wahr zu sein. Vor zweieinhalb Jahrhunderten von Männern mit Erfrierungen gebaut und jetzt verkauft an Fremde, die vom Inselleben träumen wie die Maler damals.

Die neuen Hausbesitzer reisen mit den Freitagsfähren an, die Autos vollgepackt mit Weinkartons und Feuerholz und Reisetaschen. Sie machen Licht und zünden Öfen an und stoßen sich ein paarmal ihre Köpfe an den Deckenbalken oder schrammen sich die Beine auf an ihren engen Küchenbänken. Bringen Wellenbretter mit und Wetterjacken, Drachen, große Wollpullover, regenfeste Schuhe. Dicke Bücher, die sie abends an den Kachelöfen lesen wollen. Kaufen Fisch am Hafen, laden Freunde ein zu langen Nordseewochenenden. Finden Muscheln, die sie auf die Fensterbänke legen, feiern Sonnenuntergänge, lassen Sand durch ihre Finger rieseln, können ihren Blick nicht lassen von der See.

Ein Jahr, zwei Jahre geht es so, dann kommen sie ein bisschen seltener, nur jedes zweite Wochenende oder jedes dritte, jedes vierte, und dann schlafen sie nachts hinter ihren Giebelfenstern, das Gesicht zur See, und träumen Dinge, die sie nicht erklären können. Atmen alte Träume weiter, liegen wach und fragen sich, warum die Wände knacken. Fürchten sich vor Mäusen, die sie über ihren Köpfen rascheln hören. Stehen auf und suchen warme Decken, machen Wasser heiß für Tee und Kirschkernkissen für die kalten Füße. Sie können ja nicht frieren, nie gelernt.

Und etwas weht sie an, sobald sie auf die Insel fahren. Auf der Fähre merken sie es schon, und anfangs halten sie es noch für eine leichte Seekrankheit. Das ist es aber nicht. Sie spüren es auch später noch, am Strand, am Küchentisch und an den Kachelöfen. Und manchmal, nach der Abendandacht, wenn der Himmel leicht verhangen ist, dann sprechen sie darüber mit dem Inselpastor. Erzählen ihm von der Verkaterung nach einem großen Traum, der wahr geworden ist.

Ein Haus am Meer gekauft. Das Luftschloss festgemacht mit Backstein, Rosenhecke und Alarmanlage. Und dann ernüchtert festgestellt, dass es nicht schwebt.

Sie halten es nie lange aus in ihren Inselhäusern. Nach ein paar Tagen fühlen sie sich wie bei ihren alten Eltern zu Besuch: bloß weg, bei aller Liebe, denn die Alten haben Macken, werden eigen und erzählen immer nur von alten Zeiten.

Man sieht die Träume noch, wenn man vorübergeht an diesen kalten, leeren Häusern, wie man in einem Bernstein manchmal noch ein Tier erkennen kann, sehr schön und still in der Versteinerung.

Er läuft hier, ohne es zu wollen, langsamer und atmet leiser. Kommt sich fehl am Platze vor, wie einer, der durch eine Filmkulisse rennt.

Und jeden Morgen wird er angemahnt von diesen leeren Häusern. Sie erinnern ihn daran, dass er sich um die Eingesessenen zu kümmern hat – auch in der Hauptsaison.

Als Inselpastor hat er zwei Gemeinden, eine große, flüchtige, die seine Seelensnacks und Impresario-Talente schätzt, und eine kleine, bleibende, die einfach will, dass er vernünftig seine Arbeit macht: taufen, konfirmieren, trauen, die Geburtstage der Alten nicht vergessen und auf keinen Fall die Kaffeetafel schwänzen, wenn er sie beerdigt hat.

Er fühlt sich manchmal wie ein Vogel, der die Federkleider wechselt: sommerliches Prachtkleid, winterliches Schlichtkleid, und dazwischen liegt die Zeit der Mauser.

Da ist er jetzt wohl gerade, ziemlich abgerupft nach der Saison, und fragt sich, wie man beides schaffen soll: im Prachtkleid durch den Sommer gockeln und zugleich der redliche Gemeindepastor einer Nordseeinsel sein. Höchste Zeit, das Schlichtkleid anzulegen und mal wieder anzuklopfen bei den Hiesigen.

Die meisten, die in diesem Dorf noch leben, teilen ihre Häuser jetzt mit Fremden, wohnen in der einen Hälfte, während sie die andere vermieten. Sie haben Platz geschaffen für die Gäste, Kippfenster in ihre Dächer schneiden lassen, Gauben eingesetzt, mit neuen Steinen ein paar Meter angebaut für Fremdenzimmer. Im Garten eine Reihe Bäume weggenommen, weil die Touristen auf dem Grundstück parken müssen. Oft reicht das Geld nicht für ein neues Dach aus Reet, dann deckt man es mit Pfannen.

Bewohnte Inselhäuser sind an ihren Schönheitsfehlern zu erkennen.

Nur selten leben hinter einem Knochenzaun noch Inselleute, hier geboren und hier alt geworden in einem Haus mit Delfter Fliesen an den Wänden, und dann kreisen über ihrem Grundstück schon die Drohnen, weil die Immobilienmakler wissen, was ein altes Kapitänshaus wert ist.

Ein Stück zurückgesetzt in seinem großen Garten liegt das weiß getünchte Haus der Sanders. Ein Kalenderhaus, vermutlich öfter abgelichtet als der Leuchtturm. Kein Fotoband der Insel kommt je ohne dieses Haus von Hanne Sander aus mit der geschnitzten Tür, den Kletterrosen, Muschelschalenbeeten, den beiden Quittenbäumen und dem Zaun aus altem Walbein. Ein Drohnengrundstück, aber Hanne konnte sich bislang gut wehren gegen diese Leute in den teuren Schuhen, die versuchen, über ihren Knochenzaun zu steigen. Manche schaffen es sogar und klingeln dann, weil ihre Kaufreflexe sich beim Anblick eines solchen Hauses nicht mehr kontrollieren lassen. Sie klingeln aber nie ein zweites Mal.

Die Fremden täuschen sich in diesen alten Häusern, ihm ging es selbst am Anfang so. Er ist dem Haus der Sanders auf den Leim gegangen, als er das erste Mal durch dieses Dorf gekommen ist, Jens Sander rauchend vor den Kletterrosen sah und Hanne auf der Bank. Der neue Pastor, ahnungslos und sehr berauscht von der Idee, auf einer Insel Dienst zu tun, hat anfangs auch geglaubt, dass den Bewohnern solcher

Häuser nichts passieren kann. Dass die Familien heil sein müssen, sturmfest wie die Sprossenfenster und die reetgedeckten Giebel. Gehegt, gegossen und geharkt wie diese Gärten. Acht Wochen später war Jens Sander weg, und Hanne blieb allein mit einer wilden Fünfzehnjährigen und ihrem Jüngsten, der nur mit sich selbst zu sprechen schien und immer barfuß lief.

Schon zwanzig Jahre her, und immer noch täuscht das Kalenderhaus die Fremden, steht strahlend hinter Knochenzaun und Quittenbäumen, und hinter der geschnitzten Tür wird immer noch gewartet. Und getrunken, wie man hört, seit Hanne ihren Ältesten am Hafen eingesammelt hat und wieder bei sich aufgenommen, als ihn Mareike vor die Tür gesetzt hat. Was muss ein Mann sich wohl geleistet haben, um bei einer Seele wie Mareike Bojens rauszufliegen.

Das Licht im Giebelfenster brennt, weil Ryckmer Sander früh zu seiner Fähre muss. Der Decksmann und der Bäcker sind die Einzigen im Dorf, die vor dem Pastor aufgestanden sind.

Und Klara Loof natürlich.

Ihre zierliche Gestalt taucht aus dem Nebel auf, und er erkennt sie gleich an ihren kurzen, bangen Schritten. Klara Loof, die ihren Hund in einer Babytragetasche vor dem Bauch spazieren schleppt. Er weiß nie, wer ihm mehr leidtut, die Frau oder der Dackel, der erbarmungswürdig in der Tasche hängt, die kurzen Beine in der Luft. Laufen kann er lange schon nicht mehr. Klara kocht noch immer jeden Tag für ihren Mann, die Tochter und die Schwester, aber alle sind jetzt tot. Der arme Hund frisst stellvertretend, eines Tages wird er wohl verenden an den riesigen Portionen der Verstorbenen.

Vor Klara Loof braucht er nicht wegzulaufen, weil sie mit dem Pastor nichts mehr zu besprechen hat. Dreimal hat er in ihrem Wohnzimmer gesessen, drei Trauerreden mit ihr vorbereitet, dreimal die Lieder ausgesucht für die Begräbnisse. Beim letzten Mal hat er sich kaum noch in ihr Haus getraut. Er weiß nicht, was er Klara Loof noch sagen soll.

Nicht alle Seemannsfrauen kommen gut zurecht, es gibt auch die, die das Alleinsein nicht vertragen. In Apathie verfallen, wenn der Mann auf See ist, lebensmüde werden, ihre Kinder nicht versorgen und das Haus verkommen lassen.

Klara kam erst wieder zu sich, als ihr Mann die Seefahrt aufgab. Auf einmal fing sie an, zu kochen und zu sorgen für die Tochter, nur viel zu spät, da war das Kind schon längst erwachsen. Zu backen für die Schwester, die die Kuchen nicht mehr essen konnte, weil sie bereits zu krank war.

Henning Loof fiel tot von seinem Küchenstuhl, zehn Monate nach seiner letzten Fahrt, als auf dem Grab der Schwägerin gerade erst der Stein gesetzt war. Und Klara fing dann gar nicht erst zu hoffen an, als ihre Tochter einen Winter später einen Knoten in der Brust entdeckte.

Untröstliche sind für den Geistlichen wie die Unheilbaren für einen Arzt. Er meidet sie, weil sie ihn an die Grenzen seiner Kunst erinnern.

Er will nicht feige sein, er hält kurz an und sagt ihr Guten Morgen, streckt ihr die Hand entgegen, die sie schnell ergreift, dann ist sie schon vorbei, den Kopf von der Kapuze fast verdeckt. Zwei Menschen, die die Tagesränder suchen und einander lieber nicht begegnet wären.

Der Trampelpfad, der Richtung Nordsee führt, ist übersät mit nackten Schnecken. Schleimspuren überall, als hätten ganze Fußballmannschaften ins Gras gerotzt, und hin und wieder Schneckenknäuel, weil die toten von den lebenden gefressen werden.

Er läuft ein bisschen langsamer, im Slalom, und versucht sich nicht zu ekeln. Kreaturen Gottes immerhin. Wenn er ganz ehrlich ist, fragt er sich trotzdem, was der Schöpfer sich dabei gedacht hat: ein Kriechtier, völlig nutzlos, das sich schleimend fortbewegt und seine toten Artgenossen frisst. Wozu?

Riskante Frage, Pastor Lehmann. Wer so fragt, hat schon verdient, dass er auf einer dieser Kreaturen ausrutscht und in einem dieser Schneckenknäuel landet. Was glaubst du denn, was du für deinen Schöpfer bist? Mehr als ein Kriechtier?

Im Geringsten noch das Göttliche zu finden, darum geht es doch. Das ist der Punkt.

Er läuft noch langsamer, sucht Schneckenlücken für die Füße, weil er die Kreaturen Gottes jetzt nicht noch zertreten will, und fragt sich plötzlich, ob die großen Glaubensprüfungen womöglich ganz woanders liegen als vermutet. Es sind vielleicht nicht nur die Schicksalsschläge, Kriege und globalen Katastrophen, die die Menschen an der Schöpfung und der Allmacht Gottes zweifeln lassen. Manchmal reicht schon so etwas: ein Knäuel schleimverschmierter Schnecken, die sich gegenseitig fressen.

Er bleibt kurz stehen, überwindet seinen Ekel, schaut sich das genauer an.

Darüber will er sprechen! Über die geschmähten Kreaturen predigen im Sonntagsgottesdienst, mit Konfirmanden über Schnecken, Mücken, Kakerlaken diskutieren, eine Morgenandacht schreiben über dieses Kriechtier Mensch.

Katrin das erzählen. Dankbar sein für diesen Einfall. Für die Schöpfung, für die Kraft. Sogar an diesem trüben, klammen Morgen findet er auf seiner Inselrunde eine Gottesgabe, auch wenn er sie im Schneckenschleim erst auf den zweiten Blick erkannt hat. Nie kommt er unbeschenkt zurück.

Er geht die letzten fünfzig Meter Trampelpfad auf Zehenspitzen. Keine Todesfälle, bis er den geteerten schmalen Weg erreicht, wo kaum noch Schnecken sind. Er kann nun schneller laufen, aufgewärmt und ruhiger atmend, zwischen Deich und Salzwiesen in Richtung Strand.

Es ist so ungewöhnlich still, ein Inselmorgen ohne Wind, der Nebel immer noch so dicht, dass er die See nicht sieht. Er hört sie nur, sehr leise, und ihr Rauschen wird fast übertönt vom heiseren Gebell der Nonnengänse. Die ersten sind nun aus Sibirien zurück. Sie rasten schon zu Hunderten im Vorland, fressen sich Reserven an, bis sie im Winter in den Süden fliegen werden. Die Gänse hören ihn wohl auch, sein Atmen, seine Schritte und das reibende Geräusch, das seine Jackenärmel machen. Durch den Nebel sehen sie vermutlich schemenhaft die große federlose Kreatur, die sich mit langen Schritten nähert. Sie werden lauter, scheinen kurz zu diskutieren, ob Gefahr ausgeht von so einem, beschließen dann, dass sich die Flucht nicht lohnt, und bleiben sitzen, leise protestierend.

Die Schafe schweigen, liegen wiederkäuend auf dem Deich, in einem Nebelbett, und sehen aus, als wenn sie selbst aus Nebel wären, aufgerollt aus dicken Schwaden, geisterfarben. Lassen sich von ihm nicht stören, dulden ihn. Ist nur ein Mensch.

Ein weißer Reiher steht nicht weit vom Weg entfernt, sein Hals ein Fragezeichen. Ihm ist der Federlose nicht geheuer, also schwingt er sich jetzt auf, fliegt ein paar Flügelschläge seewärts, landet wieder. Neues Fragezeichen.

Die Austernfischer klingen immerzu besorgt, das ist ihm bisher niemals aufgefallen. Ein Mantelmöwenpaar durchsucht gewissenhaft den Spülsaum.

Die Stille macht es schwer, das seltsame Geräusch in seinem Kopf zu überhören. Als würde durch ein kleines Loch ein Gas entströmen oder eine Flüssigkeit, manchmal auch ein leises Raspeln.

*Nicht weg von dir. Weg von der Insel.*

Sie hat das alles durchgeplant, als gäbe es kein »Wir«, als ginge ihn das alles gar nichts an. Wenn Katrin plant, dann will sie keine zweite Meinung hören, das war schon immer so. Und er bekommt die Pläne erst serviert, wenn sie ganz fertig sind, in kleinen Happen angerichtet, die er dann nur noch schlucken muss.

Das trifft ihn fast am meisten, dieses Abgefüttertwerden. Als wäre er ein Kind, dem man Gemüse unterjubeln kann, wenn man das Zeug nur fein genug püriert. *Nicht weg von dir.* Ein Löffel für Matthias. *Weg von der Insel.* Ein Löffel für Katrin.

Sie verkauft es ihm wie eine kleine Luftveränderung: nur auf das Festland ziehen und sich am Hafen eine kleine Wohnung nehmen. Nur ihre Stunden reduzieren und die Schule wechseln. Nur näher bei den Töchtern und den Enkelkindern sein. Theresa unterstützen, wenn das Baby kommt, Charlotte mal die Zwillinge abnehmen. Zwei Tage arbeiten, zwei Tage lang die Enkelkinder hüten, und dann am Freitag gleich die frühe Fähre nehmen. Bis Sonntag auf der Insel sein. *Und in den Ferien ja auch, Matthias.*

Ein Löffel für den Mann, den man am Wochenende mal besuchen kommt.

Sie will dann allen Ernstes pendeln, Alltag auf dem Festland, Auszeit auf der Insel – wie die Entschleuniger und Runterkommer, die sie immer so belächelt hat. Die Atemlosen, die die Insel nutzen wie ein Sauerstoffgerät. Am Wochenende kommen, um den Akku wieder aufzuladen. Mal das Tempo aus dem Leben nehmen. Mal den Seewind um die Ohren wehen lassen, mal den Kopf frei pusten lassen, um am Montag auf dem Festland dann voll wieder durchzustarten.

Mal ein Frühstück mit dem Inselpastor, mal ein bisschen Wochenendbeziehung.

Eine Wochenendbeziehung mit dem Pastor, finde den Fehler! Wenn sie am Freitag runterkommt, fährt er gerade hoch.

Der Teerweg geht in einen Sandweg über, der durch die Dünen bis zum Strand führt. Langsam lichtet sich der Nebel, und er kann das Wasser sehen, flache Wellen, kaum gekräuselt, eine müde, unfrisierte See.

Die Luft ist rein so kurz nach Sonnenaufgang. Zeit der Einzelgänger, Zeit der schlendernden Pastoren. Zeit der Frühaufsteher, die in schweigender Komplizenschaft am Tagesrand spazieren. Muschelsucher, schlechte Schläfer, junge Eltern mit zu wachen Kindern unter ihren Jacken.

Er ist um diese Zeit ein freier Mensch in einer Brandungszone.

Im feuchten Sand entdeckt er das Gehäuse einer Wellhornschnecke. Die Spitze fehlt, sodass man in das Innere des Hauses sehen kann, die Spindel aus Perlmutt, ein kleines Wunderwerk. Er atmet ein und spürt, wie sich sein Brustkorb weitet, und nun ist die See viel lauter als das seltsame Geräusch in seinem Kopf. Jeder Morgen eine Auferstehung. *Herr, deine Liebe.*

Weit vor sich sieht er einen Mann, der mit gesenktem Kopf am Spülsaum wandert. Henrik Sander holt sich jeden Morgen, was die Nordsee ihm an Land gespült hat: bleiches Holz und Vogelknochen, Schrauben, Eisenbleche, alte Fischerleinen, Netzkugeln, Schwimmbojen, Bernstein und Fossilien. Flaschenglas in allen Grün- und Blauschattierungen, schon vorgeschliffen von der See. Langsam geht er durch den Sand, im Schlepptau seinen selbst gebauten Anhänger. Hin und wieder bückt er sich, hebt etwas auf und wirft es in den Wagen. An seiner Seite tobt ein großer Hund mit langem Fell. Er bellt die Wellen und die Möwen an, stürzt sich ins Wasser, paddelt durch die Brandung, kommt heraus und schüttelt sich, dann geht das Spiel von vorne los: Wellenbellen, Wassersturz, Gepaddel, Fellgeschüttel, eine Endlosschleife der Begeisterung. Der Hund am Strand dreht jeden Morgen durch vor Glück, als wüsste er, wie froh er sein kann, dass er nicht gemästet und wie ein zu dickes Kind herumgetragen wird.

Auch Henrik Sander lebt in einer Endlosschleife der Begeisterung. Jeden Tag Bescherung, jeden Morgen Überraschung. Aus seinem Treibgut baut er seltsame Gestalten, Wassergeister, Meeresdrachen, Schwemmholzengel, Seegespenster, die die Insel mittlerweile wie ein eigener Stamm bevölkern.

Sein Kruzifix aus Treibholz hängt seit vielen Jahren in der Inselkirche. Der Gekreuzigte von Seepocken entstellt, am

Anfang gab es viel Protest aus der Gemeinde, böse Leserbriefe in der Zeitung. Heute ist der Pockenjesus aus der Kirche nicht mehr wegzudenken, und Henrik Sanders Treibgutkreaturen sind gefragt bei Zugezogenen und Gästen, die sie als *Driftwood Art* in ihre Gärten oder Stuben stellen.

Als Katrin an die Inselschule kam, war Henrik Sander in der vierten Klasse, und dass der Junge seltsam war, sah man sofort. Er trug schon damals keine Schuhe, zog sie aus, sobald er morgens aus dem Blickfeld seiner Mutter war, und stopfte sie in seinen Ranzen. Im Unterricht war er so hibbelig, dass ihn die Lehrerinnen jeden Tag ein paarmal eine Runde um die Schule rennen ließen, weil sein Gekippel und Gezappel ihnen sonst die ganze Klasse durcheinanderbrachte. Wenn er nach der großen Pause nicht zurückkam in das Klassenzimmer, fanden sie ihn meistens auf dem Schulhof, stehend auf der großen Schaukel und bis in die Kieferkronen fliegend. Er holte so viel Schwung, dass das Gestell der Schaukel sich aus der Verankerung zu lösen drohte. Katrin nannte ihn den »Bubble Boy«, wenn sie von ihm erzählte. Er schien nicht unglücklich zu sein in seiner Blase, nur nicht ganz von dieser Welt.

Jetzt macht er seinen Hund am Strand noch etwas fröhlicher, indem er Stöcke für ihn wirft. Rennt mit dem wilden Tier ins Wasser, wirft sich mit ihm in die seichten Wellen, paddelt neben ihm, gleich wird er sich auch schütteln wie sein Hund und dann nach Hause gehen, jeden Morgen nass.

Er winkt dem Pastor zu und wirft den nächsten Stock. Wenn es einen Menschen gibt, der von der See zurückgeliebt wird, ist es Henrik Sander.

Die erste Bank der Inselpromenade ist sein Wendepunkt. Ab hier ist jederzeit mit Redseligen zu rechnen. Also dreht er langsam bei und macht sich auf den Heimweg, sucht noch ein paar weiße Bohrmuscheln im Sand und lässt sie vorsichtig in seine Jackentasche gleiten, bevor er wieder in den Laufschritt fällt. Sie sind geformt wie Engelsflügel. Er wird sie abspülen, wenn er zu Hause ist, und später in die Kirche zu den Kerzen legen. Seine Urlaubsfrommen dürfen sich nach jeder Andacht eine mit nach Hause nehmen. Für die Taufen oder Kindergottesdienste tupft er manchmal etwas Goldlack auf die Muschelschalen, weil die Kleinen das so lieben. *Hang zu Kitsch* steht auch auf Katrins Liste der Berufskrankheiten.

*Nicht weg von dir.*

Sie will ihn nicht verlassen. Jedenfalls nicht ganz, sonst hätte sie es ihm gesagt. Katrin drückt sich nicht vor unbequemen Wahrheiten.

Sie lässt nur manchmal ein paar Dinge aus, das tut er auch. Sie kennen beide die Grammatik ihrer Lückentexte, halten sich an ihre Regeln und sind gut damit gefahren all die Jahre. Keine Fragen stellen, die zum Lügen zwingen. Keine Beichten abverlangen und einander auch nicht mit Geständnissen behelligen. Keine Namen nennen, niemals.

Lücken lassen für Katrins komplizierte Seelenbindungen, mehr oder weniger platonisch, ausgelebt in ernsten Briefen, langen Telefongesprächen und gelegentlichen Festlandsreisen.

Und für seine kleinen, unbedeutenden Geschichten. Wenn mal sein Lachen missverstanden wird, sein Strahlen falsch gedeutet. Wenn mal ein Flirt gesehen wird, wo er nur leuchten wollte, und Verliebtheit angenommen, wo er doch eine andere Art von Liebe meint.

Ja, kann schon sein, dass er es manchmal darauf anlegt. Dass er die Dinge hin und wieder in der Schwebe lässt, weil es auch schön ist, dieses Schweben, weil er auch immer noch ein Mann ist, und das, bitte schön, gern bleiben möchte. Kein Pastorenneutrum werden, harmlos wie ein Sesamstraßentier.

*Weg von der Insel.* Lückentext. Nicht gleich ein Grund zur Panik.

Er läuft ein bisschen schneller, um ohne Zwischenfälle an der Kurklinik vorbeizukommen, denn an manchen Tagen machen sich um diese Zeit die ersten Kardiopatienten auf den Weg zum Strand. Aus einem Herzinfarktgespräch kommt man so leicht nicht raus.

Den Schneckenpfad muss er nicht noch mal haben, lieber läuft er noch den kleinen Umweg bis zum Parkplatz – und von dort zur Dorfstraße zurück.

Es ist noch immer still, die Straße leer, nur Ryckmer Sander kommt ihm leise pfeifend auf dem Bürgersteig entgegen, grüßt mit der Zigarette in der Hand und wartet netterweise, bis der Pastor ganz vorbeigelaufen ist. Dann hustet er und spuckt das, was da hochgehustet wurde, in die Hecke aus Kamtschatka-Rosen.

Und weniger als Pastor, mehr als Mann fragt sich Matthias Lehmann jetzt, warum ein Ryckmer Sander, der zu viel trinkt und schroff ist wie ein Riff, nach Schiffsdiesel und Tabak stinkt, den Frauen immer noch gefällt. Sogar den klugen, hübschen, wie Mareike Bojens, die ganz andere Männer haben könnten. Immer wieder lässt sich eine mit ihm ein, und immer wieder treibt er sie dann zur Verzweiflung.

Er hätte Katrin das mal fragen können, früher, jetzt nicht mehr.

Noch dreimal atmen an der Bäckerei, dann sind es nur noch fünf Minuten. Ein kurzer Endspurt durch den Kirchenweg und schnell im Pastorat verschwinden. Die Gartenpforte quietscht, als er sie öffnet. Er lässt die Hand auf ihrem ausgelaugten Holz, nur einen Augenblick.

# 3
# *Sommerstimmen*

Nach ihrem Nachtdienst trifft sie bei der Bäckerei noch keine Fremden, nur die üblichen Verdächtigen. Die beiden Reetdachdecker, die den Lieferwagen jeden Morgen kurz nach sieben vor dem Fahrradständer parken, sitzen schweigend hinter ihrer Windschutzscheibe, die Gesichter halb verschwunden in den Brötchentüten. Es sind nicht jeden Tag dieselben Männer, aber immer sind es zwei, und immer essen sie ihr Frühstück so, den Kopf halb in der Tüte. Offenbar hat niemand in der Firma Lust, die Krümel später von den Sitzen zu entfernen, also kauen sie wie die Kutschpferde in ihre Haferbeutel. Nur zum Trinken tauchen sie aus ihren Tüten auf, nehmen einen Schluck aus großen Speziflaschen, tauchen wieder ab.

Sie nickt ihnen kurz zu, als sie ihr Auto neben ihnen parkt. Einer nickt zurück und macht mit seiner Hand das Heavy-Metal-Zeichen. Die Musik aus ihren Boxen ist nicht mehr zu überhören, seit sie den 1500-Watt-Verstärker hat.

Bevor sie aussteigt, hört sie *Bloodstained Cross* noch kurz zu Ende, eine Frage des Respekts, man würgt ein gutes Lied nicht einfach ab, nur weil man ein paar Brötchen kaufen will. Sie lehnt den Kopf zurück und schließt die Augen, bis der letzte Ton der E-Gitarre ausgeschwungen ist.

Dann kramt sie ein paar Eurostücke aus dem Handschuhfach, und als sie aussteigt, merkt sie erst, wie friedlich dieser Morgen ist.

Kein Sommer mehr und noch kein Herbst, der frühe Nebel löst sich gerade auf. Es geht kein Wind, es räuspert sich der Tag und schlägt kurz an sein Glas, man wartet auf Gedichte.

Sie fragt sich, ob es Zufall ist, dass auf die schlimmsten Nächte oft die schönsten Tage folgen. Ein feierlicher Frühherbsttag auf eine Nacht voll Angst und Schrecken.

Neunzig gute Jahre, nie ernsthaft krank gewesen, die halbe Welt gesehen und auf der Insel alt geworden. Dann so ein fürchterliches Ende. Die ältesten Patienten sterben oft am schwersten.

In ihren letzten Tagen werden sie zu Vogelwesen, schon nicht mehr Mann und nicht mehr Frau, so dünnhäutig, dass man sie kaum noch zu berühren wagt. Man glaubt, sie hätten es geschafft, nimmt ihre Hände, wartet auf die letzten Atemzüge, und dann müssen sie noch einmal in die Schlacht.

Sie hält die Tür des Bäckerladens auf, um Klara Loof vorbeizulassen, die ein Tablett mit Kuchenstücken trägt, die Arme ausgestreckt, damit ihr Hund nicht danach schnappen kann. Der Dackel sieht nicht aus, als ob er schnappen wollte, wahrscheinlich denkt er, dass er müsste. Matt rudert er vor Klaras Bauch mit seinen Beinen, dreht den Kopf ein Stück in Richtung Kuchen, macht ein paar lahme Beißbewegungen. Dienst nach Vorschrift. Er ist ein Hund, der weiß, was man von ihm erwartet.

Ein dickes Tier in einer Babytrage, das um die Reste seiner

Hundewürde kämpft, vielleicht auch das. »Danke, Liebe«, flüstert Klara, als sie durch die Tür huscht.

Im Laden ist nur noch ein weiterer Kunde, und er hat es eilig: Ryckmer Sander, Decksmann, holt sich auf dem Weg zur Fähre ein Rosinenbrötchen. Ach ja, und eine kleine Flasche Brotschnaps, die er in die Innentasche seiner Jacke gleiten lässt.

Es ist die jüngste Kreation des Inselbäckers, er brennt jetzt Schnaps aus seinem alten Brot, füllt ihn in Flachmannflaschen ab, mit einem Seemann auf dem Etikett, und nennt das Ganze »Nordseebrot«. Die Urlaubsgäste kaufen es als Souvenir, und Ryckmer Sander findet, es ist wie für ihn gemacht.

Er grinst, als er sie sieht, legt seinen Zeigefinger an die Lippen und zieht einmal kurz an ihrem Zopf, als er an ihr vorbeigeht. Sobald er draußen ist, steckt er sich eine Zigarette an. Sie sieht, wie er am Lieferwagen mit den Dachdeckern entlanggeht, qualmend an der Ladung Reet vorbei und dann mit tiefen, langen Schritten Richtung Hafen. Ryckmer Sander in der Jacke seiner Ahnen, hustend, aber Gold im Ohr und immer noch ein Bild von einem Inselmann.

Es sind auch ihre Ahnen. Dasselbe Elternhaus, derselbe Knochenzaun, und trotzdem weiß sie nicht viel mehr von ihrem Bruder als die Fremden, die er Tag für Tag auf seiner Inselfähre hin- und herbefördert.

Sie weiß nicht, wer das ist, der da an Deck steht und ins Nordseewasser spuckt, in seinen Bart grinst oder leise durch die Zähne pfeift. Wer da gestrandet ist in seinem alten Zimmer und nach Feierabend über Fluttabellen brütet, mit vierzig Jahren wieder Sohn geworden. Wer sich da feiern lässt in Hafenkneipennächten wie ein Hans Albers von der Nordseeinsel, *La Paloma* singt und wildes Zeug erzählt von Monsterwellen oder Meeresungeheuern. Wer da den fremden Tresenbrüdern Treue schwört und sie dann, einen nach dem anderen, vom Hocker säuft.

Und wer das ist, der morgens in den Muschelschalenbeeten liegt, weil er es nicht mehr bis zur Tür geschafft hat. Vor ein paar Wochen hat sie ihn gefunden, blutend in der Rosenhecke, als sie auf dem Weg zum Frühdienst war. Er hat sie nicht erkannt, und sie erkennt ihn auch nicht mehr.

Sie wirft die Brötchentüte auf den Rücksitz, dann sucht sie nach der Playlist mit der richtigen Musik für diesen Morgen. *Dead by Dawn*, warum nicht mal ein Klassiker. Ein kleiner Morgengruß an die Entschleunigten, es ist zu still in diesem Inseldorf. Sie dreht die Lautsprecher so auf, dass sie den Rhythmus fühlen kann wie einen rasend schnellen Puls. Dann gibt sie Gas. Ihr Wagen ist sehr klein, die harten Bässe heben ihn fast von der Straße, pritschen ihn über das Kopfsteinpflaster.

Eske Sander fährt genauso schlimm wie ihre Mutter.

Jeden Sommer zogen Badegäste in die Kinderzimmer. Fremde Menschen hängten ihre Kleider in die Schränke, fremde Köpfe lagen auf den Kissen, fremde Koffer unter ihren Betten, und die Inselkinder wurden weggeräumt. Auf Klappliegen verstaut in Elternzimmern und auf Feldbetten in Abstellkammern, auf Matratzen im Spitzboden, wo die Spinnen an den Balken baumelten und Mäuse huschten.

Im Sommer wurden Inselkinder unsichtbar, wie Flaschengeister.

Luftwesen, von Juni bis August.

Es war ein Segen, wenn man einen Bruder hatte, der sich nicht vor Mäusen fürchtete und die Matratzen in den Nächten aneinanderschob. Sie durfte, wenn es nicht zu heiß war, ihre Füße unter seine Decke schieben.

Ryckmer brachte ihr das Fahrradfahren bei, danach das Schwimmen und zuletzt das Luftsein und das Balancieren an den Rändern: morgens vor den Gästen in das Badezimmer schleichen, mittags erst zum Essen kommen, wenn die Fremden satt auf ihren Gartenliegen dämmerten, und abends einen Teller Butterbrote aus der Küche holen und verschwunden sein, bevor die Urlauber ihr Abendbrot bekamen.

Aber jederzeit parat stehen, wenn die Gäste mal ein Inselkind zu sehen kriegen wollten!

Aus der Flasche kommen, wenn es Ansichtskarten in die Post zu bringen gab und Zeitungen zu holen, Sonnenöl zu kaufen, bei den Koffern anzupacken. Mal in der alten Tracht ein Lied zu singen oder ein paar Verse in der Inselsprache aufzusagen.

Niemals mit den Augen rollen, wenn die Gästekinder mit den Inselkindern spielen wollten, Kameraden brauchten, um im Sand zu graben oder Krebse aus der See zu keschern.

Kein Theater machen, wenn ein Gast sich einen Inseljungen zur Gesellschaft auserkoren hatte: jedes Jahr vier Wochen Leibesübungen am Strand und lange Wanderungen durch die Dünen mit einem Studienrat, der das Erziehen auch in seinen Ferien nicht lassen mochte. Wenn Ryckmer Sander auch Grimassen schnitt hinter seinem Rücken, heimlich seine Taschenuhr im Sand vergrub und eines Nachts am Strand den Wanderstock verbrannte, er machte kein Theater.

Die Dinge, die ihm dieser Mann erzählte, waren unheimlich, und Ryckmer ahmte seine dumpfe Stimme nach, wenn er ihr abends in der Bodenkammer die Geschichten über Geisterschiffe weitersagte oder das seltsame Gedicht von einem Vater auf dem Meeresboden. Wenn sie sich zu sehr fürchtete, ließ er die Hand auf ihrem Kissen, und sie durfte ihr Gesicht dagegenlegen, wenn sie wollte.

Die Mütter waren in den Sommerwochen anders als den Rest des Jahres.

Hanne stellte Blumenvasen in die Zimmer, legte Decken auf die Tische, trug die guten Kleider, kochte besser, immer gab es Kuchen. Sie war zu Gästekindern freundlicher als zu den eigenen, auf die sie leiser schimpfte als im Winter, weil die Fremden es nicht hören sollten. Also zischte sie.

Jeden Sommer spielte sie ihr Inselstück für die Touristen, und die Kinder spielten mit.

Das kleine blonde Inselmädchen lächelte und sang sein Lied und machte Knickse. Es stellte sich nicht an, wenn es von fremden Leuten auf den Schoß genommen wurde, für ein Foto oder einen Kuss. Es stand früh auf und pflückte Strandflieder für einen Gast, wenn er Geburtstag hatte. Und dann verschwand es wieder in der Flasche, wurde Luft, bis man es für den nächsten Auftritt brauchte.

Einige der Gäste kamen immer wieder, zwei, drei Wochen jeden Sommer, und am Ende ihres Urlaubs schenkten sie den Kindern Süßigkeiten, drückten Hanne beide Hände, dankten für die Gastfreundschaft, mit Tränen in den Augen.

Als hätten sie für diese Freundschaft nicht bezahlt.

Es war ein Tauschgeschäft, das funktionierte, wenn man die Kränkung und die Scham nicht spürte oder sie beiseiteschieben konnte. Man durfte nicht so zimperlich wie Eske Sander sein, die sich verraten fühlte und verkauft. Vorgeführt wie ein dressiertes Inseltier, das für die Gäste Männchen machen musste.

Sie konnte Hannes Sommersprache nicht ertragen. Sobald ein Mensch vom Festland in ihr Haus kam, hob sie die Stimme ein paar Töne an und redete ein bisschen lauter, klang vergnügter, lebhafter und lachte an den Enden ihrer Sätze. Und Eske wollte sich die Finger in die Ohren stecken, weil sie es hasste, wenn die Mutter klang wie eine Frau, die käuflich war.

»Gästisch« nannte Ryckmer diese Sprache, und er traf den säuseligen Ton genau, wenn er sie nachts auf dem Matratzenlager imitierte. Eske musste sich ein Stück der Decke zwischen ihre Zähne schieben, um nicht viel zu laut zu lachen.

Nur einen Sommer waren sie zu dritt auf ihrem Boden, Ryckmer noch nicht konfirmiert und Henrik alt genug, um nicht mehr bei den Eltern auf der Klappliege zu schlafen.

Sie mussten ihren kleinen Bruder jeden Abend müde jagen, eine Ewigkeit am Strand herumtoben mit ihm, bis er so bettschwer war, dass sie ihn endlich schlafen legen konnten, auf die Matratze in der Mitte, wo er noch eine Weile seine Beine aneinanderrieb und sich den Daumen zwischen seine Zähne schob, wenn Ryckmer sich für ihn Geschichten über wasserscheue Riesenkraken ausdachte und über tollpatschige Seeräuber, die nie ein Schiff gekapert kriegten. Sie hörten noch sein Lachen, leise, glucksend, bis er irgendwann tief atmete, und kurz darauf schlief Ryckmer meistens auch. Und Eske lag noch wach, als müsste sie den Schlaf der Brüder hüten, ehe sie dann selbst einschlafen durfte.

Die erste Fähre legt in einer halben Stunde ab. Weiß auf Blau, so fängt ein Inselmorgen an, ein Viertel Mond hängt noch im Himmel wie von der Nacht vergessen.

Sie geht vom Gas und dreht ihre Musik ein bisschen leiser, fährt an den Straßenrand, um Henri Brix und seine drei Gespanne durchzulassen, die ihr auf dem schmalen Weg entgegenkommen. Die Pferdekutschen fahren Richtung Hafen, Henri Brix hat sie mit seinen Schwiegersöhnen selbst gebaut, aus Traktoranhängern. Auf jeder Kutsche lassen sich, »wenn man gut staut«, zwölf Gäste unterbringen, und bei Familie Brix wird immer gut gestaut. Für Regentage gibt es Planen, aber niemand hat so richtig Lust auf das Gefummel, also zieht man das Verdeck nur auf, wenn es schüttet wie aus Eimern. Da alle Inselkutschen der Familie Brix gehören, besteht kein Grund, die Kundschaft zu verzärteln. Wer möchte, darf sich aber vor der Fahrt für einen Zehner einen Regenponcho kaufen. Steffi Brix hat ihren Shop direkt am Hafen.

An nassen Tagen sieht man viele, die sich unter blauen Plastikcapes dem Inselregen beugen, auf dem Rücken einen großen roten Fisch mit Regenschirm und Schiffermütze.

Die Umhänge für die Touristen sind wie die Kutten eines nassen Bettelordens, Ornate ihrer Selbstkasteiung. Man ist froh, kein Badegast zu sein, wenn man die tropfenden Gestalten in den Plastikponchos durch den Regen stolpern sieht.

Steffi Brix wird heute keine Capes verkaufen, weil das Wetter viel zu schön ist, aber dafür läuft der Rest des Sortiments dann besser. Eine Runde mit der Pferdekutsche – Inselkirche, Vogelkoje, Kutterhafen – löst bei Tagesgästen ein erstaunliches Verlangen aus nach einem Kleidungsstück mit Ringelstreifen, Ankermuster oder Möwenprint, besonders wenn die Sonne scheint und sich die Nordsee von ihrer milden Seite zeigt.

Die Pferde mit den hellen Mähnen sehen aus wie stämmige Blondinen, immer gut gelaunt, nur hetzen lassen sie sich nicht. Eske Sander kann sich nicht erinnern, Henris Pferde jemals im Galopp gesehen zu haben. Manchmal traben sie ein Stück, wenn es denn sein muss, aber nicht um diese Zeit. Als der Konvoi vorbeigezuckelt ist, tritt sie aufs Gas, dreht ihre Boxen wieder auf und fährt zum Südstrand.

Der Parkplatz ist noch ziemlich leer, aber die kleine Kaffeebar am Strand hat schon geöffnet. Sie bestellt sich einen doppelten Espresso, bleibt am Tresen stehen und sieht dem jungen Beach-Barista zu, wie er im Rhythmus der Musik zu seinem Kaffeeautomaten schwingt, von dort zur Schale mit den Zuckertütchen, dann zur Kasse. Seit er hier arbeitet, tönt Reggae aus der alten Anlage, sein Vorgänger hat letztes Jahr von Juni bis September Trance gehört. Am Wechsel der Musik hat sie erkannt, dass es nicht mehr derselbe Barmann ist, sonst wäre es ihr gar nicht aufgefallen. Jeden Sommer steht in dieser Kaffeebar der gleiche braun gebrannte Typ mit schulterlangem Haar und weißen Zähnen. Mit seinen Surfklamotten, seinen Halsketten aus Leder und den Armbändern aus Segeltau gibt er den Gästen Zeichen, wie ein Gefangener in Geiselhaft, der jeden Tag vergeblich auf Befreiung hofft. Denn er gehört hier gar nicht hin. Er sollte Wellen reiten oder im VW-Bus mit Bikinimädchen schlafen, statt im Sand zu stehen und Kaffee zu verkaufen an alte Frauen über dreißig, die seine Zeichen nicht verstehen.

Sie wirft das Wechselgeld in seine Trinkgelddose und sieht zu, dass sie schnell wegkommt, weil sie nicht hören will, was er ihr nachruft. »Schönen Urlaub noch für dich!«

Sie weiß, dass er es morgen wieder sagen wird und dass er es auch sagen würde, wenn sie im Kittel vor ihm stünde, mit einem Blutdruckmessgerät in ihrer Hand. Es kommt ihm gar nicht in den Sinn, dass auf der Insel auch noch Menschen leben, die einen Alltag haben.

Die See liegt schimmernd in der Morgensonne, duldet an den Säumen ihrer müden Brandung einen Schwarm von Sanderlingen, die im Laufschritt ihre Krebse suchen, immer hektisch, selbst an einem Tag wie diesem.

Die Vögel halten auch nichts von Entschleunigung.

Der Sand fühlt sich noch feucht und kühl an unter ihren nackten Füßen, und der Strand wirkt fast verlassen. Sie geht vorbei an einer großen Strandkorbkolonie, bis sie beim letzten angekommen ist. Er sieht ein bisschen mitgenommen aus, die weiße Farbe ist von Sand und Salz ganz abgeschmirgelt, und sie ist nicht die Einzige, die weiß, dass er schon lange nicht mehr abgeschlossen wird. Das rostige Vorhängeschloss ist nur halb zusammengedrückt. Sie biegt es auf und dreht den Strandkorb Richtung Wasser, wischt ein bisschen Sand vom Sitz. Das Polster, eingerissen und verblichen, riecht immer noch nach Kunststoff.

Dann zieht sie sich schnell aus und läuft zum Wasser, schreckt alle Sanderlinge auf und wirft sich in die See. Ein Überfall, sie macht es immer so.

Und immer ist der Sprung ins Meer ein Sprung zurück an

einen Anfang, und der Anfang ist der Rücken eines Bruders und ein Mund voll Salz. Bevor die See sie trug, tat Ryckmer es, und jedes Mal, wenn sie ins Wasser springt, scheint sie zum ersten Mal zu springen: ein kleines Kind, das auf dem Rücken eines großen Kindes schwimmt, getragen wird und eintaucht in ein Element, das fremd ist und vielleicht verboten.

Bis heute weiß sie nicht, ob sie willkommen ist in diesem Meer, und was da in der Tiefe sein mag, will sie gar nicht wissen. Sie öffnet nie die Augen, wenn sie unter Wasser ist.

Nach ein paar Zügen dreht sie sich und legt sich auf den Rücken, breitet ihre Arme aus und lässt sich wie ein Treibholz von den Wellen tragen, über sich nur einen weichen Himmel und eine Handvoll kleiner Vögel, in die Luft geworfen wie Konfetti.

Sie tut es jeden Tag, egal, wie kalt es ist, und das Gefühl des Anfangs scheint nie nachzulassen. Eintauchen und Getragenwerden, immer wieder.

Ryckmer machte es ihr vor, lag auf den Wellen wie auf einem Federbett, die Arme ausgebreitet. »Verlass dich auf das Wasser«, sagte er.

Und heute glaubt er selbst nicht mehr an das Getragenwerden und wird wohl nie mehr einen Fuß auf einen Hochseefrachter setzen. Er wagt sich gerade noch auf eine Inselfähre, als wäre er dort sicherer. Als wüsste er nicht, dass man auch im Küstenwasser stranden und mit Land in Sicht ertrinken kann.

Jetzt steht er auf dem Schiff und spuckt ins Hafenbecken, lässt die Messingknöpfe glänzen, und das Nordseebrot wird er längst ausgetrunken haben.

Bald wird er wieder in den Muschelschalenbeeten liegen oder in der Rosenhecke hängen, blutend, nass gepinkelt.

Zu betrunken, um zu merken, wer ihn da huckepack nach Hause trägt.

Man wurde konfirmiert und fing zu trinken an, so war es bei den meisten Inseljungen. Zuerst der Gottesdienst, dann das Familienessen und danach der Schnaps. Noch an der Kuchentafel füllte man sie ab. Die Onkel, großen Brüder, älteren Cousins erhoben ihre Gläser, stießen an mit ihnen, immer wieder, amüsierten sich, wenn dann der Konfirmand betrunken durch die Stube taumelte und sich am Ende irgendwann im Garten übergab. Erster Anzug, erster Vollrausch, erster Schulabschluss und erste Zigarette. Vom Kind zum jungen Mann in einem halben Jahr, nicht nur bei Ryckmer war es so.

Es gab wohl hin und wieder einen, der nach dem Konfirmanden-Kater so bedient war, dass er danach nie wieder Schnaps und Zigaretten wollte. Die meisten tranken aber weiter, rauchten weiter und gewöhnten sich daran. Sie tranken an den Wochenenden und auf Festen, in den Hafenkneipen. Manche tranken auch auf ihren Kuttern oder Trawlern.

Ryckmer traut dem Wasser lange schon nicht mehr, und Eske weiß nicht, was zuerst da war, sein hartes Trinken oder seine Angst vor dem Versinken.

Als sie an Land schwimmt, merkt sie, dass sie abgetrieben ist in Richtung Süden. Sie muss ein ganzes Stück zurück, um ihren Strandkorb zu erreichen.

Ein alter Mann bleibt stehen, als sie aus dem Wasser kommt, er hat die Hosenbeine hochgekrempelt, trägt einen Sonnenhut aus weißem Stoff und starrt sie an, als hätte er noch keine nackte Frau gesehen in seinem Leben. Er stemmt die Hände in die Hüften, beugt sich vor und scheint sich völlig zu vergessen, also stellt sie sich genauso in den Sand und starrt zurück, die Hände in den Hüften, bis er abrupt den Kopf abwendet und mit schnellen Schritten weitergeht, den Blick zur See, die Augen links.

Aus sicherer Entfernung blickt er sich um, bleibt wieder stehen, und jetzt begreift sie endlich, was den Mann so aus der Fassung bringt: Er hat noch keine Frau gesehen, die von der Brust bis zu den Knien tätowiert ist. Oft vergisst sie, dass ihr Körper etwas anders aussieht als die meisten anderen, die man am Strand zu sehen kriegt. Dass er verstörend wirken kann auf alte Herren, die vom Festland kommen.

Die vielleicht noch verstörter wären, wenn sie wüssten, dass eine Frau mit dunkelblauen Haaren ihr all diese Zeichen in die Haut gestochen hat. Und dass sie lange noch nicht fertig ist mit ihrem Werk.

Die Leute auf Station sind damit nicht zu schrecken. Auf einer Nordseeinsel kräht im Altersheim kein Hahn nach ein paar Tätowierungen, die meisten ihrer männlichen Patienten haben selber welche.

Knud Braren hatte auf der Brust ein Schwalbenpaar, auf seinen Fingern stand »hold fast«, und seine letzten Stunden waren wie ein qualvolles Ertrinken. Er sank und sank, die Angst war bodenlos.

Man weiß nach einer solchen Nacht nicht, ob ein schöner Morgen tröstlich oder höhnisch ist.

Sie zieht sich an, holt ihre Brötchen aus dem Rucksack und fängt an, mit ihrem Zeigefinger die Rosinen aus dem Teig zu operieren. Isst die ausgehöhlten Brötchen und danach erst die Rosinen, alle auf einmal, und sie weiß, dass Ryckmer Sander es auf seinem Schiff genauso machen wird.

# 4
# *Driftland*

Es wird hier draußen niemals still. Selbst wenn nach Sonnenuntergang die Brachvögel und Seeschwalben allmählich Ruhe geben und die Austernfischer ein paar Stunden lang die Schnäbel halten, ist da immer noch der Wind. Oft brist er abends auf, streicht brummend um das Fenster, macht sich an der Tür zu schaffen oder wirft sich brüllend an die Holzwand, bis das Haus auf seinen hohen Pfählen schwankt. Der Thron des Vogelkönigs wackelt dann. Sein Tisch, der mit der Wand verschraubt ist, quietscht bei jeder Böe, doch das kümmert den Monarchen nicht. Er wäre nicht seit zwei Jahrzehnten Vogelwart, wenn ihm vor Sommerstürmen bange wäre.

Es kommt ihm manchmal vor, als wenn er vor den Stürmen und der See schon hier gewesen wäre. Als hätte er hoch oben auf dem Wind gelegen, lange Zeit, bis irgendwann aus Sand und Salz und ein paar wasserharten Pflanzen dieses Driftland aus der See gewachsen ist. Es liegt nicht fest, es wandert wie ein Inselkalb vor seiner Mutterinsel. Mit jeder Flut verändert es ein bisschen seine Form, verliert ein Stück, gewinnt ein Stück hinzu.

Die Vögel stört das nicht, sie trauen diesem Land genug, um ihre Nester hier zu bauen, seit sie den schlimmsten ihrer

Feinde nicht mehr fürchten müssen. Seit über sechzig Jahren ist die Vogelinsel menschenfrei.

Bis auf den einen, der vom Frühjahr bis zum Herbst in seiner Stelzenhütte lebt, fünf Meter hoch und unter sich zwölf Hektar Salzwiesen und Dünensand.

Seit Stunden hat er jetzt dem Himmel dabei zugesehen, wie er die Farben wechselte. Das Schwarz, das dunkle Grau, das helle Grau, das Sonnenrot, das tiefe Blau beiseiteschob, bis er den blassen Farbton fand, den er wohl bis zum frühen Abend tragen wird. Septemberblau.

Die See liegt ruhig, als wäre nichts gewesen, und es war auch nichts, nur eine Springflut letzte Nacht und ein paar Stunden steifer Wind, nicht mehr als Stärke sieben oder acht. Kein Sturm, der ihn den Schlaf gekostet hätte.

Am Wetter lag es nicht, dass er so lange wach gelegen hat und jetzt den halben Vormittag im Bett verdöst, das erste Mal in all den Jahren.

Es liegt daran, dass dieser Junge hier gewesen ist mit seinem Klappcomputer, seinem Fernglas, seinen Messgeräten. Dass er den Schlafsack in der Hütte ausgerollt hat, dass sie sechs Tage lang zu zweit am festgeschraubten Tisch gesessen haben. Seit der Junge mit dem Versorgungsschiff zurückgefahren ist zum Festland, liegt Jens Sander nachts in seiner Vogelhütte wach, weil ihm die Stimme, der Geruch, die Atemzüge eines anderen Menschen fehlen. Er hat ihm etwas eingeschleppt, was es auf Driftland nie gegeben hat: ein ungesundes, nagendes Verlangen nach Gesellschaft. Es ist das Letzte, was man hier gebrauchen kann.

Die Sonne steht schon hoch, fällt durch das salzverschlierte Fenster, wärmt das Holz, und aus den Dielenbrettern perlt das Harz. Die frischen Lärchenbohlen bluten noch. Es dauert eine Weile, bis er weiß, woran ihn der Geruch erinnert: Sommerwald. Ein weicher Boden unter seinen Füßen, Laub und Kiefernnadeln und ein Rauschen in den Wipfeln windgekrümmter Bäume, die im Dünensand mehr schlecht als recht die Stellung hielten. Was man als Inseljunge eben unter »Wald« verstand.

Fischreiher brüteten in diesen Kiefern, Dutzende von Paaren. Jedes Frühjahr kehrten sie zurück zu ihren alten Nestern, besserten die Winterschäden aus und fingen an zu streiten. Paarten sich und kreischten, zankten, bis die Jungen flügge waren. Kein Vogel schreit so hässlich wie ein Reiher, und er gibt den ganzen Sommer keine Ruhe.

Zwei Mark pro Vogel zahlte Peter Brix den Söhnen und den Nachbarsjungen, wenn das Geschrei so schlimm war, dass die Badegäste abzureisen drohten. Sie taten sich zusammen, Henri, der das Luftgewehr besaß, und Jens, der schießen konnte. Zwei Freunde, zwölf und dreizehn, spielten Vogeljäger, schlichen um die Bäume, tarnten sich und warteten und flüsterten und legten an und schossen in die Kieferkronen. Die ganze Welt ein Inselwald, der ganze Sommer ein Versprechen. Bis zu dem ersten Schuss, der traf, und einem Vogel, der sich wand vor ihren Füßen, lange mit den Flügeln schlug und dann verendete. Ein junger Reiher, noch nicht ausgewachsen. Eine Mark für jeden.

Sie wussten nicht, wohin mit ihm, nachdem sie ihren Lohn bekommen hatten. Henri warf ihn schließlich auf den Kompost, und am Abend schlich sich Jens mit einem alten Sack zum Garten der Familie Brix und holte sich den toten

Vogel. Er brachte ihn zum Tischler, Mattis Möllgaard, Junggeselle, der am Dorfrand lebte und in der Werkstatt auch die Särge für die Inselleute zimmerte. In einer Kammer neben seiner Küche stopfte er nach Feierabend Tiere aus, vor allem Vögel, die er, wenn sie fertig waren, von der Decke schweben ließ, an Angelschnüren aufgehängt. Pfuhlschnepfen hingen in der Kammer, Silbermöwen, Brachvögel und ein Seeadler mit einer jungen Graugans in den Krallen. Mattis Möllgaard hatte nie Gesellen oder Lehrlinge in seiner Tischlerei, er ging nur unter Leute, wenn er musste. Jens brachte ihm den Reiher, wurde ausgeschimpft, weil er das Tier getötet hatte. Durfte bleiben, während Mattis Möllgaard ihn abbalgte.

Ein paar Minuten liegt er noch, die Augen halb geschlossen und die Sonne im Gesicht, den Duft von Harz und Kindersommer in der Nase.

Dann schiebt er seine Wärmflasche vom Bauch und rollt sich aus dem Bett. Er schraubt sie auf und gießt das abgekühlte Wasser in den Kessel, braucht drei Streichhölzer, bis er den Gasherd angezündet hat, die ersten beiden brechen ab.

Als er das Fernglas nimmt und vor die Tür tritt, fühlt er sich schuldig wie ein Schüler, der den Unterricht geschwänzt hat.

Sogar hier draußen riecht es jetzt nach Wald. Die Bodenbretter kleben unter seinen Füßen, weil die Zimmerleute auch das Holz des Umlaufs ausgebessert haben, das Geländer und die Treppe repariert und an der Wetterseite ein paar morsche Bretter ausgetauscht.

Drei Tage Lärm auf Driftland, Hammerschläge, Schleifgeräusche, Bohrmaschinen.

Handwerker sind auf dem Dach herumgestiegen, und jetzt gibt es Sonnenstrom auf seiner Vogelinsel, den er nicht bestellt hat und auch nicht mehr brauchen wird.

Seit ein paar Jahren schicken sie ihm Leute auf das Driftland, jeden Sommer. Junge Männer oder Frauen mit Stativen auf den Schultern, die sich mit langen Fernrohren in das Vorland stellen und ihre Messgeräte durch die Dünen tragen. Sie melden sich nie bei ihm an und kommen immer einzeln. Arne Dircks hat sie an Bord, wenn er mit dem Versorgungsschiff herüberkommt, um ihm die Lebensmittel und die Gasflasche zu bringen. Sie zelten unter seiner Hütte oder schlafen auf der Luftmatratze vor der Tür, bis Arne sie nach ein, zwei Nächten wieder abholt. Stille Leute, die einander ähneln wie Geschwister, immer höflich, immer sehr beschäftigt mit Kartierungen und Zählungen. Immer sehr darauf bedacht, ihm nicht im Weg herumzulaufen.

Wahrscheinlich warnt man diese jungen Menschen vor dem unberechenbaren Alten, der hier in seinem Pfahlbau haust und mit den Vögeln spricht, mit seinen Thermoskannen, mit dem Wind. Vielleicht erzählt man ihnen furchterregende Geschichten über ihn. Dass er mit Treibholzknüppeln Wassersportler attackiert, wenn sie es wagen, seine Insel zu betreten. Dass er den Muschelfischern Schläge angedroht hat. Dass er mit seiner Leuchtpistole auf die Ausflugsboote schießt, Touristen von der Sandbank aus beschimpft, wenn sie im Frühjahr nicht genügend Abstand zu den Bodenbrütern halten.

Er will es hoffen, und er hätte bei Bedarf noch einige Geschichten mehr auf Lager, alle wahr. Ein Mann, der eine

Vogelinsel hütet, macht etwas falsch, wenn er nicht durch und durch verrufen ist.

»Des Vogels Freund, des Menschen Feind!« stand an der Hüttenwand, als er zum ersten Mal nach Driftland kam, in großen schwarzen Lettern von seinem Vorgänger ans Holz gepinselt. Ove Haaren, »Möwenmann«, verstand den Vogelschutz als Kreuzzug. Er missionierte seine Freunde von der Ornithologischen Vereinigung, bis sie das Driftland kauften und zur »Vogelfreistätte« erklärten. Dann zog er in die Stelzenhütte, wo er blieb, bis er nach zweiundvierzig Jahren tot von seinem Thron fiel.

Am Anfang war er wohl nicht seltsamer als all die anderen Vogelwarte, die allein in ihren grob gezimmerten Verschlägen hausen, langbärtig und einsam werden und sich von ihren Artgenossen mit der Zeit entfremden. Niemand weiß, wann Ove Haaren angefangen hat, das schreckliche Gewand aus Möwenfell zu schneidern, das er sich überwarf, wenn Vogeljäger oder Eierdiebe sich auf seine Insel wagten. Badegäste, die sich von Inselfischern damals noch zum Driftland rudern ließen, um die Entenvögel abzuschießen oder Nester auszuplündern. Sie rannten um ihr Leben, wenn sie den Möwenmann aus seiner Hütte stürmen sahen, zwei Meter groß, die Armbrust schon gespannt. Ove Haaren schaffte es, das Driftland von den Frevlern zu befreien. Die verstörenden Berichte seiner Opfer sprachen sich herum. Mission erfüllt. »Des Vogels Freund, des Menschen Feind!« Wann hat man je von einem Vogelwart gehört, der menschenlieb gewesen wäre?

Aber noch schlimmer als ein menschenlieber Vogelwart ist einer, der bei Sonnenaufgang nicht auf seinem Posten ist.

Der fast den halben Tag verschlafen hat und jetzt kaum den Blick durchs Fernglas wagt, weil er befürchtet, dass die Zwergseeschwalben losgeflogen sind.

Man darf sie im September gar nicht aus den Augen lassen, weil man in diesen Tagen jederzeit mit ihrem Aufbruch rechnen muss. Er hat ihn nie verpasst. Seit zwei Jahrzehnten ist die Abflugzeit der Zwergseeschwalben lückenlos notiert in seinem Vogelbuch.

Als er jetzt sieht, dass sie noch da sind, ist er so erleichtert, dass er sich an die Holzwand lehnen muss. Er atmet aus und steht dann lange barfuß und im Hemd mit seinem Fernglas auf den harzverklebten Brettern, wie ein Sünder, der nun Reue zeigen will, indem er für die Zwergseeschwalben friert. Bis ihm das Fernglas in den Händen zittert, schaut er zu, wie sie sich in die Winde werfen, ihre Flüge kühn und kunstvoll, sie verdienen Publikum. Mit ihren schwarzen Federkappen sehen sie verwegen aus wie Kampfpiloten.

Seit zwanzig Jahren himmelt er die Zwergseeschwalben an und trauert ihnen nach, wenn sie sich im September auf die Reise machen. Erwartet sie mit banger Ungeduld im März zurück. Ihr treuer, ewiger Verehrer.

Aber die Gunst des Vogelkönigs könnte den Zwergseeschwalben nicht egaler sein. Sie fliegen nicht für ihn. Sie waren vor ihm hier und werden nach ihm hier sein, wie die Regenpfeifer, die in der Brandungszone trippeln, und die Lachmöwen, die auf den flachen Wellen schaukeln. Wie die Austernfischer, die unablässig ihre Marschbefehle trillern und die Strandreviere abschreiten wie korrekt gekleidete Beamte.

Sie alle sind ganz froh, wenn sich das große Tier, das in der Stelzenhütte nistet, mal einen halben Tag nicht zeigt. Sie haben Besseres zu tun, als einen Vogelwart zu hüten.

Das Fenster ist vom Dampf beschlagen und das Wasser halb verkocht, als er zurückkommt in die Hütte, aber es reicht noch für sein Frühstück. Er dreht den Herd aus, löffelt Nescafé und Trockenmilch in seine Tasse, füllt mit Wasser auf und gießt den Rest in einen tiefen Teller. Mischt ein paar Löffel Haferflocken und ein paar Rosinen unter, wischt mit dem Küchentuch die Fensterscheibe frei, dann setzt er sich und isst, den Kopf tief über seinem Teller.

Es landet trotzdem etwas Haferbrei auf seinem Tisch. Er schiebt ihn mit dem Finger auf den Löffel, längst daran gewöhnt, bei jeder Mahlzeit einen Teil vom Tisch zu essen.

Als er mit beiden Händen seine Tasse an den Mund führt, fällt ihm der Junge wieder ein.

Sein Blick am ersten Morgen, als sie einander gegenübersaßen, hier am Tisch.

Er sah so aus wie alle Vogelkundler, die ihm Arne Dircks nach Driftland bringt, ein schmaler junger Mann mit Rucksack und Stativ.

Nur hatte dieser mehr Gepäck dabei, seinen eigenen Kanister Trinkwasser und einen Handwagen zum Auseinanderfalten, in dem er seine Sachen durch den Sand zog und dann über den Trampelpfad, der durch das Vorland und die Dünen zu der Hütte führt.

Und dieser blieb nicht unten, um sein Zelt am Fuß der Treppe aufzuschlagen, sondern stieg die Stufen hoch, mit festem Schritt, als wäre er hier nicht zum ersten Mal. Ging auf dem Umlauf langsam um die Hütte, ließ den Blick über die Vogelinsel schweifen und blieb stehen mit den Händen in den Hüften. Nickte wie ein Mensch, dem etwas klar geworden ist, und setzte sich auf das Geländer, bis Arne

Dircks die Lebensmittel für den Vogelwart verstaut und in der Hütte seinen Nescafé mit ihm getrunken hatte. Saß dort, bis Arne wieder unten war und auf dem Trampelpfad in Richtung Boot verschwand.

Dann stand er langsam auf und kam zur Tür, vor der er eine Weile stehen blieb, bevor er klopfte und mit ruhiger Stimme sagte: »Ich bin Jonas, und ich komm jetzt rein.« Er schien noch einen Augenblick auf eine Reaktion zu warten, dann machte er die Tür auf, erst nur einen Spaltbreit, dann ein Stückchen weiter, bis er hineinschauen konnte. Blieb an der Schwelle stehen, eine Hand noch an der Tür, die andere ausgestreckt, und kam dann bis auf Armeslänge auf ihn zu.

Und statt sich einen Möwenmantel umzuwerfen und mit gespannter Armbrust Jagd zu machen auf den Eindringling, statt ihn zumindest hochkant rauszuschmeißen aus der Hütte, hat er die ausgestreckte Hand gedrückt und »Jens« gesagt, als hätte er ihn schon erwartet.

Es gibt auf Driftland keinen Spiegel mehr, seit ihm der letzte von der Wand gefallen ist. Er lässt den Bart jetzt wachsen, nimmt ihn erst im Oktober wieder ab, wenn er die Hütte winterfest gemacht und Arne Dircks ihn abgeholt hat und zurückgebracht zur Mutterinsel. Rasiert sich, wenn ihm danach ist, und schneidet sich die Haare selbst, so gut er kann. Es spielt im Grunde keine Rolle, wie er aussieht, weil ihn auch im Winter kaum jemand zu Gesicht bekommt. Außer Arne oder Henri, die ihn immer mal besuchen, nur noch hin und wieder ein paar Nachsaison-Touristen, die vom Sandstrand Richtung Norden weiterwandern bis zum alten Schöpfwerk, wo sie die Hände und die Nasen an die Fenster drücken und zusammenzucken, wenn sie ihn entdecken, weil sie nicht damit gerechnet haben, dass in dem Gemäuer jemand wohnt.

Und Eske sieht ihn, wenn sie kommt, um nachzuschauen, ob er noch lebt. Aber Eske sieht in ihrem Altersheim auch noch ganz andere Gestalten.

Der junge Vogelkundler, höflich wie die anderen, gab sich Mühe, ihn nicht anzustarren. Er holte Luft, als ob er etwas sagen wollte, blieb aber stumm und schaute nur, die Brauen hochgezogen, einen Augenblick zu lang. Wie ein Spiegel zeigte ihm das junge, offene Gesicht die abgerissene Gestalt, die es da vor sich sah: den Mann mit wirrem Bart, in einem löchrigen Pullover, statt eines Gürtels ein Stück Fischerleine in der viel zu weiten Hose. Alles lange nicht gewaschen, das Gesicht von Salz und Sonnenbrand gezeichnet und die Wunde auf der Stirn nach seinem Treppensturz erst halb verschorft.

Er stellte vorsichtig den Rucksack ab und blieb dann vor dem wilden Mosaik aus Fliesenscherben stehen, das Ove Haaren hier vor sechzig Jahren an die Wand geklebt hat wie ein großes Puzzle, dessen Teile nicht zusammenpassen: Windmühlenflügel an halbierten Flusslandschaften an abgestoßenen Blumen an Segelschiffsmasten an zerschlagenen Meeresungeheuern an Ochsenkopffragmenten. Manchmal eine Fliese, die fast heil geblieben ist, nur an den Ecken abgestoßen.

Die Inselleute warfen ihre Delfter Fliesen in die See, als sie die Häuser renovierten und ihren alten Kram nicht mehr gebrauchen konnten. Ove Haaren fand sie dann im Spülsaum hier auf Driftland. Er fand auch Spinnräder am Strand und alte Schemel und den fast intakten Alkoven, den er sich in die Hütte baute. In dem das ungemachte Bettzeug seines Nachfolgers jetzt liegt.

Der Blick des jungen Mannes wanderte vom Bett zum Gasherd und zum alten Kessel, dann zur Schüssel mit dem schmutzigen Geschirr, von dort zum Tisch, auf dem die Sturmlaterne und die Thermoskannen standen und ein paar Brandgansfedern lagen, das blaue Buch, die Bleistiftstummel, dann auf die Fensterbank zum Staub, zum Weckglas mit den Bernsteinstücken und den Muscheln, zu den Vogelschädeln, einmal kurz die ungeputzte Scheibe hoch und wieder runter.

Dann blickte er sich suchend um und zeigte schließlich auf die Nische zwischen Fenster und Regal: »In Ordnung, wenn ich mich dahin lege?« Und weil noch immer kein Protest kam, keine Armbrust und kein Möwenmantel, stellte er den Rucksack und die aufgerollte Matte in die Nische, nickte kurz und ging dann rückwärts Richtung Tür. »Ich hol jetzt eben noch den Rest.« Er kam zurück mit einem Seesack und verstaute ihn so, dass er nicht im Weg herumstand. Dann nickte er ihm zu, verschwand mit dem geschulterten Stativ in Richtung Vorland, und in der Hütte saß, wie ein betäubtes Tier, der alte Vogelwart.

Er weiß, dass er hier nicht mehr viel zu sagen hat. Er ist ein König ohne Land, in einem Schloss auf alten Pfählen, die von gelben Flechten überwuchert sind, und er besitzt kaum mehr als seine Kleider und sein Fernglas. Er wird auf dieser Vogelinsel noch als Urgestein geduldet von Umweltamt und Wattenschutzverein.

Sie sagen ihm nicht, dass es Zeit ist abzudanken. Sie schicken Prinzen.

Es hatte sich von den Gesandten keiner jemals vorgewagt in seine Hütte – bis dieser Junge kam, der mit der Wachsamkeit und Ruhe eines Drachenbändigers sein Lager bei ihm aufschlug. Und dann mit ihm gerungen hat.

Sie schliefen beide schlecht die erste Nacht, zwei Mann in einem Raum, der nur für einen Mann gemacht ist. Hellwach lag er in Ove Haarens altem Bett, und weil der Schlafsack auf dem Boden raschelte und knisterte, war klar, dass auch der andere nicht zur Ruhe kam, sich nicht die Schlafesblöße geben wollte. Sie horchten auf die Regungen des anderen, bis irgendwann die tiefen Atemzüge von der Matte ihm verrieten, dass der Junge sich dem Schlaf ergeben hatte.

Diese erste Runde ging an ihn, den Alten. Er hätte jetzt nicht länger wach zu liegen brauchen. Aber die ganze Nacht hat er dem Atem dieses anderen gelauscht und nicht gewusst, wohin mit seinem eigenen. Er weiß schon lange nicht mehr, wie man schläft mit einem Menschen neben sich.

Als es zu dämmern anfing, stand er leise auf, nahm seine Kleider mit und zog sich draußen an. Er hatte Seeschwalben und Rotschenkel bereits gezählt und stand am Herd, um Wasser heiß zu machen, als der Junge zu sich kam. Er richtete sich auf und schien nicht gleich zu wissen, wo er war, starrte einen Augenblick ins Leere, dann gähnte er mit beiden Händen vor dem Mund. Er zog sich an, verstaute seinen Schlafsack in der Hülle, rollte seine Matte auf, und als er sah, dass auf dem Tisch zwei Tassen und zwei Teller standen, nahm er den Schemel aus der Ecke mit und setzte sich.

Dann schaute er ihm schweigend zu, wie er den Pulverkaffee kochte und den Haferbrei anmischte mit dem Wasser, das er aus der Wärmflasche in seinen Teekessel gegossen hatte. Rührte zögernd einen Löffel des verklumpten Milchpulvers in seinen Nescafé, trank einen kleinen Schluck und zuckte, setzte seine Tasse wieder ab. Saß vor dem Haferbrei, den Löffel in der Hand, und aß ihn nicht, weil er den Blick nicht von den Händen seines Gegenübers lassen konnte. Die so bebten, dass der Kaffee schwappte und der Haferbrei vom Löffel rutschte. Der Junge sah ihn an wie jemand, der die tiefe Wunde eines anderen gesehen hat und dann so tut, als wäre es ein Kratzer.

An schlechten Tagen machen seine Hände, was sie wollen, flattern wie die Vögel. An guten merkt er kaum etwas von seinem Tremor. Eske gibt ihm etwas gegen sein Gezitter, und es hilft, wenn er es regelmäßig nimmt, aber auf Driftland denkt er manchmal nicht daran. Selbst schuld, wenn man dann angestarrt wird wie ein Tattergreis.

Tagsüber gingen sie einander aus dem Weg, der eine zum Kartieren in die Dünen und der andere zur Spülsaumkontrolle an den Strand, und wenn sie abends in der Hütte saßen, schwiegen sie die meiste Zeit. Der Junge saß auf seiner Matte, seinen Klappcomputer auf dem Schoß, und jeden Abend, immer um die gleiche Zeit, nahm er sein Telefon und ging nach draußen, wo er dann lange sprach, mit einem Menschen, den er liebte. So viel verstand man durch die Wand auch ohne Worte.

Weil er nicht lauschen wollte, konzentrierte er sich dann auf seine Brutbestandstabellen, auf das Zischeln der Petroleumlampe und den leisen Chor der Thermoskannen, den er normalerweise nicht mehr hört, weil er ja immer da ist, wie die Vogelstimmen und der Wind.

Acht weiße Kannen stehen aufgereiht auf seinem Tisch, seit Jahren schon. Er füllt sie jeden Vormittag mit Regentonnenwasser, das er im großen Topf erhitzt und dann für seinen Nescafé und seine Tütensuppen warm hält. Am Abend wäscht er mit dem Wasser aus der letzten Kanne das Geschirr und manchmal auch sich selbst.

Die Deckel seiner Kannen machen eigenartige Geräusche. Seufzen, wimmern. Manchmal grummeln sie und zischen, pfeifen, singen Klagelieder, fast wie Lebewesen.

Sie lagen irgendwann zu Dutzenden im Spülsaum, eine ganze Kolonie von Thermoskannen, als hätte eine neue Entenvogelart auf Driftland Rast gemacht, es muss bei einem Sturm wohl ein Container über Bord gegangen sein. Die meisten nahm ihm Arne Dircks dann ab, zehn hat er selbst behalten. Zwei sind ihm dieses Jahr zerbrochen.

Es kommt nur selten vor, dass etwas angetrieben wird, das er gebrauchen kann. Die meisten Dinge, die er findet, sind aus Plastik und kaputt: Badelatschen, Wasserflaschen, Mayonnaise-Eimer.

Seit ein paar Jahren werden Blumenkränze angespült, aus roten Rosen meistens, manchmal auch aus weißen, bei Seebestattungen ins Meer geworfen von den Angehörigen. Zum Glück fand er erst einmal eine Urne, die er dann tief im Dünensand vergraben hat.

Er hätte sie vielleicht zurück ins Wasser werfen sollen, den letzten Willen des Verstorbenen erfüllen. Aber das kann man nicht, wenn man von einer Nordseeinsel kommt und auf dem Friedhof die Gebeine eines Urgroßvaters liegen, der im Eismeer starb und dann im Sarg vier Monate mit seinem Walfangschiff nach Hause segelte, wo seine

Witwe bei Verwandten das Bestattungsgeld zusammenbetteln musste.

Die Leute von den Inseln waren immer hart im Nehmen. Sie haben Kälte, Seekrankheit und Heimweh ausgehalten, auch die Ungewissheit und das Warten und die Armut. Nur den Gedanken, irgendwo im Meer versenkt zu werden, nicht. Die letzte Hoffnung war ein Grab mit einem Stein auf ihrem Inselfriedhof.

Er würde gerne glauben, dass es ihm egal ist. Dass sie, wenn er mal tot ist, mit ihm machen können, was sie wollen, aber er bleibt, was das angeht, ein Inselmann. Auch wenn er mit der Seefahrt lange abgeschlossen hat, will er begraben werden wie ein Kapitän, dort, wo die Grönlandfahrer liegen.

Es ist ihm unbegreiflich, wie man die Asche seiner Toten in die Nordsee kippen kann. Und ihnen dann auch noch, wie einen Witz von Rettungsring, so einen Kranz nachwerfen. Dass das der letzte Wille eines Menschen sein soll: als Asche von der See verschluckt zu werden, in Wasser aufgelöst wie eine Schmerztablette.

Am dritten Abend, nach dem Telefongespräch, als er auf seiner Matte saß mit dem Computer auf dem Schoß, sprach ihn der Junge plötzlich an: »Kannst du das lassen, Jens?« Er fragte es ganz ruhig, es klang nicht scharf.

Und es war nicht die Frage, die ihn an seinem Tisch zusammenzucken ließ, als hätte ihn der andere gepackt, bei etwas Heimlichem erwischt oder ihn unsittlich berührt.

Es lag daran, dass jemand ihn beim Namen nannte.

Die Frage hat er nicht verstanden.

»Das Gesumme. Könntest du das lassen? Die Kannendeckel machen mich schon fertig, aber wenn du auch noch mitsingst! Arie vom toten Hund, im Ernst.« Ein langer, jämmerlicher Ton kam wie ein Kommentar aus einer Thermoskanne, und der Moment, in dem sie beide lachen mussten, gab ihm die Zeit, sich seinen Gegenschlag zu überlegen.

Statt einer Antwort schob er seinen Stuhl zurück, nahm seine Brille ab und sah dem Jungen lange ins Gesicht. Dann zeigte er zur Tür und machte eine fegende Bewegung mit der anderen Hand. Setzte die Brille wieder auf und beugte sich über sein Buch. Und obwohl ihm nicht bewusst gewesen war, dass er wie ein Idiot mit seinen Thermoskannen summte, tat er es jetzt erst recht.

Ein paar Minuten saß der Junge reglos auf der Matte. Dann klappte er den Rechner zu und ging nach draußen. Stand eine Weile vor der Tür, kam wieder rein und holte seine Wasserflasche, die er draußen am Kanister füllte. Dann stand er noch ein paar Sekunden vor der Tür, bevor er eintrat und das Wasser aus der Flasche in den Kessel goss. Er zündete den Gasherd an und kramte aus dem Seesack eine Packung Kaffee und eine Glaskanne mit Filter. »Und wenn wir schon dabei sind, Jens: Dein Kaffee macht mich noch viel fertiger.« Er wusch zwei Tassen ab und goss die eine nur drei viertel voll, schwappsicher.

Beim zweiten »Jens« erschrak er dann nicht mehr.

Aber später lag er aufgeputscht vom Koffein in seinem Bett, und wie ein Mückenschwarm, der Blut verlangte, plagten ihn auf einmal die Erinnerungen an sein Leben vor den Vögeln. Er dachte an das Schiff, das Haus, die Frau und das Geschrei, das schlimmer war als bei den Reihern. An die drei Kinder, die irgendwie aus ihm herausgewachsen sind, wie wilde Triebe eines Baumes. An seinen Jüngsten, der jetzt älter sein muss als die Prinzen, die sie ihm nach Driftland schicken. Den er nicht besser kennt als diesen Jonas, der hier im Schlafsack bei ihm in der Hütte lag.

Ein Mann, der Söhne hat, wird dadurch längst noch nicht zum Vater. Sie sind ihm beide fremd geblieben, sogar Ryckmer, der ihm wie aus dem Gesicht geschnitten ist. Treu zur See gefahren, wie die Ahnen, und mit vierzig tief gefallen. Ganz der Vater.

In der Nacht war er es, der den Jungen dann mit seinem Namen ansprach. Jonas, der im Tiefschlaf durch die Hütte geisterte, die Augen weit geöffnet, bis ihn der Alte an den Schultern vorsichtig zurück in seine Fensternische schob.

Die Zwergseeschwalben hacken ihm nach zwanzig Jahren immer noch den Schädel blutig, wenn er zur Brutzeit in die Nähe ihrer Nester kommt. Die Gänse und die Enten fliegen auf, wenn sie ihn kommen sehen, und Sanderlinge stieben auseinander.

Die Vögel trauen ihm, der sie seit zwei Jahrzehnten liebt und schützt, kein bisschen mehr als all den anderen Menschen, die gedankenlos durch ihre Brutgebiete stolpern. Kitesurfern und Seglern, Wasserskiläufern und Dünenpicknickern, Muschelfischern, Gänsejägern, Seehundspannern.

Ein Mensch wird nie »des Vogels Freund«, selbst Ove Haaren war es nicht, der Möwenmann, den man nach seinem Herzschlag tot im Sand gefunden hat, die Augenhöhlen sauber leer gepickt.

Es gibt ein Rotkehlchen, das an der Hütte brütet, und es frisst ihm aus der Hand, wenn er ihm Haferflocken und Rosinen hinhält. Aber selbst dieser zutraulichste aller Vögel fliegt davon, sobald er einen Finger seiner Hand bewegt.

Der Einzige, der sich auf Driftland zähmen lässt, ist wohl der Mensch. Man muss nur einen Artverwandten schicken, der ihn bei seinem Namen ruft und ein paar Tage lang in seiner Nähe bleibt.

Es schien ihm nie etwas gefehlt zu haben in den letzten zwanzig Jahren.

Und plötzlich liegt er nachts in seiner Stelzenhütte, fünf Meter über Driftland und umgeben von der kabbeligen See, und will vor Einsamkeit und Reue wimmern wie die Thermoskannen, weil er das Atmen eines anderen vermisst.

Was seine Zitterkrankheit nicht geschafft hat, schaffte dieser Junge.

Weil auch der zweite Teil von Ove Haarens Glaubenssatz verkehrt ist, jedenfalls für ihn.

»Des Menschen Feind« ist er hier nicht geworden.

# 5

# *Junge, der zum Strand geht*

Die ganze Insel weiß, dass Henrik Sander heute dreißig wird, man kann es in der Zeitung lesen. Eine Doppelseite in der Wochenendbeilage über den »Treibgutkünstler aus dem Kutterschuppen« und ein Foto, das ihn zeigt, wie er mit seinem nassen Hund den Strand entlanggeht, hinter sich die Karre mit dem Kram, den er sich jeden Morgen aus dem Spülsaum holt. »Der Strandpirat auf seinem morgendlichen Beutezug«.

Sie hat das Foto lange angesehen und sich gefragt, was er wohl denken mag, wenn er den Unsinn liest, der über ihn geschrieben wird, »den wind- und wetterfesten Insulaner«.

Im Grunde kennt sie schon die Antwort: Henrik wird es gar nicht lesen.

Sie schneidet den Artikel aus und legt ihn zu den anderen in ihre schwarz lackierte Kiste.

Was über ihn geschrieben wird, bewahrt sie auf, nachdem sie es gelesen und datiert hat. Meistens wundert sie sich über die Berichte, weil der Mensch, von dem die Zeitungen erzählen, so wenig Ähnlichkeit mit ihrem Sohn zu haben scheint.

Es mag wohl sein, dass sie nicht sehr viel weiß von ihrem Jüngsten, und sie ist nicht die Frau, die ihren Kindern Fragen stellt. Aber den Zeitungsleuten darf man auch nicht alles glauben. Sie können noch so oft behaupten, dass Henrik Sander »Seemannsblut in seinen Adern« habe, wahrer wird es davon nicht. Was immer da in seinen Adern fließen mag, er ist der erste Sander, den es niemals auf ein Schiff gezogen hat, nur immer an den Strand und in die Wellen.

Sie hat ihm den Pullover schon in Seidenpapier eingeschlagen, diesmal halbpatent gestrickt. Das Muster darf sie mal verändern, aber nie die Farbe. Graublaue Wolle, nicht zu dick und nicht zu weich, sonst zieht er ihn nicht an. Jedes Jahr schenkt sie ihm zum Geburtstag einen neuen, den er dann täglich trägt, und wenn er nass wird, zieht er den Pullover aus dem Vorjahr an. Im Jahr danach bekommt der Hund ihn dann für seinen Korb.

Ein Schwemmholzdackel steht in ihrer Stube auf dem Vertiko, ein Elefant mit Muschelohren und ein Wal aus Glas, das von der Nordsee rund geschliffen wurde. Ein Pfau mit einem Schwanz aus kleinen Meeresschnecken. Basteleien eines Kindes, schief und rührend, Henriks Muttertagsgeschenke. Hanne hütet ihre kleine Herde, klebt sehr vorsichtig die Ohren, Dackelbeine oder Schneckenfedern wieder fest, wenn sie sich lösen. Aber niemals würde sie sich eines dieser Ungetüme in den Garten stellen, die er aus angeschwemmtem Müll zusammennagelt, seit er im Schuppen seine Werkstatt hat. Ihr Sohn ein Künstler.

Sie erinnert sich an seine erste Ausstellung in dieser Galerie, die sich ein Wein- und Kunstfreund in der alten Kurarztvilla an der Hafenstraße eingerichtet hat. Große Räume, knarzendes Parkett und hohe, weiße Wände. Eske hat sie damals zur Eröffnung mitgeschleppt, auch Ryckmer musste mit.

Das Publikum war gut gekleidet, handverlesen offenbar, es kamen keine Badegäste, die in Strandklamotten durch die Ausstellung gelatscht wären.

Und die Menschen, die an diesem Sonntagvormittag die Inselgalerie besuchten, sahen aus, als täten sie das öfter: Kunst betrachten mit Champagnergläsern in den Händen, Kleider tragen, Sakkos, Seidenschals. Es waren Leute, die einander kannten, sich mit Wangenküssen und Umarmungen begrüßten, und sie kannten auch die Insel.

Sie erzählten sich von ihren Häusern und den Fliesenlegern, die nicht fertig wurden, von den Reetdachdeckern, die nicht kamen, von den Gärten, die sie neu bepflanzen wollten, und von Segeltörns im Wattenmeer. Sie sprachen vom Septembersturm und von der Flut, die vor drei Tagen einen Teil des Weststrands weggerissen hatte, und vom Blitz, der das Café von Milla Hamkens traf.

Die meisten dieser Leute hatte Hanne nie gesehen.

Es war, als träfe sie in dieser Galerie auf einen zweiten Stamm von Inselmenschen, der hier verborgen hinter Rosenhecken lebte, Kunstausstellungen besuchte, segelte und in den Gärten Feste feierte. Ein neues Inselvolk, das sich hier angesiedelt hatte, fast unbemerkt und unsichtbar für die Alteingesessenen.

Ein paar von Henriks Wellenreiterfreunden waren da und Pastor Lehmann, der mit seiner Frau gekommen war, ansonsten kannte sie in diesen hohen Räumen niemanden.

Die Treibgut-Ungeheuer waren angeleuchtet wie Skulpturen im Museum, und man hatte sie auf Sockel aus Beton gestellt. Sie sahen aus, als ob sie da nicht hingehörten. Als schämten sie sich, von den Menschen angeschaut zu werden, die sich die Brillen in die Haare schoben und sehr dicht an sie herangingen.

Ein bisschen schämte sich wohl auch der Künstler. Henrik lehnte an der Fensterbank und drehte seinen Armreif hin und her, rupfte Flusen vom Pullover, rollte seinen Katalog zu einem Fernglas auf und schaute durch, entrollte ihn und strich ihn wieder glatt. Er nahm das Glas, das ihm der Galerist entgegenhielt, stieß mit den Leuten an und ließ sich auf die Schulter klopfen, frotzelte mit seinen Freunden, lachte in die Kamera, als Eske, außer sich vor Stolz, von ihrem Künstlerbruder Fotos machen wollte. Ließ sich von Ryckmer boxen, boxte ihn zurück.

Ein Kunsthistoriker mit weißem Haar, der scheinbar auch zum unbekannten Inselstamm gehörte, trat an das Mikrofon und sprach gut eine Viertelstunde über Henrik Sanders »ozeanisches Gefühl« und seine »Arte povera der Nordsee«, vom »ökologischen Appell« in seinen Arbeiten. Er lobte diesen »unergründlichen Verbündeten der See« für seine Weigerung, dem Publikum die Deutungsarbeit abzunehmen, was wohl bedeuten sollte, dass sich jeder seinen eigenen Reim auf Henriks Werke machen musste. Er gab den seltsamen Geschöpfen keine Namen. Auf allen Sockeln stand »o. T.«.

Hanne sah, wie sich ihr Jüngster quälte auf der Fensterbank. Er trommelte auf seinen Beinen, wippte mit den nackten Füßen, drehte seinen Armreif, sah zur Decke, biss sich auf die Unterlippe, nestelte an seinem Katalog. Er starrte auf den Boden, aus dem Fenster, zog sich die Pulloverärmel über seine Hände, schob sie wieder hoch.

Und sie verstand ihn gut, weil sie es selbst kaum aushielt. Der Ring an ihrem Mittelfinger glühte fast, weil sie die ganze Viertelstunde daran drehte. Als könnte sie mit dieser schraubenden Bewegung den Historiker beschleunigen, vorspulen bis zum Ende seines Vortrags.

Die Hände stillzuhalten ist ihr immer schwergefallen. Henrik kann es auch nicht, vielleicht hat er die Ungeduld von ihr geerbt. Er wollte schon als Junge ständig irgendetwas hämmern, sägen, bohren, schnitzen, schrauben. Nur leider selten etwas Nützliches.

Sie bindet eine Schleife um das Seidenpapier, dann geht sie in die Küche, um den Kuchen aus der Form zu nehmen – wenn man den Klotz aus Fett, Kakao und Butterkeksen überhaupt so nennen will. Um ihn zu essen, braucht es die Robustheit eines Kindermagens, aber Henrik liebt ihn, also kriegt er seinen kalten Kuchen auch in diesem Jahr.

Sie hat mit bunten Schokolinsen eine 30 in die Fettglasur geschrieben, und so albern das auch ist, sie wird ihm noch die 40 in den Kuchen drücken. Und die 50, falls sie das erleben sollte.

Und Henrik wird sie, wenn sie ihm die Geschenke gibt, umarmen, wie in jedem Jahr. Ganz kurz, sehr fest, als drückte er ein Siegel in ein weiches Wachs.

Sie braucht den Kuchen und den Strickpullover dringender als er, vor allem braucht sie die Umarmung, weil sie sich immer wieder vergewissern muss, dass ihr vergeben worden ist.

Er sollte ihre Welt in Ordnung bringen, darum hat sie diesen Sohn mit Ende dreißig noch bekommen. *Wunschkind* kann ein böses Wort sein, wenn dieses Kind die Wünsche seiner Eltern zu erfüllen hat, als wäre es ein Zauberer. Wenn es die Wut verrauchen lassen soll und die Entfremdung überwinden und einen Mann dazu bewegen, dass er bleibt. Jedes Jahr, wenn der Geburtstag ihres Jüngsten näher rückt und sie zu stricken anfängt, muss sie an die Geschichte denken, die sie in einer ihrer Zeitschriften gelesen hat, schon lange her. Es ging um Eltern blutkrebskranker Kinder. Ein Paar, das seinen Namen nicht verriet, gestand, dass es ein zweites Kind bekommen hatte, um mit dem Nabelblut des Neugeborenen ihr Erstgeborenes zu retten. Hanne hat sich seither oft gefragt, ob dieses Baby das Geschwisterkind wohl retten konnte. Und was, wenn nicht?

Ihr Jüngster hat nicht zaubern können, und wie zur Strafe hat ihn seine Mutter fast vergessen. Während sie mit Jens gestritten hat, die Gäste und das Haus versorgt, ist er im toten Winkel groß geworden. Eske hat ihn viel herumgetragen, ihren Bruder mitgeschleppt wie einen Rucksack, wenn sie mit ihren Freundinnen zum Strand gegangen ist, und Ryckmer brachte ihm das Sägen mit dem Fuchsschwanz bei, weil Jens, wenn er nach Hause kam, die meiste Zeit verschwand, zu seinen Vögeln oder in die Kneipe.

Sie hat den Jüngsten lange übersehen, und als sie es bemerkt hat, war es schon zu spät.

Jetzt ist er dreißig Jahre alt und niemals von der Insel weg gewesen, hat nie einen Beruf gelernt. Der Maler hätte ihn genommen, auch der Bäcker, aber doch nicht barfuß.

Er hat sich durchgeschlagen, Strandkörbe repariert und Urlaubern das Wellenreiten beigebracht, Kurkarten geknipst, den Strand gereinigt und als Rettungsschwimmer jeden Sommer Badegäste aus der See gezogen. Bis heute steht er mit den alten Freunden auf dem Ausguck, ein paar Stunden jeden Tag von Juni bis September, und sucht das Wasser ab nach Schwimmern, die die Tide und die Strömung unterschätzen, oder nach Kindern, die mit ihren Luftmatratzen auf die offene See getrieben werden. Und selbst das Retten scheint er zu betreiben wie ein Spiel. Sie kann ihn vor sich sehen, wie er in die Nordsee springt, als wäre er ein Hund, der Stöcke holt, und die Ertrinkenden wie zum Vergnügen an den Strand bringt.

Die zwei Medaillen hat er ihr geschenkt, sie liegen in der schwarz lackierten Kiste.

Und heute sammeln Kunstversteher seine Treibholzwerke. Zahlen sehr viel Geld, um sich die Gärten und die Zimmer ihrer durchsanierten Inselhäuser mit seinen Vogelscheuchen zu verschandeln. Sie hat die Preise ja gesehen, die damals an den Sockeln standen.

Der Künstler Henrik Sander ist, obwohl er nicht so aussieht, ein gemachter Mann. Ihr Sohn ein Mann.

Das Seidenpapier flattert, als sie aus dem Haus geht, und der Wind zerrt an den Haaren, in der Nacht hat es gestürmt, zum ersten Mal in diesem Herbst. Ein guter Morgen für die Bernstein- und die Treibgutsucher. Sie legt das Päckchen auf den Rücksitz, stellt den Kuchenteller in den Fußraum, startet ihren Wagen und gibt Gas. Bevor die Morgenfähre kommt, will sie zurück sein.

Die Schiffe waren voll an den vergangenen Tagen, dabei ist es fast Oktober.

Früher kehrte Ruhe ein zu dieser Jahreszeit. Die Kinder, die im Juni ihre Zimmer an die Badegäste abgetreten hatten, zogen dann zurück aus ihren Sommerschlafquartieren, braun gebrannt und etwas fremd, und ihre Betten kamen ihnen kleiner vor, weil sie im Sommer so gewachsen waren. Die Mütter mussten sich an die Septemberkinder erst gewöhnen, an das Familienleben in den gästelosen Häusern. Sie erinnert sich an die Erschöpfung nach dem Ende der Saison und auch an das Gefühl von Traurigkeit und Leere. Als hätte man die Sommer-Hanne ausgeschaltet und die andere wieder an. Die Tage wurden dann schnell kürzer, und es schien, als zöge sich die Insel, wenn der Winter kam, zusammen. Ballte sich wie eine Faust.

Jetzt kommen mit den ersten Stürmen Windtouristen, die sich am Strand von starken Böen schieben lassen. Sich an die Schnüre großer Drachen hängen. Auf den Deichen wandern, mit den Händen an den Mützen, bis die Augen tränen.

Die See liegt unter großem Wolkenwerk, die Wellen eilen Richtung Strand, als müssten sie nach Hause. Es ist ein Tag für Maler. Vor dreißig Jahren war das Wetter ähnlich, und sie weiß noch, dass da Freude war. Oder doch wenigstens die Hoffnung auf Versöhnung. Als hätte je ein Neugeborenes die Eltern friedlicher gemacht.

Der Hafen sieht von Jahr zu Jahr verwaister aus. Es gibt nur noch drei Fischer auf der Insel, und in der letzten Nacht war keiner draußen. Die Drenthe-Brüder werden trotzdem später noch zum Hafen kommen und ihr Schild aufstellen. »Krabben fangfrisch vom Kutter«. Sich in Gummistiefeln auf dem Schiff zu schaffen machen, als kämen sie gerade von der Nordsee rein – und dann den Rest von gestern noch verhökern an die Gäste. Eine Tüte für zehn Euro, kleiner machen es die Drenthes nicht. Und grinsen dann, wenn die

Touristen mit den viel zu großen Beuteln abmarschieren, denn sie wissen ganz genau, dass ihre ungeübten Kunden eine Ewigkeit an diesem Haufen Krabben pulen werden. Stellen sich gern vor, wie die Senioren mit den rheumasteifen Fingern oder die jungen Eltern mit den quengeligen Kindern Stunde um Stunde in ihren Wohnmobilen oder an den Tischen ihrer Ferienwohnungen sitzen und an den kleinen Schalentieren fummeln. Und die Hälfte reißt dann sowieso durch.

Henriks Wellblechschuppen leuchtet schon von Weitem. Alte Bojen baumeln wie die Kürbisse in allen Größen an den Wänden, blassblaue Taue und verschrammte Rettungsringe, Reusen, bunte Schwimmer, manche noch aus Kork, die meisten schon aus Schaumstoff. Kanister in allen Farben, mürbe Segelreste, Bordlaternen, oxidierte Nebelhörner.

Ein morbider Schiffsausrüster hätte seine Freude an dem Sortiment, es ließe sich damit ein Geisterschiff bestücken.

Als er anfing, hier herumzuwerkeln, rostete der Schuppen einsam vor sich hin, jetzt ist er bei den Fotografen und Touristen fast beliebter als der Leuchtturm und die Inselkirche und das Kapitänshaus der Familie Sander.

Hanne hält sich nie sehr lange auf in Henriks Bude, weil ihr die Sachen, die er sammelt, zu makaber sind. Alles, was hier steht und liegt und hängt, war schon versunken, ist von der Nordsee ausgesaugt und halb verdaut, dann wieder ausgespien worden. Von Seepocken bewachsen und verblichen. Tote Dinge, die die See sich angeeignet hat und die an Land nichts mehr zu suchen haben. Sie hätte jedes einzelne zurückgeworfen in die Wellen – oder in die Tonne.

Am Anfang brauchte Henrik seinen Schuppen nur als Werkstatt, dann stellte er ein ausrangiertes Sofa in die Ecke, einen Campingkocher und ein paar Bananenkisten, und irgendwann, er war dann siebzehn oder achtzehn, wurde Hanne klar, dass er tatsächlich ausgezogen war. Er kam nur noch nach Hause, um die Waschmaschine und das Badezimmer zu benutzen, manchmal aßen sie dann noch zusammen. Erst zieht der Mann in eine Vogelhütte, dann zieht der Sohn in einen Schuppen. So viel zum Thema Wunschkind und Versöhnung.

Henrik hätte hier bis heute ohne Möbel, Bad und Küche zwischen angeschwemmtem Kram gehaust, wenn all die jungen Frauen nicht gewesen wären, die magisch angezogen werden von einem Treibgutkünstler, der am Hafen lebt.

Manche blieben nur für einen Sommer, zogen wieder auf das Festland, wenn die Stürme kamen und sie in der schlecht geheizten Wellblechbude froren. Hanne hat die Übersicht verloren, und es fällt ihr auch nicht ein, die Freundinnen der Söhne durchzuzählen.

Man kann den Schuppen wohl verwunschen finden, wenn man ein bisschen zur Romantik neigt. Die Frauen, die zu Henrik an den Kutterhafen zogen, haben aus der rumpeligen Werkstatt und der halb möblierten Junggesellenbude schon ein »Atelier« gemacht, ein »Kunstkontor« und einen »Hafenladen«. Und irgendwann verschwanden sie, weil es nichts Festes wurde mit dem Treibgutkünstler.

Aber jetzt lebt Jana schon das zweite Jahr in seinem Schuppen, und Hanne wäre nicht erstaunt, wenn sie für Fakten sorgen sollte.

Henrik hätte seinen dreißigsten Geburtstag wohl verbracht wie jeden anderen Tag, wenn Jana nicht die Dinge in die Hand genommen hätte. Sie hat dafür gesorgt, dass der Artikel über ihn erscheint und dass gefeiert wird mit seinem Galeristen und den Sammlern, mit ein paar Zeitungsleuten und ein bisschen Inselprominenz, mit Freunden und Familie. Im Schuppen stehen Bierbänke und Weinkartons und lange Tische.

Sie hat ihm auch das schöne Hemd geschenkt, das er jetzt trägt, es schimmert dunkelblau. Wahrscheinlich hätten Schuhe gut dazu gepasst und lange Hosen statt der Surfer-Shorts, die fast so ausgewaschen sind wie all die angespülten Sachen an der Schuppenwand. Aber Jana hat verstanden, dass man einen langen Atem braucht, wenn man hier irgendetwas ändern will. Zu Weihnachten vielleicht mal eine neue Hose. Und mit den Schuhen lieber warten.

Henriks Haare sind vom Nordseewasser nass, und Jana steht im Bademantel in der Küchenecke, einen Handtuchturban auf dem Kopf. Sie sieht noch nicht gesprächig aus und schiebt den Hund beiseite, der neben ihr sein Fell ausschütteln will. Er tut es trotzdem. Nasser Sand fliegt durch den Raum.

»So, der Mutterkuchen ist dann schon mal da«, sagt sie und lehnt sich an den Herd, die Arme vor der Brust verschränkt. Hanne fand den Satz schon letztes Jahr nicht witzig, aber Henrik nimmt ihr lächelnd seinen Kuchen ab und stellt ihn auf den Küchentisch. Dann packt er den Pullover aus und zieht ihn an, und Janas Hemd verschwindet unter dem graublauen Halbpatent, die Wolle fusselt auf den schönen glatten Stoff. Hanne hört ein Ausatmen vom Herd, und Henrik hört es nicht. »Passt«, sagt er, »richtig schick. Den lass ich jetzt gleich an.« Er streicht mit beiden Händen kurz über die Wolle, dann geht er einen Schritt auf Hanne zu und drückt sie an sich. »Danke.« Schwur besiegelt, Hanne streicht das Seidenpapier glatt und faltet es, steckt es in ihre Tasche, rollt das Schleifenband zu einer Schnecke. Bevor sie geht, soll er ein Stück von seinem Kuchen essen.

»Auf nüchternen Magen, viel Spaß«, murmelt Jana und verschwindet im Schlafzimmer.

Sie setzt sich auf das Bett, das sie vor ein paar Wochen endlich abgeschliffen und gestrichen hat, weil sie es leid war, sich hier ständig Splitter in die Haut zu ziehen. Der Rahmen ist aus angetriebenem Palettenholz und war in einer halben Stunde fertig. Henrik baut nie lange an den Sachen, und er käme nie auf die Idee, ein Möbelstück zu streichen. In seinem Schuppen gab es keinen Pinsel und kein Schleifpapier. Es gab auch keinen Staubsauger, bevor sie eingezogen ist, nur seinen alten Besen, der schon mehr gesehen hat, als sie sich vorstellen möchte.

Sie nimmt das Handtuch ab und zieht den Bademantel aus. Legt sich hin, verschränkt die Arme hinter ihrem Kopf und wird jetzt ganz entspannt noch eine halbe Stunde dösen, einfach so, obwohl um elf schon das Buffet geliefert wird, obwohl um zwölf die Gäste kommen werden und Henriks Werkstatt noch nicht aufgeräumt ist.

Andere haben Fitnesstrainer oder Seelengurus, von denen sie sich für viel Geld mental massieren lassen. Sie hat Hanne Sander, eine ideale Sparringspartnerin, wenn man die Psychokondition verbessern will.

Man wird nicht warm mit dieser Frau, wenn man vom Festland stammt und eine Arbeit macht, die es im zwanzigsten

Jahrhundert noch nicht gab. Sie hat versucht, ihr zu erklären, was eine Webdesignerin »den ganzen Tag so tut«, es war ein seltsames Gespräch. Sehr schwer, in dieses skeptische Gesicht zu sprechen, das immer amüsiert aussieht, das Kinn ein bisschen angehoben und die Augenbrauen auch.

Sie ist nicht unfreundlich, sie baut nur keine Brücken. Bleibt, wo sie ist, und sieht dem Gegenüber zu, wenn es ins Leere läuft und strampelnd in der Luft hängt.

Und sie hält nichts von jungen Frauen, die um sieben noch nicht mit dem Duschen fertig sind, die Tür im Bademantel öffnen und vor dem ersten Kaffee zu verpennt sind für ein höfliches Gespräch.

Als Jana aufwacht, ist es neun, und sie kann Henrik überreden, Hannes Wollpullover auszuziehen. Dann braucht sie eine halbe Rolle Klebeband, um wenigstens die gröbsten Fussel von dem neuen Hemd zu kriegen. Die oberen zwei Knöpfe lässt er offen, und die Ärmel krempelt sie ihm auf, die Haare bleiben ungekämmt, und das Gesicht wird nicht rasiert. Bevor die Gäste kommen, macht sie Fotos für die Website, *Portrait of the Artist*.

Es ist ein schöner Mann, den man auf ihren Bildern sieht.

Der jetzt stöhnend und Grimassen schneidend auf sie zuwankt und nach der Kamera greift, weil er die Nase voll hat von den Fotos. Sie fasst mit beiden Händen in sein Haar und küsst sein salziges Gesicht, er lässt sich eine Weile küssen. Dann dreht er sich schnell um und hievt sie sich wie einen Sack auf seinen Rücken. Tut, als hätte er sehr schwer an ihr zu schleppen, trägt sie ächzend durch die Tür und lässt sie fallen auf dem roh gezimmerten und ungemachten Bett. Sie denkt noch an das teure Hemd. Egal.

Dann wummern vor dem Fenster schnelle Bässe, nähern sich dem Kutterhafen, werden lauter, bis die Wände zu vibrieren scheinen. Das Gewummer stoppt, und eine Autotür wird zugeschlagen. Kurzes Klopfen und die Schuppentür fliegt auf.

Die zweite Razzia an diesem Morgen, denn auch Eske Sander kann kein Haus betreten, ohne es zu stürmen.

»O nein, zu früh!«, ruft sie. »Sorry!« Sie rennt zur Schlafzimmertür und knallt sie zu. »Macht ganz in Ruhe fertig! Ich koch schon mal Kaffee!« Schaltet das Küchenradio ein und dreht Henriks Hardrocksender auf, hantiert mit Wasserkocher, Kaffeekanne, Tassen und singt mit bei *Paranoid. Black Sabbath*, während nebenan das aufgestörte Liebespaar die Pläne für den Morgen aufgibt.

Sie bringt den Kaffee dann ans Bett, klopft mit der Spitze ihres schweren Stiefels an die Tür und wartet drei Sekunden, immerhin, drückt die Klinke mit dem Ellenbogen runter und kommt mit den zwei Bechern in das Zimmer. »Dein Ernst, Eske«, sagt Jana und zieht sich die Bettdecke über den Kopf, während Henrik beide Hände nach dem Kaffee ausstreckt und mit Greisenstimme »Danke, Schwester« krächzt.

Eske blickt ihn tadelnd an, kopfschüttelnd. »Gar nicht gut, Herr Sander, dieses lange Liegen«, sagt sie, »nachher jammern wir dann wieder über unseren Dekubitus.«

Sie setzt sich grinsend auf den Bettrand, nimmt ihn in den Arm und flüstert: »Happy birthday, alter Mann.« Hält ihn noch ein bisschen, küsst ihn auf die Wange. »Alles Gute, Bruder.« Dann steht sie auf, schließt hinter sich die Tür und dreht das Küchenradio ein bisschen leiser, als wollte sie jetzt wirklich niemanden mehr stören.

Sie gießt sich Kaffee ein und nimmt den Becher mit in Henriks Werkstatt, wo der Staub schwebt und die Sonnenstrahlen durch das ungeputzte Fenster fallen.

Es ist verdächtig still hier drin, als wären all die angefangenen, halb fertigen und schon vollendeten Gestalten, die auf der Werkbank stehen, an den Wänden lehnen, in Regalen liegen, gerade erst verstummt. Wie immer kommt es Eske vor, als hielten sie den Atem an, seit sie den Raum betreten hat. Als wären sie gerade erst stocksteif geworden, nachdem sie hier die ganze Nacht geredet haben, geweint oder gestritten – was immer sie auch tun, wenn man sie nicht beobachtet, die seltsamen Geschöpfe ihres Bruders.

Sie fragt sich, ob es Henrik auch so geht, wenn er am Morgen in die Werkstatt kommt. Ob sie dann auch verstummen und ihre Regungen vor ihm verbergen.

Seit ein paar Wochen ist sie nicht mehr hier gewesen, aber die meisten der Figuren kennt sie. Manche sind seit Ewigkeiten in der Werkstatt, weil ihnen etwas fehlt, das Henrik erst noch finden muss. Die See ist eine unberechenbare Lieferantin, oft wartet er sehr lange auf ein Stück.

Die beiden hageren Gestalten, die jetzt an seiner Werkbank lehnen, sind noch neu.

Sie sehen vogelartig aus und stehen beieinander wie ein Paar, zwei Freunde oder Brüder. Neigen ihre Köpfe wie in einträchtigem Schweigen. Ihre Arme oder Schwingen sind aus rostigem Metall, die Körper schwemmholzbleich. An ihren Rümpfen hängen Reste alter Netze, Fischerleinen, Schnüre, Haken. Sie scheinen ausgezehrt zu sein, erschöpft von einer Ewigkeit im Wasser. Wie von der See verhört und erst nach langen Jahren freigelassen, jetzt stützen sie einander.

Die Kreaturen ihres Bruders kommen ihr wie Taucher vor, die in der Tiefe Schreckliches gesehen haben und dann zu schnell nach oben schießen.

Und Eske würde sie am liebsten bergen, in das Haus der Sanders bringen und sie aufbewahren wie die Dinge, die dort seit Jahrhunderten gehütet werden. Auch die taucherkranken Wasserwesen ihres Bruders scheinen die Geschichte der Familie zu erzählen. Eine andere als die der nautischen Bestecke und der Silberschalen. Von den Seefahrern, die nicht nach Hause kamen, sondern mit ihren Schiffen untergingen, die von Walen in die See gezogen wurden, über Bord gespült. Von Ahnen, die bei Sturmflut in die See gerissen wurden, von den Kindern, die in Hafenbecken fielen und ertranken. Sie erzählen von den Strampelnden und still Versinkenden, die in die Tiefe mussten, ihre Augen aufgerissen. Nicht einmal schreien kann ein Mensch, wenn er im Wasser sterben muss.

Henrik ist es ganz egal, was man in seinen Kreaturen sieht. Er legt auch keinen Wert darauf, dass man ihn einen Künstler nennt. Er will nur an der See sein, Sachen finden, Dinge bauen.

Es hat gedauert, aber irgendwann hat sie verstanden, dass darin Henriks Meisterschaft besteht, dass das sein größtes, eigentliches Kunstwerk ist: *Junge, der zum Strand geht.*

Eske nimmt die beiden Vogelartigen und stellt sie vorsichtig auf seine Werkbank. Dann trägt sie auch die anderen Figuren aus dem Weg, legt sie wie Schlafende in die Regale oder schiebt sie an die Wände, holt den Besen und fängt an, die Werkstatt auszufegen. Als sie den letzten Biertisch aufgestellt hat, holt sie die Weinkartons und packt die

Flaschen aus, bis Henrik aus dem Schlafzimmer gelaufen kommt.

Im Radio läuft *Raining Blood*, er dreht voll auf, springt auf sie zu und schüttelt seinen Kopf im Rhythmus der Musik. Sie lässt die Flaschen stehen, zieht das Haargummi von ihrem Zopf, stellt sich vor ihn und fängt an, den Kopf in Achterform kreisen zu lassen. Ihr alter Wettkampf. Wer am längsten durchhält. Das Lied ist vier Minuten lang, brutales Tempo, spätestens nach zwei Minuten ist der Nacken fertig, und nach drei wird einem schlecht. Irgendwann rennt Jana mit dem Hund nach draußen, weil er durchdreht bei dem Krach.

Der Wettkampf endet unentschieden, Henrik wischt sich mit dem Küchenhandtuch über das Gesicht und geht zum Kühlschrank, holt zwei Bier und öffnet sie mit seinem Feuerzeug. »Jana?«, ruft er. »Willst du auch eins?« Aber sie steht draußen, raucht und krault den Hund, den sie von Anfang an nicht mochte. Und kümmert sich dann um das Fest, wer sonst.

Und ein paar Stunden später leuchtet alles. Kerzen, Tischtuch, Janas Silberringe und die Zähne ihrer Gäste. Das Geburtstagskind wird durch den Raum gereicht, von Glas zu Glas, und lächelt.

Kurze Wellen von Gelächter branden auf und rollen ab, und Eske lehnt an Henriks Werkbank und versucht, den Chill-out-Mix von Janas Playlist nicht zu hören.

*Café del Mar*, sie könnte wetten. Und es passt sogar, weil dieses ganze Fest so wirkt, als würde es vom Mischpult aus geregelt. DJane Jana legt im Kutterschuppen auf, und Eske fühlt sich fremd auf dieser durchgesampelten Veranstaltung.

Sie winkt und prostet den paar Leuten zu, die sie hier kennt, der Bürgermeisterin, dem Chef der Kurverwaltung, zwei Ärzten aus der Nordseeklinik, der Reporterin der Inselzeitung. Wechselt ein paar Worte mit Matthias Lehmann, der erschöpft aussieht und trotzdem strahlt, als könnte er sich nach dem Sonntagsgottesdienst nichts Schöneres denken, als auf einer Mittagsparty vollgequatscht zu werden. Genauso strahlend sitzt er jeden zweiten Mittwoch bei ihr im Seniorenheim, trinkt mit den Alten Kaffee, spielt mit denen, die noch können, Stadt, Land, Fluss und singt zum Schluss noch ein paar Kirchenlieder zur Gitarre. Wie Pastor Lehmann aussieht, wenn er nicht im Dienst ist, weiß auf dieser Insel wohl kaum jemand außer Henrik. Die beiden sind ein seltsames Gespann, wenn sie frühmorgens an der See zusammen durch den Sand marschieren, nie länger als ein paar Minuten, aber immer noch fast jeden Tag, seit Henriks Konfirmandenzeit. »Ich kann nicht glauben, dass er dreißig ist«, sagt Pastor Lehmann strahlend und tritt langsam seinen Rückzug an. Er schiebt sich lächelnd an den Rand des Raumes, nickt und gleitet unauffällig aus der Tür.

Sie sieht, wie Jana ihren Arm um Henriks Hüfte legt, den Kopf an seine Schulter lehnt und in die Kamera des Inselfotografen lacht. Ihr Bruder kommt ihr wie ein Zwitterwesen vor in seinem neuen Hemd und seinen alten Shorts, ein halber Mann, ein halber Junge, barfuß. Immer neue Arme legen sich auf seine Schultern.

Dann fliegt die Tür des Schuppens auf und Ryckmer kommt, direkt vom Hafen offenbar, er trägt noch seine Bordklamotten. Ein paar Sekunden steht er in der Tür und lässt die Messingknöpfe glänzen, dann schiebt er sich mit unbewegter

Miene durch die Gästegruppen wie durch einen Wattenpriel. Als er Henrik sieht, hebt er den Arm und schwenkt die Flasche Single Malt, die er für ihn gekauft hat, watet weiter, bis er bei ihm ist. »Dreißig Jahre alt«, sagt er und tippt mit seinem Finger auf das Etikett. Nimmt ihn ein bisschen unbeholfen in den Arm, drückt ihm die Whiskyflasche in die Hand und holt sich vom Buffet ein Bier. Bringt noch ein zweites mit, als Eske ihm ein Zeichen gibt.

Sie sieht, wie ihm die Blicke folgen. Guter Auftritt, denkt sie, Captain Sander entert einen Kutterschuppen.

Und jetzt begreift sie erst, dass sie genauso gut in Janas Gästesampler passt wie er. Die tätowierte Inselfrau, die ein paar Metal-Beats in den gechillten Rhythmus haut. Sie nimmt das Bier, das Ryckmer ihr herüberreicht, und überlegt sich kurz, ob sie die Flasche zwischen ihre Backenzähne klemmen soll, den Kronkorken abbeißen und in hohem Bogen auf den Boden spucken. »Lass es«, sagt Ryckmer grinsend. »Kein Zahnarzt auf der Insel im Moment.«

Sie will gerade gehen, als die Wellenreiter kommen, Henriks Rettungsschwimmerfreunde, den Kastenwagen voll mit selbst gebranntem Schnaps und Neoprenanzügen. Sie greifen ihn und werfen ihn ein paarmal in die Luft, gießen Schnaps in die Champagnergläser und lassen ihn hochleben mit einem dreifachen »Noch! Nicht!«.

Es ist Henriks ewiges Kommando, bei der Inselstrandwacht zum Gesetz geworden, die Essenz aus fünfzehn Jahren Badeaufsicht: »Noch! Nicht!« Wer zu früh losprescht, hat das Prinzip noch nicht verstanden. Allein das Timing macht aus einem aufgeschreckten Bademeister einen Seenotretter.

Also lässt man die Touristenpärchen Richtung Sandbank

wandern, Ebbe, leichter Nebel, und man weiß schon, was dann kommt. Verfolgt sie mit dem Fernglas, sieht den Priel allmählich volllaufen, und dann merken sie es auch. Drehen um und suchen eine flache Stelle, bis sie begreifen, dass die Sandbank schon umspült ist. Wenn das Nordseewasser ihnen um die Oberschenkel schwappt, macht man das Rettungsboot allmählich klar, Betonung auf »allmählich«.

Genauso bei den Sommersurfern, die auf dem Baggersee die Größten sind und keine Ahnung haben, was ein Nordseewind mit ihrem Segel machen kann. »Noch! Nicht!«, bis sie entkräftet an den Brettern hängen.

Weil sie sonst morgen wieder draußen sind.

Die Nordsee ist für sie ein Freizeitpark mit Fahrgeschäften. Sie glauben, alles sei gebucht: Gezeiten, Nebel, Strömungen und Sturm, sogar die Seenotrettung, all inclusive.

Das Einzige, was sie kuriert, ist eine kleine Dosis Todesangst.

Wenig später wird Henrik Sander schnell und unauffällig abgezogen von dem Fest, weil er am Strand gebraucht wird. Ablandiger Wind und ein perfekter Swell, besser wird es nicht für Wellenreiter. Jana sieht ihn nur noch winken aus dem Kastenwagen, und Eske, die das Fest bei Captain Sander in den besten Händen weiß, fährt hinterher.

In schweren Stiefeln geht sie durch den Sand, ein großer Drachen faucht hoch über ihrem Kopf, grellbunt. Reißt an der Leine, Wolken hetzend, Seevögel verjagend, heute nur der eine. In ein paar Wochen wird der Himmel wieder voll sein, Drachenfest, dann möchte sie die Schere nehmen und am Strand von Schnur zu Schnur gehen, schnipp, schnapp, den Wind mal zeigen lassen, wer der Jäger ist.

Kein Reggae mehr am Strand, die kleine Kaffeebar hat schon geschlossen, dem jungen Beach-Barista ist es ist hier zu kalt geworden. Wahrscheinlich wünscht er jetzt den Pflegekräften Teneriffas einen schönen Urlaub.

Sie sieht die Wellenreiter ihre Bretter Richtung Brandung tragen, vier Mann in Neoprenanzügen und einen Mann in Shorts. Setzt sich in den Sand zu Henriks dunkelblauem Hemd, das hastig ausgezogen wurde. Wie ein verrenktes Tier sieht es jetzt aus, und Eske nimmt es, stülpt die Ärmel wieder um und glättet es ein bisschen.

Er war sehr klein und leicht, als sie das erste Mal mit ihm ins Wasser ging, sie nahm ihn huckepack und schwamm, und Henrik brauchte man nichts zu erklären. Er wusste, dass die See ihn tragen würde, kannte keine Angst vor ihrer Tiefe. Sobald er schwimmen konnte, fing er an zu tauchen, suchte Algen oder Muscheln, war in seinem Element.

Sie zieht die Stiefel aus, steht auf und sieht den Bruder auf den Wellen. Henrik Sander, Künstler. *Junge, der zum Strand geht.*

# 6
# *Fünf Faden tief*

Am Tag vor Allerheiligen, als es schon dämmerte, sah er den Sensenmann vor seiner Tür. Er war noch klein und klopfte an, und neben ihm stand eine Frau mit Hexenhut und einem Spinnennetz, das ihr Gesicht bedeckte. Sie wollten Süßes oder Saures.

Ein Nordatlantiktief im Anmarsch und der Vollmond kurz vor Allerheiligen – wenn Ryckmer Sander etwas nicht gebrauchen konnte an einem Tag wie diesem, waren es makabre Scherze.

Man muss ein Kind, das sich als Tod verkleidet hat, deshalb noch lange nicht zum Teufel jagen. Es tat ihm hinterher auch leid, aber da waren sie schon weg.

Alle Kinder schienen unterwegs zu sein, sie geisterten den ganzen Abend durch das Dorf am einunddreißigsten Oktober, selbst die jüngsten schon, die gerade erst zur Schule gehen konnten.

Zwergenartige mit Kürbisköpfen, Spinnenmenschen und Skelette zogen durch das Inseldorf, und weil die meisten Häuser in der Nachbarschaft zu dieser Zeit des Jahres leer und dunkel sind, hatte er sie alle an der Tür. Er sollte ihnen Süßigkeiten geben, Hanne hatte ihm Bonbons und Schokoriegel in den Flur gelegt.

Als Dank dafür, dass sie die Menschen bis ins Mark erschreckten. Er verstand es nicht, aber die anderen Kinder schrie er nicht mehr an.

Die Frau mit ihrem Hexenhut war zu schnell weg, sonst hätte er sie fragen können, was das soll. Wie man sein Kind vor Allerheiligen als Sensenmann verkleiden kann, mit einer Totenschädelmaske unter der Kapuze. An seinen Händen trug es Fäustlinge mit aufgedruckten Fingerknochen.

Die ersten Zweige brachen von den Bäumen, als die Kürbisköpfe und die Spinnenwesen abgezogen waren. Auf dem Grundstück seiner Nachbarn sah er die Plastikkanne durch die Blumenbeete taumeln. Er zog sich Wetterzeug und Stiefel an und trug die Gartenbank hinter das Haus. Stellte Kübel in den Schuppen, brachte Schubkarre und Vogelhaus in Sicherheit und stand dann eine Weile still im Lee der Mauer. Der Regen lief ihm in den Kragen, er erkannte das Gefühl sofort, die ersten Schauer einer Wasserkälte, die im Nacken anfängt und dann langsam in die Eingeweide sickert. Um ihn herum das Brodeln eines Sturmes, der allmählich Fahrt aufnahm. Wenn er die Augen schloss, stand er an Deck.

Manchmal, nicht sehr oft, verschwinden Schiffe auf den Meeren, und sie werden nie gefunden. Große Frachter mit Containern gehen unter, und das Letzte, was die Mannschaft sieht, bevor es in die Tiefe geht, ist eine Wand aus Wasser vor dem Bug, die über ihnen bricht.

Jeder Seemann weiß, dass es sie gibt, die weiße Wand und den Kaventsmann, die drei Schwestern. Riesenwellen, dreißig Meter hoch, die man gesehen haben muss, sonst hält man sie für ausgedacht. Für solche Wellen ist kein Schiff gemacht, erst recht kein Mensch.

Sie waren nördlich der Azoren, schwere See, als gegen drei Uhr früh die Wand aufragte vor dem Fenster der Kommandobrücke und Ryckmer Sander die Gewalt über sein Schiff verlor. Das Wasser schlug die Scheiben ein und riss den Zweiten Offizier von Bord. Das Schiff lag manövrierunfähig in der aufgepeitschten See, und auf der Brücke stand der Kapitän und brüllte wie von Sinnen. Bis ihn der Steuermann, zehn Jahre jünger, grob beiseitestieß und das Kommando übernahm.

Er hat sich seitdem oft gefragt, wie viele Kapitäne brüllend und mit vollen Hosen untergehen. Und manchmal wünscht er sich, dass er mit seinem Schiff in dieser weißen Wand verschwunden wäre, ehrenvoll auf See geblieben. Niemand hätte dann erfahren vom verzweifelten Geschrei des Kapitäns.

Er weiß bis heute nicht, was dieser Steuermann der Reederei erzählt hat.

Er hatte Mühe, seine Zigarette anzuzünden, lehnte sich mit seinem Feuerzeug dicht an die Hauswand, bis es ging. Die Birken bogen sich jetzt schon, ganz leicht, als machten Tänzerinnen ihre Aufwärmübungen. Die Kiefern, seit Jahrzehnten windschief, ruderten schon heftig mit den Ästen. Er nahm noch ein paar tiefe Züge, dann drückte er die Kippe in das Rosenbeet, stand auf und schob sich in die Böen. Er ging zum Garten seiner Nachbarn, um die Gießkanne zu bergen, die mittlerweile Purzelbäume schlug. Danach zog er die Mülltonnen, die schon seit Tagen an der Straße standen, in den leeren Carport, weil sie in spätestens zwei Stunden durch die Gegend fliegen würden.

Er stand und lauschte, und es klang, als stünde er in einem Kessel, kurz vor dem Siedepunkt des Wassers. Noch kam das Brodeln aber nicht vom Meer, es war nur Sturm.

Er ging ins Haus und hängte seine Jacke an den Haken, nahm seine Flaschen aus dem Kühlschrank und war froh, dass Hanne auf dem Festland war bei ihrer Schwester. Keine Chance, bei diesem Wetter noch zurückzukommen.

Sturmfrei! Also holte er aus seinem Kleiderschrankversteck die anderen Flaschen, arrangierte sie auf Hannes Couchtisch wie in einer kleinen Bar, die größeren nach hinten, setzte sich und schaltete den Fernseher ein, zappte sich durch die Programme, bis er bei einem alten Bond-Film landete, den er schon kannte.

Hannes Fernseher ist neu und komplizierter als der alte, sie braucht zwei Fernbedienungen, um ihre Filme einzuschalten. Der Elektriker schreibt für die alten Kunden Zettel, wenn er ihnen die Geräte installiert, Listen mit Programmen und den Tasten, die sie drücken müssen. Bei Hanne liegt sie laminiert auf dem Tisch, und Ryckmer hütet sich, sie anzufassen.

Seit er zurückgekrochen ist nach Hause sitzt er hier jeden Abend, Hanne neben sich in ihrem Sessel mit dem Strickzeug auf dem Schoß, und sieht sich ihre Liebesfilme an. Bei der Auswahl des Programms hat er kein Stimmrecht, und es macht ihm auch nichts aus, solange sich nicht zwei zu lange und zu leidenschaftlich küssen auf dem Bildschirm. Dann hält er es schwer aus auf seinem Sofa. Stille in der Stube, Hannes Nadeln klappern, und der Tee auf ihrem Stövchen simmert leise. Er nimmt sich eine Handvoll Nüsse aus der Schale, kaut so laut wie möglich oder geht, wenn es kein Ende nehmen will, kurz eine Zigarette rauchen. Man will nicht wissen, was die Mutter denkt, wenn sie zwei Liebenden beim Küssen zusieht. Ob sie sich fragt, was er dann denkt, der Sohn, der eine Liebe nach der anderen an die Wand fährt. Er hätte nichts dagegen, wenn die Welt so wäre wie in ihren Filmen, alle Sorgen bei Minute neunzig abgehakt und alle Kränkungen mit einem Kuss verziehen. Sie beruhigen ihn wie eine örtliche Betäubung. Nichts tut mehr weh, obwohl man bei Bewusstsein ist. Dazu noch ein paar Bier, dann hält die Wirkung manchmal an, bis er sich schlafen legt.

Hannes Hände sind den ganzen Abend in Bewegung. Sobald sie einen ihrer Strümpfe fertig hat, fängt sie den nächsten an, aus dicker Wolle, immer nur in einer Größe. Ihm und Henrik passen sie, für Eske sind sie viel zu groß. Sie zieht sie trotzdem an, und weder sie noch Hanne scheinen je auf die Idee zu kommen, dass es kleiner ginge.

Sobald die Wanduhr zehn schlägt, legt sie das Strickzeug weg und greift zur Fernbedienung, schaltet aus und löscht das Teelicht unter ihrer Kanne. Und wenn sie aufsteht, um ins Bett zu gehen, steht er auch auf, geht die Treppe hoch und in sein Zimmer. Wie ein Kind oder ein Badegast.

Es gibt in diesem Haus Gesetze, die man nur versteht, wenn man die Krankheiten des Wartens kennt. Strümpfe in Männergrößen stricken, Hände in Bewegung halten, nicht an Hafenkanten stehen, keine Steine in die Nordsee werfen. Und ein Haus, das man als Braut bezogen hat, nur noch im Sarg verlassen. Mag der Ehemann auch zwischen Vögeln hausen.

Pferde schienen durchzugehen auf dem Dach, der Regen traf die Scheibe, und es klang, als werfe jemand Sand an seine Fenster. Dann kam der Hagel, und er klang wie Kies.

Es war die Sorte Sturm, die er persönlich nimmt. Der Wind stieß ihn, der Hagel war für ihn, die Böen brüllten: »Ryckmer Sander!«

Es hilft, wenn man betrunken ist, bevor man sich von einem Sturm mit Namen angesprochen fühlt. Am besten brüllt man dann zurück. Was einem gerade einfällt. Namen von Orkanen oder Dörfern, die in diesem Meer versunken sind. *Bense! Hersbüll! Itzendorf!* Wenn er bei *Osterwohld!* und *Torum!* angekommen ist, fängt er von vorne an. Oder grölt, so laut er kann, ein Lied. Sobald es still ist, fängt er an sich vorzustellen, was die Ertrinkenden wohl brüllten, solange sie noch konnten.

Die Nordsee hat in einer Nacht schon Tausende geschluckt, wenn sie in Form war. Oder außer sich, wer weiß das? Ob sie Komplizen oder Feinde sind, der Sturm, die See. Vielleicht schlägt sie auch um sich, außer sich vor Wut, ihr Fell von scharfen Böen aufgerissen, ein Tier, das man gequält hat, bis es böse wurde.

Der Sturm lässt morden, und die See macht seine Drecksarbeit, vielleicht ist es auch so.

Es macht nur keinen Unterschied, wenn man in einer Nacht vor Allerheiligen wie Krill vor einem Wal auf einer Nordseeinsel sitzt.

Von allen Herbst- und Winternächten ist die Nacht vor Allerheiligen die schlimmste. Es ist die Nacht der schweren Fluten, sieben in den letzten tausend Jahren, er kann sie auswendig herunterbeten. 1170, 1436, 1510, 1532, 1570, 1627, 2006.

Ein Nordatlantiktief zwei Tage nach dem Vollmond, so fängt es meistens an.

Eske zieht ihn auf mit seiner Panik vor den Jahrestagen,

sie nennt es »Sturmflutbingo spielen«, wenn er nach Mustern sucht in seinen Chroniken und Fluttabellen. Als hielte sich die See an Regeln. Er weiß es selbst und darum wird er schön für sich behalten, dass er die ersten elf Oktobernächte angezogen auf dem Bett gesessen hat, den Koffer mit dem Nötigsten gepackt, bis er Burchardi hinter sich gebracht hat, ohne zu ertrinken.

Diesmal drehte der Orkan vor Allerheiligen am Ende doch noch auf Nordost, bevor das Wasser zu hoch steigen konnte. Er riss dann nur die Kiefern aus dem Dünensand. Der Inselwald sieht aus, als hätten Riesen einmal durchgejätet. Wurzelballen ragen aus dem Grund wie etwas Unanständiges, man schaut nicht gerne hin, wenn man vorbeigeht, viel ist vom Wald nicht übrig.

Auch Hannes Dach ist schwer gerupft, es lagen große Büschel Reet im Garten, und am Giebel hat das Haus jetzt kahle Stellen. Der linke Quittenbaum lag quer über dem Muschelschalenweg, der Knochenzaun ist heil geblieben.

Er ist an Bord der Fähre eingeschlafen, zwei Tage nach dem Sturm. Weggedämmert auf der Kiste mit den Rettungswesten, dabei war er gar nicht viel betrunkener als sonst, nur fertig von den Nächten ohne Schlaf und eingelullt vom monotonen Dröhnen des Motors auf einer glatten See.

Sie mussten ihn dann wecken, wer die Leinen festgemacht hat, weiß er nicht.

Er hat gekündigt, gleich im Hafen abgemustert, weil er Jesper Henk die Peinlichkeit ersparen wollte, ihn zu feuern. Ihre beiden Alten sind zur See gefahren miteinander.

Hanne stand mit laufendem Motor am Hafenbecken, sah,

wie er vom Schiff in das Büro der Reederei ging, und auf dem Weg nach Hause schwiegen sie.

Am nächsten Tag lag eine Liste auf dem Küchentisch, mit Dingen, die zu tun waren: den Quittenbaum zu Brennholz machen, die Zimmertüren streichen, den alten Teppich auf der Treppe reinigen. Dem Reetdachdecker helfen, wenn er kam, er konnte nach dem Sturm wohl jeden Handlanger gebrauchen.

Es ist die Sorte Liste, die sein Vater schon auf seinem Tisch gefunden hat, wenn er nach Hause kam nach langer Fahrt. Hanne Sanders Art zu sagen, dass ein Mann, der nicht auf See ist, sich zumindest nützlich machen soll.

Er atmet jeden Morgen auf, wenn sie um kurz nach neun das Haus verlässt und zum Museum geht, wo sie die Gäste durch die stillen, abgestaubten Räume führt und ihre alten Texte aufsagt, in immer gleichen Worten von den Eismeerfahrern, Walen, Sturmfluten erzählt. Sie trägt dabei die Inseltracht, das Seidenkleid mit der bestickten Schürze, die Perlenhaube und den Brustschmuck aus verziertem Silber. Durchschreitet wie ein dekorierter General die Zimmer ihres Elternhauses, das ihr die Gemeinde vor Jahrzehnten abgekauft und restauriert hat. Zeigt die Glasvitrinen mit geschnitztem Walbein und die Klöppeldecken, Silberschalen, Teeservice, und vor allem zeigt sie Hanne Sander, Kapitänsfrau, im Gewand der Tüchtigen. Als wäre das, was sie die Blütezeit der Insel nennt, nicht seit Jahrhunderten vorbei. Als hätte es auf dieser Insel je geblüht.

»Blutzeit!«, sagt Eske, wenn sie Hannes Heldensagen hört, ihr braucht man nicht mit der Verherrlichung der Walfangzeit zu kommen. Nichts als Mythen und Folklore für die Gäste!

Seine Schwester, die zu jedem Menschen auf der Insel freundlich ist, geduldig mit den alten Leuten, nachsichtig mit ihrem Vater, liebevoll zu ihren Brüdern, kennt mit der Mutter kein Pardon. Sie wirft ihr heute wohl noch vor, dass sie den Alten *weggeekelt* hat und aus dem Haus der Sanders einen *Streichelzoo* gemacht für ihre Badegäste. Dass Henrik barfuß läuft und nie aus seiner Blase kommt. Was immer schiefgegangen ist im Haus hinter dem Knochenzaun hat Eske ihrer Mutter angekreidet. Nie dem Alten, der sich lieber mit den Vögeln abgegeben hat als mit den Kindern.

Ryckmer musste nach dem Sturm mit Eske in den Inselwald, zwei umgestürzte Kiefern auseinandersägen für den Alten, der in seinem Schöpfwerk keine Heizung hat. Henri Brix lieh ihnen seinen Traktor und den Anhänger und trug ihnen Grüße auf für seinen Freund.

Jens Sander sah erstaunlich gut aus, sauber angezogen, hatte seinen Bart gestutzt und stand mit geradem Rücken in der Tür, nur ziemlich schmal geworden. Es war schon eine Weile her, dass Ryckmer ihn zuletzt gesehen hatte, und als er ihm die Hand gab, nahm der Alte sie mit beiden Händen. Eske stupste ihn nur kurz mit ihrer Hüfte an und drängte sich an ihm vorbei, sie trug ein Brot und einen Topf, und offensichtlich kannte sie sich aus.

Es gibt in dem Gemäuer nur zwei Öfen, einen in der Küche und den anderen im Zimmer, wo sein Bett steht und der Schrank mit seinen ausgestopften Vögeln.

In seiner Werkstatt muss es bitterkalt sein, Gott sei Dank. Man mag sich den Geruch bei Wärme gar nicht vorstellen. Und auch den Rest stellt Ryckmer sich am liebsten gar nicht vor, die toten Vögel, die der Alte in der Tiefkühltruhe aufbewahrt. Das Aufschneiden und das Abbalgen, das Entfleischen und Entbluten und Entfetten, Gerben, Stopfen, das Zusammennähen. Allein der Anblick der Skalpelle, Zangen, Nadeln und Pinzetten ließ ihn schaudern. Schon als Kind fand er es unheimlich und machte einen Bogen um den Gartenschuppen, wo Jens Sander Vögel präparierte und die Wutausbrüche seiner Frau abwetterte.

Er sieht sie auch nicht gerne an, die ausgestopften Brachvögel, Silbermöwen, Zwergseeschwalben, ihre Augen aus gefärbtem Glas.

Sie brauchten einen halben Tag, bis sie das Holz am Schöpfwerk aufgestapelt hatten, dann wärmte Eske Suppe auf, und Ryckmer sah den Alten essen. Tat, als sähe er es nicht. Versuchte sich auch nicht zu fragen, was ein Mann, der mit dem Löffel nicht mehr klarkommt, mit Skalpellen und Pinzetten anrichtet.

Er hatte Wein im Haus, den sie aus Wassergläsern tranken. Auf seinem Fensterbrett stand eine Winterblume, und Ryckmer fragte sich zum ersten Mal, ob Kapitän a. D. Jens Sander eigentlich so einsam ist, wie alle glauben.

Die Drenthe-Brüder nahmen noch den Weihnachtsumsatz mit. Silvester fuhren sie zum letzten Mal mit ihrem großen Grundschleppnetz, und der letzte Fang ging an die Nachbarn, Freunde und Familie. Fünfzehn Kilo Krabben liegen jetzt in Hannes Truhe. Harro heulte, als er sie ihr brachte, und erzählte, wie er und Melf an Deck gestanden hatten und sich zusammen in die Nordsee stürzen wollten. Bleigewichte an die Füße und zack, zweimal neunzig Kilo Beifang für die Konkurrenz aus Holland. Aber Melf war dann zu feige, und alleine wollte Harro auch nicht. Vielleicht war es auch umgekehrt, das weiß man bei den Drenthe-Brüdern nicht.

Sie sind sich selten einig, nur wenn es um die *Öko-Pisser* geht und um die *Brüsseler Idioten*, streiten sie sich nie. Sie sind das ewige Gequake über Quoten, Beifang und zu lange Netze leid.

Das große Grundschleppnetz kommt weg, sie haben sich ein kleines zugelegt. Jetzt wird der Kutter umgebaut, und Melf und Harro werden tun, was die Kollegen schon seit Jahren machen: Schaufischen für die Gäste. Fahrten mit Familien, Schulklassen und Reisegruppen, Dämmertörns zur Seehundsbank und Hochzeitsfahrten. Bis Ostern wollen sie den Kutter rostfrei und gestrichen haben, eine Pantry einbauen, Sitzgelegenheiten und Toilette. Und bis dahin werden sie sich jeden Tag veräppeln lassen von den letzten beiden Inselfischern, die das *Quallentätscheln* und *Garnelengrabbeln* ebenso verachten wie die Drenthes selbst noch letztes Jahr. Die Zeiten ändern sich.

Und Ryckmer Sander, Exkapitän, Exdecksmann und gelernter Schiffsmechaniker, hat nach Silvester wieder einen Job, weil Melf und Harro ihren Kutterumbau nicht alleine schaffen.

Am zweiten Januar steht er vor Hanne auf und kocht Kaffee, den er sich in die Thermoskanne füllt, belegt sich ein paar Brote, nimmt zwei hart gekochte Eier aus dem Kühlschrank und packt alles in die abgewetzte Aktentasche. Steckt Zigaretten ein, das Feuerzeug und abgezähltes Geld für seinen Zwischenstopp beim Bäcker. Er hat sich an das Nordseebrot gewöhnt, es schmeckt ihm jetzt beinahe. Eine

Flasche auf dem Hinweg und die zweite erst zur Kaffeezeit, sein Vorsatz für das neue Jahr.

Er unterdrückt den Husten, bis er draußen ist, dann zieht er vor der Haustür seine Schuhe an und macht sich auf den Weg. Nimmt sich ein Halsbonbon aus seiner Jackentasche. Die erste Kippe erst, wenn er im Bäckerladen war, sein zweiter Vorsatz.

Es sind noch keine Autos unterwegs, er kann um diese Zeit ruhig mitten auf der Straße gehen, wo der Schnee so festgefahren ist, dass es beim Tauen nicht so matscht wie auf dem Fußweg. Er schreitet ein Spalier von Abfalltonnen ab, vor jedem Haus vollzählig angetreten, schwarz, grün, gelb, so vollgestopft mit Festtagsmüll, dass ihre Deckel klaffen. Die meisten werden, wenn sie leer sind, an der Straße stehen bleiben und wie treue Hunde auf die Hausbesitzer warten, die in den nächsten Wochen oder Monaten nicht wiederkommen werden.

In den Bäumen und den Gartenhecken hängen noch die Lichterketten, seine Nachbarn haben ihre Weihnachtspyramiden in den Giebelfenstern brennen lassen, als sie nach Silvester wieder auf das Festland fuhren, möglich, dass sie noch bis Ostern brennen werden.

Ihre Tonnen wird er nach der Leerung in den Carport schieben. Er macht es immer, und sie scheinen sich noch nie gefragt zu haben, wie das funktioniert. Wie ihre Tonnen wohl allein den Weg nach Hause finden, wahrscheinlich glauben sie an Wichtelmänner. An einen Hausgeist, der, sobald sie weg sind, auch ihr Windspiel abnimmt, das bei Sturm an ihrer Gartenpforte klötert wie ein durchgedrehter Musiker, der auf ein Xylofon eindrischt.

Und der an ihrem Fahnenmast die Leine festzieht, weil er das ewige Pling-Plang im Wind nicht aushält.

Tagsüber nervt es nur, nachts macht es ihn verrückt. Es hämmert sich in seine Träume. Wenn er Pech hat, spukt ihm Dr. Hartung dann im Kopf herum, mit seinen Meeresnymphen, die die Totenglocke schlagen. *Horch auf, ich höre sie, ding-dang, ding-dang.* Noch heute kennt er jeden Vers, den dieser Mensch ihm eingetrichtert hat, die ganzen Lieder und Geschichten.

Er war ein Sommergast, wie Hanne sie am liebsten hatte, er bürstete den Sand von seinen Schuhen, ehe er zum Essen kam. Sein Bett war schon gemacht, wenn sie die Fremdenzimmer lüftete, und wenn es Frühstück gab, kam er bereits von seinen Leibesübungen am Strand zurück. Er schien den Müßiggang genauso zu missbilligen wie sie.

Sie war auch zu den trägen Gästen freundlich, die den ganzen Tag in ihren Liegestühlen hingen und von einer Mahlzeit bis zur nächsten dämmerten. Sie tat sich aber schwer mit dieser Sorte Mensch, die wochenlang in ihrem Garten liegen konnte, ohne krank zu sein. Am hellen Tag, kein Buch und keine Handarbeit dabei.

Ein Badegast, der zeitig aufstand, Inselforschungen betrieb und sich mit Dünenmärschen körperlich ertüchtigte, war fast wie ein Verbündeter. Ein feiner Mensch.

Er lieh sich ihren Jungen aus, wie andere sich ein Fahrrad oder einen Strandkorb mieteten, vier Wochen lang. *Mein kleiner Kamerad.* Und dann ließ Dr. Hartung Hannes Ältestem ein bisschen Bildung angedeihen, erzählte ihm auf endlos langen Inselwanderungen von seinem großen Lebenswerk, der *Enzyklopädie der Meere.*

Am stillen Strand zwei Riegel Vollmilch-Nuss, wenn er,

wie Hartung, seine Badehose auszog und im Lichtkleid in die Brandung lief.

Und in den Dünen einen Schluck aus Hartungs Flachmann, wenn er den stark behaarten Männerkörper abgetrocknet hatte.

Er las ihm schreckliche Geschichten vor aus seinem roten Leinenbuch, von Geisterschiffen, Meeresungeheuern, göttlichen Bestrafungsfluten, riss die Augen auf, wenn er mit tiefer Stimme seine schauerlichen Verse rezitierte. *Fünf Faden tief dein Vater liegt. Sein Gebein ward zu Korallen, Zu Perlen seine Augenballen. Und vom Moder unbesiegt …* Las, bis die Tränen endlich kamen und das Kind getröstet werden musste, auf den Schoß gezogen und im Arm gehalten.

Und ein Zweimarkstück, wenn es dann ganz still lag.

Mit neun, mit zehn, mit elf verstand er nicht, dass es nur Mythen, Schauermärchen, Dramen waren, die Hartung sich aus alten Büchern abgeschrieben hatte. Dass es das Geisterschiff, das rückwärts durch die Meere segelt, nie gegeben hat, auch nicht den toten Kapitän, der Briefe schreibt, die man sofort verbrennen muss, wenn man sie in den Händen hält. Auch nicht die Schlange, die die ganze Welt umschlingen kann, von einem Ozean zum anderen, auch nicht das Meeresungeheuer mit dem Oberkörper einer Frau und einem Unterleib aus Hunden.

Und dass es nicht die Stimmen der Versunkenen und der Verdammten sind, die da im Himmel vor der Insel schreien, sondern nur die Möwen. Und dass es nicht sein Vater ist, der in der Tiefe liegt, fünf Faden tief, mit Perlenaugen und Korallenknochen.

Dr. Hartung kannte sich mit Kindern aus, er wusste, wie man sie zum Weinen brachte. Es war wohl auch nicht schwer bei einem dünnen Stotterer wie Ryckmer Sander, dessen Vater die meiste Zeit auf See war.

Nachts wagte er auf dem Matratzenboden nicht zu schlafen, weil er Angst vor seinen Träumen hatte. Dann hielt er Eske wach mit Witzen, säuselte wie Hanne, wenn sie Gästisch sprach, und äffte Hartungs tiefe Stimme und sein feuchtes Lispeln nach, bis seine Schwester in ihr Bettzeug biss vor Lachen.

Sie schob die Füße unter seine Decke, und dann schliefen sie.

Im vierten Sommer war er zwölf und weinte nicht mehr, wenn ihm Hartung seine schaurigen Geschichten vorlas. Er wollte auch nicht mehr am stillen Strand im Lichtkleid baden, und der feine Mensch verschwand aus Hanne Sanders Haus, als hätte es ihn nie gegeben. Eines Morgens kam er nicht zum Frühstück, und sein Bett war nicht gemacht, das war für Hanne fast das Schlimmste.

Sie weiß bis heute nicht, was Dr. Hartung damals in den Dünen machte mit dem *kleinen Kameraden*, solche Dinge konnte er der Mutter nicht erzählen. Und noch weniger dem Vater, selbst wenn Jens Sander damals da gewesen wäre.

Außer Eske weiß es nur der Däne, der auf die Insel kam, als Ryckmer gerade sechzehn war, im ersten Lehrjahr auf der Werft.

Flemming Jespersen war ein Student, der sehr viel rauchte und sich, warum auch immer, vorgenommen hatte, unverschriftete und halb verstummte Sprachen zu erforschen. Sie hielten ihn zuerst für schüchtern, weil er so wenig sagte.

Mit einem Rucksack voller Leerkassetten und einem Kasten von Rekorder zog er in das kleinste Gästezimmer und versuchte, sich mit ihnen in der Inselsprache zu verständigen.

Sie lachten Tränen über das Gemisch aus Nord- und Westgermanisch, das er sich wohl aus alten Wörterbüchern und Grammatiken zurechtgezimmert hatte. Er lachte mit und radebrechte weiter, fragte nach, und Hanne nahm ihn schließlich an wie einen Pflegling. Sie ließ ihn in der Küche sitzen, sprach ihm beim Backen und Kartoffelschälen in sein Mikrofon. Er saß am Tisch, wenn Ryckmer von der Werft kam, Eske ihre Hausaufgaben machte, Henrik seine Wachsmalbilder kritzelte, und irgendwann fiel niemandem mehr auf, dass immer sein Rekorder lief. Sie ließen diesen Dänen ihre Sprache hören, die sie vor anderen Gästen sonst verbargen. Er kam dann ein paar Jahre immer wieder.

Im zweiten Jahr erzählte Ryckmer ihm von Hartungs seltsamen Gedichten und Erzählungen und von der *Enzyklopädie der Meere.* Flemming Jespersen hörte ihm zu und runzelte die Stirn. Er schüttelte den Kopf, und dann begann er die Geschichten zu sortieren, wie man verfilztes Haar geduldig auseinanderzieht, eine Strähne nach der anderen. Entwirrte all das krause Zeug.

Und später, als die anderen im Haus schon schliefen, rauchten sie auf Hannes Gartenbank, bis Ryckmer ihm auch noch den Rest erzählte. Und dann verfluchte Flemming Jespersen das *widerlige krange Swein* in seinem dänischen Akzent, und Ryckmer lachte.

Der Matsch klebt unter seinen Stiefeln, angetauter Schnee rutscht von den Dächern, und aus allen Bäumen tropft es. Als wäre irgendwo, hoch über seinem Kopf, ein großes Leck. Die Welt ist undicht, und er möchte sich wie Schnee auflösen können, flüssig werden und verdunsten.

Am Tag vor Allerheiligen hat er Mareike erst erkannt, als er die Stimme hörte hinter ihren Spinnenweben. Da hatte er sie schon, mitsamt dem kleinen Sensenmann, vergrault. Zumindest braucht sie ihre Meinung über ihn nicht mehr zu ändern.

»Du bist das Allerletzte, Ryckmer«, sagte sie, riss sich den Hexenhut vom Kopf und zog das Kind, das weinte, weg von ihm. Ihr Patenkind wahrscheinlich, schwer zu sagen in dem schrecklichen Kostüm.

Etwas Schlimmeres hat sie wohl keinem Menschen je gesagt. Mareikes Wortschatz für Beschimpfungen ist lächerlich, sie weiß nicht, wie man flucht.

Sie war selbst schuld, sie hatte sich ja mit ihm eingelassen. Sich taub gestellt für die Geschichten, die man auf der Insel über ihn erzählt. Sich nicht gefragt, wie es wohl sein kann, dass von all den Frauen, die sich in diesen Bart verlieben und in dieses Schweigen, keine je geblieben ist.

Wer nicht hören will, muss fühlen.

Erst einen abgewrackten Kapitän aushalten, dann einen Decksmann, der sie morgens schon am Frühstückstisch beschimpft, wenn sie ihm Stellenangebote zeigt. Es machte ihn fast rasend, dass sie nie zurückgeschimpft hat. Also sagte er ihr Dinge, die so hässlich waren, dass sie sich wehren musste. Nur wehrt ein Mensch, der wie Mareike ist, sich eben nicht, bis es zu Ende ist.

Es gibt wohl einen neuen Mann, was man so hört. Sie flüchtet nicht mehr auf die andere Straßenseite, wenn ihr Ryckmer auf dem Bürgersteig entgegenkommt. Grüßt ihn wie einen Nachbarn, nickt und geht vorbei. Zumindest war das so, bis er ihr Saures gab.

Man könnte Rotz und Wasser heulen, und es fiele keinem auf an diesem dunklen, nassen Morgen. Ryckmer Sander nimmt jetzt Haltung an. Streckt seinen Rücken, legt die rechte Hand an seine Schläfe, salutiert den Tonnen und marschiert mit festen Schritten Richtung Bäcker, bis er sieht, dass er nicht mehr alleine unterwegs ist. Ein schmaler Mensch geht auf dem Fußweg, kommt in seine Richtung, und er lässt die Hand schnell sinken, steckt sie in die Tasche, hustet, spuckt in eine Hecke und geht pfeifend weiter.

Nickt Klara zu, als sie an ihm vorbeigeht.

Der Hund von Klara Loof ist tot. Man sieht es nicht sofort, weil er sich vorher auch nicht viel bewegt hat. Als er noch lebte, hing er schon wie ausgestopft vor ihrem Bauch. Jetzt wiegt er wohl erheblich weniger.

Es ist das erste Säugetier seit Hannes Katze damals, das Jens Sander präpariert hat, und er hätte es auch nicht gemacht, wenn Klara Loof nicht mit dem Dackel vor der Tür gestanden hätte. Den ganzen Weg zu Fuß mit einem toten Hund vor ihrem Bauch, er hat es nicht geschafft, sie wegzuschicken. Hundeaugen musste er dann erst bestellen.

Und jetzt geht Klara Loof mit ihrem ausgestopften Hund zum Bäcker, jeden Morgen, und sie kauft noch immer sehr viel Brot und Kuchen. Ist noch immer spindeldürr. Man fragt sich, wo das ganze Essen bleibt.

Er findet in der Hosentasche einen Schein, den er vergessen hat, und darum kauft er sich drei Flaschen Nordseebrot, schiebt eine in die Jacke und die anderen in seine Aktentasche. Es hat noch nie geschadet, wenn ein Mensch Reserven hat.

Als er die erste Zigarette ansteckt, sieht er das Licht der Morgenfähre näher kommen, grelles Leuchten auf der schwarzen See. Sie geht ihn nichts mehr an. Er lässt die Mole und den Fähranleger hinter sich. In Henriks Schuppen brennt schon Licht, beim Kutter ist noch keiner. Zeit genug, den ersten Brotschnaps auszutrinken und sich eine zweite Zigarette anzustecken.

Die Drenthes schlafen jetzt wohl länger. Und Ryckmer Sander, der gekommen ist, um Rost zu klopfen, steht zu früh am Kutter und ist froh, dass er Reserven hat.

# 7
# *Kein Netz*

Am Fähranleger machen Silbermöwen Jagd auf die Touristen. Sie sitzen auf dem Dach der Imbissbude oder treiben sich ein bisschen bei den Abfalleimern rum und warten, bis sie etwas Essbares in einer Menschenhand entdecken. Dann setzen sie sich in Bewegung, steigen auf und stürzen sich im Beuteflug auf ihre Opfer, die ungläubig in ihre leeren Hände starren, eine Schrecksekunde lang, bevor sie ihre Heringsbrötchen in der Luft verschwinden sehen. Manche rufen dann und laufen protestierend ein paar Schritte hinterher. Als könnte man mit einer Silbermöwe diskutieren.

Die See ist schwer gereizt an diesem Winternachmittag, der Himmel wie mit altem Holz vernagelt. In einer Stunde wird es dunkel sein und Katrin wieder auf dem Festland.

Er winkt dem Schiff noch nach, als er sie nicht mehr sehen kann, mit beiden Armen, lächelnd. Der Weihnachtsbaum, der auf dem Achterdeck der Fähre schwankt, scheint ihm zurückzuwinken, seine Lichterkette schlackert, seine Zeit ist abgelaufen, und Matthias Lehmann hofft, dass er nicht auch so einsam und verzweifelt aussieht wie der Baum.

Für einen Mann, der nicht getröstet werden will, ist eine Nordseemole Anfang Januar der ideale Ort. Der Ostwind meißelt ihn, als wollte er an seinen Kern. Er geht geduckt zum Wagen, steigt schnell ein und fährt sich mit den Händen durch das Haar, als er bemerkt, wie derangiert er aussieht. Der Wind hat ihn zu einem Hochlandrind toupiert.

Die nächste Fähre ist schon unterwegs, er kann sie kommen sehen, alle wollen weg. So ist es jedes Jahr um diese Zeit, Evakuierung nach den Feiertagen.

Die meisten Autofahrer, die sich eingeordnet haben zur Verladung, bleiben in den Wagen, lesen Zeitung, tippen Nachrichten in ihre Handys, haben Kinder auf dem Schoß und lesen Bilderbücher vor.

Er sieht, wie sich ein Paar in einem schwarzen Kombi küsst. NL-Aufkleber auf dem Heck, sie sind wohl ungefähr in seinem Alter, Silver Agers, eng umschlungen.

So küsst man sich nicht mehr, wenn man zusammen grau geworden ist, denkt er, wahrscheinlich eine späte Liebe, und ihm fallen Katrins niederländische Vokabeln ein. *Rampetampe. Rollebollen. Bonken.* Auch eine ihrer vielen Listen, dirty talk in allen Sprachen dieser Welt. Sie findet, Niederländisch klingt nach Sex in Holzschuhen. Das Paar im Kombi sieht nicht danach aus. Es gibt in ihrer Sprache auch viel schönere Vokabeln. *De liefde bedrijven. Naar bed gaan. Beminnen.* Nicht starren, denkt er.

Er fährt nach Hause, nimmt den Umweg über die zwei Nachbardörfer, wo die Straßenlampen jetzt schon brennen und kein Mensch mehr unterwegs ist. Bis auf einen, der am Ortsschild seinen Rucksack abgesetzt hat und ihn nun mit Fußtritten traktiert, als wollte er ihn töten. Die Fähre offenbar verpasst. Kurz meldet sich bei Pastor Lehmann der Berufsreflex, er geht vom Gas und lässt das Fenster runter. Dann fährt er doch vorbei. Der Rucksack wird es überleben.

Ein Hörspiel läuft im Radio, die Stimmen klingen wie in alten Filmen, ernst und sehr korrekt, es muss ein Stück aus dem Archiv sein. Fünf Träume, und der letzte handelt von Termiten, die die Welt aushöhlen, von den Menschen bleiben nur die Hüllen. Er lauscht noch, als er zu Hause auf der Einfahrt steht, und bleibt im Auto sitzen, bis das Stück zu Ende ist, das Nagen der Termiten ist das Letzte, was man hört.

Danach mag er das leere Haus erst recht nicht mehr betreten, hört noch die Nachrichten und einen Walzer von Chopin, bis ihm so kalt ist, dass er endlich aus dem Wagen steigt.

Er schließt die Haustür auf und macht das Licht an, zieht aber nicht den Mantel aus.

Geht durch die Räume, als wäre er ein Reisender, der weitermuss, lehnt sich an Katrins alten Küchenschrank, die Hände in den Taschen, als wäre er nur kurz hereingeschneit.

Er ist nicht einverstanden mit dem großen Tisch, auf dem verloren noch die Teller ihres Mittagessens stehen, zwei leere Gläser und ein Rest von Kerze, der im Silberleuchter ausgelaufen ist. Stillleben ohne alles.

Er hat ihr abends vorgelesen, fast wie früher, und sie hat nicht bemerkt, dass seine Stimme anders klang als sonst. Auch nicht im Neujahrsgottesdienst das leichte Zittern beim Gesang gehört. Vielleicht hört er es auch nur selbst.

Fünf Tage miteinander, und kein Wort zu Weihnachten.

Er hat sie nicht gefragt, wie sie gefeiert haben, ob sie im Gottesdienst gewesen sind, am Tannenbaum gesungen haben, ob sich der Schwiegersohn als Weihnachtsmann verkleidet hat, wie die Bescherung mit den Zwillingen gewesen ist.

Und sie hat nicht gefragt, wie dieses Jahr das Krippenspiel gelaufen ist, der Kindergottesdienst. Wie es gewesen ist, die Christmette zu feiern und dann allein in dieses leere Pastorat zu kommen. Stille Nacht.

Wie man als Pastor auf der Insel angeschaut wird, wenn sich herumgesprochen hat, dass man zu Weihnachten allein ist wie ein Alter im Seniorenheim, den Heiligabend niemand haben will.

Schwer zu sagen, was das Schlimmste war. Die Schmach, die Kränkung oder seine Wut auf Katrin, weil sie ihn im Stich gelassen hat. Das darf er allerdings nicht sagen. Nicht mal denken! Er denkt es trotzdem: dass die Frau des Pastors Weihnachten bei ihrem Mann sein sollte. Asche auf sein Haupt.

Theresa hat ein Bild geschickt von ihrem Baby, mit einem Elchgeweih aus Plüsch auf seinem Kopf, die Nasenspitze rot gemalt, die Karte adressiert »an meinen lieben Opi«. Die Töchter haben ihre eigenen Familien, sie sind vielleicht auch froh, dass sie die hektischen Pastorenweihnachtstage nicht mehr haben müssen. Er sieht es ein.

Als er an Heiligabend in der Dunkelheit das Haus verließ und ziellos auf der menschenleeren Straße ging, die Lichter in den Stubenfenstern sah, die Kerzen an den Tannenbäumen, ließ seine Wut schon wieder nach. Er fragte sich, wie es zu Weihnachten wohl zugeht in den alten Inselhäusern. Wie froh das Fest wohl sein mag hinter Hanne Sanders Knochenzaun. Wie Klara Loof den Abend wohl mit ihrem ausgestopften Hund verbringt. Sein Selbstmitleid verflog, und auf ging der Pastorenkoffer. Ein kurzes Kramen, bis der

Sinn gefunden war. Vielleicht muss man als Pastor einmal selbst erfahren haben, wie sich die Einsamkeit anfühlt. Verlassen sein von allen guten Geistern, auch wenn er noch nicht weiß, wozu das gut ist und wohin sein Gott ihn gerade führen will. Noch ein Gedanke, den er Katrin nicht erzählen wird. Auch das steht auf der Liste der Pastorenmacken: ewiges Beharren auf dem Sinn.

Die Wut steht nicht auf dieser Liste, und er weiß auch nicht, ob sie dahin gehört. Ob seine ewig friedfertigen, sinnkramenden Berufskollegen das auch kennen: einen Mann am Straßenrand in einen Rucksack treten sehen und sich, für einen Augenblick nur, wünschen, dass man das auch könnte. Rasend werden, sich vergessen, zutreten in purer, blinder Wut.

*Ich komm nach Weihnachten, Matthias. Wir machen uns die Tage schön.*

Sein Groll schwelt nur, Wutnester flackern auf, nicht stark genug für einen Rucksackmord.

Und ja, sie haben es sich schön gemacht. Gekocht, gegessen und gelesen, Wein getrunken und Musik gehört. Sie haben vor der Kirche auf der Bank gesessen, Vögel in den kahlen Zweigen, Scherenschnitte vor dem Winterhimmel, bis es dunkelte und sie so durchgefroren waren, dass sie ins Bett gegangen sind. *De liefde bedrijven.* Grau geworden miteinander, kein Granatenfeuer mehr, falls es das je gewesen ist. Jetzt eher Wunderkerze.

Am Neujahrstag sind sie sehr früh am Strand gewesen, Hand in Hand und schweigsam, Lücken lassend, weil man am ersten Morgen eines Jahres so viel Falsches sagen kann.

Zum Beispiel, dass man das nicht will, Besuch von seiner Frau, mal ein paar schöne Tage miteinander. Dass man kein Mann sein will, der in ein leeres Haus kommt und sich fühlt wie eine Minusrechnung: Familienvater abzüglich Familie. Paar weniger Frau.

Die Weihnachtsgottesdienste waren voll wie immer, in den ersten Reihen kaum Gesichter, die er kannte. Die Gemeindeglieder weggerangelt an die Seiten und nach hinten oder auf die Galerie, und auf den guten Bänken vorne, wie seit Jahren schon, die Feiertagsurlauber und die Teilzeitinsulaner.

Er hat Besinnlichkeit geliefert, wie bestellt, in seiner Predigt die Gemüter etwas angeraut, die Herzmuskeln gedehnt. Vom Stern gesprochen, selbst geleuchtet, weihnachtlich beseelt gesegnet. Er weiß, dass er das kann, dass da ein Mann vor der Gemeinde steht, der wirkt. Weihnachtszeit ist Showtime, wenn es gut läuft, schlägt man Funken und entzündet auch sich selbst. Routine, die nicht nach Routine aussieht, das ist die Kunst.

In diesem Jahr hat er, sobald er in die Kirche trat, auf Automatik umgestellt, wie ein Pilot, wenn er die Flughöhe erreicht. Und während die Maschine flog, hat er die Reihen abgesucht nach einem Mann, der mit verschränkten Armen in der Bank sitzt. Nach einer Frau, die sich mit spöttischem Gesicht zurücklehnt. Hat sich die Tuschelnden und Feixenden gemerkt, die Kirche unauffällig abgescannt nach Augenrollenden, Kopfschüttelnden. Und hinterher, beim Händedrücken am Portal, nach einem grünen Stift gespäht.

Nach einem Menschen, der seit Monaten das Gästebuch der Kirche nutzt, um mit ihm abzurechnen.

*Dieser Pastor glaubt doch selbst nicht, was er hier von Sand und Salz zusammenpredigt. Was für ein Blender.*

In Druckschrift, leicht nach rechts geneigt, die Buchstaben mit Kraft in das Papier gedrückt. Nicht mit dem Kugelschreiber, der am Pult befestigt ist, sondern mit grüner Tinte.

Ohne Datum, aber vor und nach dem grünen Eintrag standen Grüße vom September.

Er hat es nur gelesen, weil die Küsterin ihn darauf hingewiesen hat. Sie blättert regelmäßig durch, sorgt für ein neues Gästebuch, sobald das alte voll ist, schwärzt, wenn es sein muss, ein paar unflätige Wörter. Schneidet notfalls eine Seite aus, wenn Jugendliche sich verewigen mit Peniszeichnungen oder Toilettensprüchen.

Mit rotem Kopf und Tränen in den Augen hat ihm Birte Diecks das *schändliche Geschreibsel* vorgelegt, schwer atmend, wie nach einem Dauerlauf, den schwarzen Filzstift und die Schere schon gezückt. So aufgebracht, dass es ihn rührte und er sich wieder schämte, dass er sie heimlich »beige Birte« nennt. Strickjacken wie verdorrtes Gras und Blusen in der Farbe winterbleicher Haut, sie trägt Nuancen dieser Farbe, die er anderswo noch nicht gesehen hat. Und er kennt außer ihr auch niemanden, der *schändliches Geschreibsel* sagen würde. Birte Diecks liebt diese Kirche mit der Inbrunst einer Jüngerin, den Pastor eingeschlossen. Katrin zieht ihn immer auf mit Birtes »fifty shades of beige«.

Er hat beschwichtigend die Hand auf ihren Arm gelegt, gelächelt, abgewunken, als sie fragte, ob sie schwärzen oder schneiden soll. Ach was.

Der erste Eintrag hat ihn nur erstaunt, noch nicht getroffen.

Der zweite war schon schlimmer.

*Pastor Lehmann und sein Rummelbudenkitsch: Die Engelmuschel! Unsäglich.*

Derselbe grüne Stift, geschrieben im Oktober, ein paar Wochen nach dem ersten Kommentar.

Und diesmal hat er Birte nicht daran gehindert, ihren Filzstift einzusetzen. Sie tat es mit der Haltung eines Menschen, der geheime Staatspapiere zeichnet, schob die Blusenärmel hoch und presste ihre Lippen aufeinander, sich der Bedeutung dieses Augenblicks bewusst. Die beige Birte weiß jetzt etwas über Pastor Lehmann, was sonst niemand weiß in der Gemeinde.

Seit diesem Tag sieht er sich selbst wie durch die Brille eines Feindes.

Da läuft am frühen Morgen, wie vom Leibhaftigen gehetzt, der Inselpastor. Menschen meidend, Schweiß verströmend. Rennt an der See entlang und sammelt Wolkenbilder, Nordseewellen, Möwenflüge, um aus den immer gleichen Zutaten sein Seelen-Fast-Food für die Gäste anzurühren.

Jede Muschel, die er seitdem aufgehoben hat, ließ er gleich wieder fallen. Und in der Kirche zieht er, ohne es zu merken, seine Schultern hoch, wenn er vor der Gemeinde steht, als warte er auf Steine. Erst nach dem Segen spürt er, wie sich die Verkrampfung löst.

Der dritte Eintrag saß dann richtig.

*Noch ein Meeresgleichnis und ich kotze. Alter, du bist so am Ende.*

Wer sich auf eine Kanzel stellt, hat nicht nur Freunde. Raunen, Grummeln, Flüstern und Gelächter in den Bänken, all das kennt er. Bei einem Gottesdienst zum Erntedank hat ihn ein Inselbauer einmal einen *Labersack* genannt, ist aufgestanden und gegangen. Klara Loof gab ihm nach der Beerdigung der Tochter nicht mal mehr die Hand, und Drenthes drohen regelmäßig mit dem Kirchenaustritt, weil er am »Tag der Schöpfung« auch den Schutz der Meere anmahnt. Seine Jugendlichen hassen ihn wahrscheinlich, wenn sie sich sonntags aus dem Bett und in die Kirche quälen, um ihre einundzwanzig Gottesdienstbesuche abzusitzen, ehe er sie konfirmiert. Auch wenn nicht alle ihren Katechismus auf ihn schleudern, wie es Eske Sander damals tat, weil er sie aus der Kirche warf, als sie im Satanisten-T-Shirt kam. *Christraping Black Metal* und daneben ein oral befriedigter Gekreuzigter. Geht's noch.

Es war sein erster Konfirmandenjahrgang, und er lernte damals gerade die Familien auf der Insel kennen, merkte sich die Namen nach und nach und wusste langsam, wer zu wem gehörte und in welches Haus. Eske Sanders Namen kannte er sehr schnell, weil er ihn oft beim Mittagessen hörte, wenn seine Töchter von dem Mädchen mit den schwarz gefärbten Haaren redeten, das auf der Schultoilette rauchte und einem Jungen aus der Zehnten »eine donnerte«, als er sich über ihren kleinen Bruder lustig machte. Sie war drei Jahre älter als Charlotte und vier Jahre älter als Theresa, die von ihr eingeschüchtert und beeindruckt waren.

Sie trug fast immer Kopfhörer, wenn man sie auf der Straße traf, grüßte trotzdem, nickte, hob die Hand und ging mit schnellen, langen Schritten weiter, als würde sie von der Musik zur Eile angetrieben. Das Schreien aus den Hörern hallte nach, wenn sie schon längst vorbeigegangen war.

Als er am Abend nach dem Satanistenstreit zum Haus der Sanders ging und klopfte, kam sie an die Tür und nahm ihm wortlos ihren Katechismus ab, der ihn am Kopf getroffen hatte und zerfleddert war. Sie sah verheult aus, und man musste kein Experte sein, um zu verstehen, dass diese Fünfzehnjährige vollkommen durch den Wind war. Als Hanne Sander ihn hereinbat, lief Eske in ihr Zimmer, warf irgendetwas Hartes an die Wand, trat gegen etwas Hölzernes und schmiss zuletzt wohl wieder ihren Katechismus durch die Gegend. Das Weinen, das dann aus dem Zimmer kam, schien Hanne Sander nicht zu überraschen, sie setzte in der Küche Wasser auf für Tee, als wäre sie daran gewöhnt, dass nebenan geschluchzt wurde.

Eine andere Zimmertür ging auf, und Henrik Sander schob sich vorsichtig heraus, sah in die Küche, grüßte höflich den Besuch und schlich so unauffällig, wie er konnte, in das Zimmer seiner Schwester. Jemand schloss von innen ab.

Er weiß bis heute nicht genau, was ihn an dem Hinüberschleichen dieses Bruders so gerührt hat und am Flüstern der Geschwister hinter Eskes Zimmertür. An Hanne Sanders Art, am Küchentisch in ein paar klaren Sätzen zu erklären, dass ihr Mann sich jetzt im alten Schöpfwerk eingerichtet habe, um zu leben wie ein Eremit. Keine Klage und kein Vorwurf, kein Ringen um Erklärung und kein Bitten um Verständnis. »So ist das jetzt bei uns.«

Seit damals fühlt er sich mit der Familie Sander mehr verbunden als mit jeder anderen Familie auf der Insel. Er hat gesehen, wie sie auseinanderfiel.

Eske kam nicht mehr zum Konfirmandenunterricht. Das Letzte, was die Sanders damals wollten, war ein Familienfest.

Hanne sorgte dann dafür, dass ihre Tochter nach der zehnten Klasse auf das Festland kam, ob sie es wollte oder nicht. Sie wohnte bis zum Abitur bei Hannes Schwester, kam aber jedes Wochenende auf die Insel, protestierte am Fähranleger gegen die Touristen, ging mit Henrik wellenreiten und stritt den Rest der Zeit mit ihrer Mutter.

Heute kann er mit Eske Sander lachen über ihre Satanistenphase. Sie hört noch immer Metal, aber nicht mehr *Black*, sagt sie, nur *Death*, angeblich ist das harmlos. Man zieht sich furchterregende Klamotten an und drischt auf seine Instrumente ein, brüllt wie ein Tier ins Mikrofon, schreit abartige Texte, die kein Mensch versteht, und fühlt sich hinterher wie neu. Wenn er es recht verstanden hat, geht es um eine Art von Läuterung. Musik zur seelischen Entschlackung.

Schon möglich, dass ein Mensch, der aggressive Kommentare in das Gästebuch der Kirche schreibt, auch nur entschlacken will. Wahrscheinlich sind die grünen Sätze harmlos wie der *Cannibal-Corpse*-Sticker auf dem Heck von Eske Sanders Auto.

Nur eine böse Stimme neben Dutzenden, die Pastor Lehmann für die *grandiose Predigt* danken, für seine *Herzlichkeit*, sein *Charisma* und seine *tiefe Menschlichkeit*.

Er hat die Seite säuberlich herausgetrennt. Das dritte *schändliche Geschreibsel* konnte Birte Diecks nicht lesen, weil er schneller war als sie. Er kontrolliert das Gästebuch jetzt jeden Tag, bevor sie nachmittags die Kirche abschließt, und wenn er blättert, zittern seine Finger.

Er ist die Mitglieder der Bibelgruppe durchgegangen, den Gospelchor, die Herrschaften vom Orgelbauverein, die ihn schon immer *flapsig* fanden, und den Kirchenvorstand, der nicht froh darüber ist, dass er in seiner Inselkirche hin und wieder queere Paare segnet.

Ihm sind vermasselte Beerdigungen eingefallen, bei denen er die Namen der Verstorbenen falsch ausgesprochen hat, die Zahl der Kinder nicht gewusst, die falschen Lieder angestimmt. Traugespräche, die in gegenseitiger Befremdung endeten. Taufgottesdienste mit Tumulten, weil er die filmende Verwandtschaft in die Kirchenbänke schickte. Die Konfirmandenfreizeit, die entgleiste, als sie sich nachts im Wald verliefen. Die ganzen Leuchtturm-, Kutter-, Strandkorbtrauungen, die er, vielleicht nicht immer freundlich, abgelehnt hat. Die Trauernden, an denen er vorbeigejoggt ist, und die Alten, die er nicht besucht hat. Die Frauen, die er angeflirtet hat und dann, als wäre nichts gewesen, mit dem Pastorenhändedruck verabschiedet.

Und all die Abgebürsteten und Überhörten aus den Reisegruppen, Kutschen, Bussen und die Fremden, die an Regennachmittagen einsam in der Kirche saßen, während er sich weggeschlichen hat. Weil er sofort erkennt, wenn jemand lange nicht in einer Kirchenbank gesessen hat, er sieht es auf den ersten Blick: vor Jahren aus der Kirche ausgetreten. Dann Krankheit, Scheidung, Kind verloren, Arbeit weg, und plötzlich hungern sie nach Seelenfutter. Fahren an die See und suchen Heilung an den Stränden, wandern zwischen Seemannsgräbern, zünden Kerzen an und weinen unter dem Votivschiff.

Das Heer der Ungetrösteten scheint jeden Tag zu wachsen, und alle sitzen irgendwann in einer Inselkirche.

Hin und wieder geben sie ihm Geld, wenn er sich ihren Kummer angehört hat, drücken ihm, wie einem Kellner oder Pferdekutschenfahrer, einen Zehner in die Hand, den er dann in die Kasse für die Orgelrestaurierung legt.

Er zieht den Mantel aus und räumt die Küche auf. Wischt den Tisch ab, bricht das Wachs vom Silberleuchter, knetet es und spürt, wie es in seinen Händen weich wird. Dann kocht er Tee, geht in sein Arbeitszimmer, knipst die Schreibtischlampe an. Schwarz liegt der Garten hinter seinem Fenster, und die Triebe der verblühten Kletterrose schlagen an die Scheibe. Er sieht sein Spiegelbild im Fensterglas, ein kantiges Gesicht, die Mähne weiß geworden, und er hadert nicht damit. Es hat nur nichts mit ihm zu tun.

Da sitzt ein Mann, den er nicht kennt, und will den Text für eine Predigt schreiben. Erster Sonntag nach Epiphanias, Taufe Jesu, und er hat kein Netz. Abgeschnitten, keinerlei Verbindung mehr zu seinem Gott und keine Nachrichten.

Es geht schon eine ganze Weile so. Er betet in ein Funkloch, predigt, singt und segnet ohne Resonanz.

*Pastoritis* hieß es früher, wenn sein Vater sich im Arbeitszimmer einschloss, zwei, drei Tage, manchmal länger. Auf dem Sofa lag und schreckliche Geräusche von sich gab, ersticktes Weinen oder Klagen, Selbstgespräche, zornige Gebete, und die Mutter pflegte ihn dann wie einen Patienten, stellte Mahlzeiten vor seine Tür und legte ihm, wenn er die Tür aufschloss und sie hereinließ, feuchte Tücher auf die Stirn. Rief den Kollegen an, der für ihn einsprang, Gottesdienste, Trauungen und Trauerfeiern übernahm, bis die Pastorenkrankheit abgeklungen war und Jacob Lehmann wieder auf die Kanzel konnte.

Umgekehrt vertrat der Vater den Kollegen dann, wenn der für eine Taufe zu betrunken war.

Sie müssen alle hin und wieder durch die Wüste.

Am nächsten Sonntag wird er seine Gottesdienstbesucher an den Taufstein bitten und mit Wasser Kreuze auf die Hände zeichnen. *Du bist meine geliebte Tochter. Du bist mein geliebter Sohn.* Und sich wünschen, jemand könnte ihm das auch zusagen: ein geliebter Sohn zu sein, *an dem ich Wohlgefallen habe.*

Er hat es Katrin nicht erzählt, weil er nicht will, dass sie ihn tröstet. Ihn wie ein liebes Haustier tätschelt und ihn dann, Stunden oder Tage später, *unter uns*, daran erinnert, dass sie die Engelmuscheln immer schon ein bisschen kitschig fand und seine Strand-Metaphern *schön, nur manchmal etwas drüber.*

Katrin Lehmann, Lehrerin für Deutsch und Religion, die gleich nach Hause kommen wird, in eine Wohnung, die so ist wie sie: klein, aufgeräumt und hell. Und leicht verwinkelt.

Ihr Schiff hat jetzt wohl angelegt, ihr Auto parkt am Fähranleger. Sie braucht von dort noch eine Viertelstunde bis zur Stadt, und er hat keine Ahnung, wer da außer ihren Töchtern, Enkelkindern, Schwiegersöhnen noch ist. Ob auf dem Festland einer auf sie wartet.

Er schläft nicht gut, seit er die Seite aus dem Gästebuch gerissen hat. Oft liegt er bis zum Morgen wach und wühlt im Fundus seiner Sünden und Versäumnisse. Er weiß, man sollte das nicht tun, und kann es doch nicht lassen, wie ein Allergiker, der sich die Haut aufkratzen muss.

In einer dieser Nächte, als er vor Scham und Reue schon ganz wund war, kam ihm auf einmal der Verdacht, dass Katrin hinter diesen Sätzen stecken könnte. Dass seine Frau ihm mit dem grünen Tintenroller so ein Zeugnis ausgestellt hat: selbstverliebt, pompös und peinlich. Als Mensch und Pastor ungenügend.

Ein kleiner Racheakt vielleicht für zwanzig Jahre als Pastorenfrau auf einer Nordseeinsel.

Die erste Zeit hat er ihr jeden Morgen etwas mitgebracht vom Strand, bis es dann irgendwann genug war mit den Muscheln, Schneckenhäusern, Steinen, Federn, Stöcken, Heckenrosenblüten. Als ihre Töchter auch begannen, Blumen abzurupfen und von der See die toten Krebse mitzunehmen, lösten sie ihn ab.

Und sie hat aufgehört mit ihren Abschiedsküssen. Kurzer Dreisprung jeden Tag, bevor sie aus dem Haus gegangen ist, Stirn, Nase, Mund und tschüß, sie macht es jetzt nicht mehr.

Wie ihre Kinder irgendwann nicht mehr durch Pfützen sprangen, wühlt ihm Katrin heute nicht mehr durch sein Haar, und er nimmt ihr Gesicht nicht mehr in seine Hände.

In einem Auto sitzen, eng umschlungen, und die Welt vergessen, während man sich küsst, er weiß nicht, ob er das noch könnte.

Man muss mit diesen Dingen weitermachen, wie mit dem Beten und dem Laufen, use it or lose it. Man kann sich nicht bei Kerzenschein zusammen in die Badewanne setzen und neckisch Schaumberge verpusten, wenn man es zwanzig Jahre lang nicht mehr gemacht hat.

Er käme sich wie ein Idiot vor. Wie nach der Silberhochzeit, als die Töchter ihnen das Romantikwochenende schenkten und sie in dieses Zimmer kamen, Rosenblätter auf dem Bett, die Handtücher zurechtgewürgt zu einem Herz aus Schwanenhälsen. Katrin hat gelacht, ihm war zum Heulen, weil er es so trostlos fand. Zur Sinnlichkeit genötigt werden von gewrungenen Frotteehandtüchern und einer Handvoll Rosenblätter aus dem Dekoladen. Sie machten schnell ein Foto für die Töchter, dann rupften sie die Schwäne auseinander und betranken sich mit Schnäpsen aus der Minibar, bis er auch lachen konnte.

Man hätte öfter auf das Festland fahren sollen, reisen, in Konzerte gehen, ins Theater, ins Museum, jajaja. Und Katrin tut das jetzt, nur nicht mit ihm.

Der Wind hat sich gelegt, nur hin und wieder klopfen noch die Hagebutten an das Fenster. Wasser gluckert in den alten Heizungsrohren, sonst ist alles still, bis auf das seltsame Geräusch in seinem Kopf, an das er sich schon fest gewöhnt hat.

Er sucht im Dokumentenordner die Datei *1.nach Epiphanias* und scrollt ein bisschen durch die Texte, die er letztes Jahr für diesen Gottesdienst geschrieben hat, vorletztes Jahr und vorvorletztes. Im Notfall kann er eine seiner alten Predigten recyceln. Vom Eingemachten leben, manchmal muss man das.

Vor ihm liegt aufgeschlagen der Kalender für die nächste Woche: Kirchenvorstandssitzung, Trauerfeier, Essen in Gemeinschaft, neunzigster Geburtstag, Taufgespräch, Seniorennachmittag. Ruhiger als in diesen Wochen wird es auf der Insel nicht.

Zeit für das Schlichtkleid, Pastor Lehmann.

# 8

# *Das Auge eines Wals*

Auf ihrer langen Wanderung vom Nordmeer in den Süden verirren sich die großen Wale hin und wieder. Sie müssten um die Shetlandinseln und die Äußeren Hebriden schwimmen, dann vorbei an Irland, um irgendwann vor den Azoren anzukommen. Stattdessen biegen sie, aus Gründen, die der Mensch nicht kennt, viel früher ab und landen in der Nordsee, die nur ein Hungertümpel ist für einen Wal. Dann verenden sie, und manchmal werden sie vor einer Insel angetrieben, im Januar, wenn alle Strände leer sind.

Man könnte glauben, dass die Menschen von den Nordseeinseln wissen müssten, was mit einem toten Wal zu tun ist. Dass sie in ihren Häusern oder Hafenschuppen, auf Dachböden und in verstaubten Seemannskisten, zwischen rostigen Harpunen oder alten Angelleinen auch noch Flensmesser und Speckstecher haben müssten, die sie nur kurz zu schleifen bräuchten, um dann mit routinierten Schnitten einen dreißig Tonnen schweren Meeressäuger zu entfleischen.

Dass sich die Männer, die in alten Seemannsjacken frieren, Krabben fischen, Treibgut suchen, Seevögel kartieren, auch noch daran erinnern müssten, wie man die zähe Haut, den dicken Speck der Wale schneidet. Dass sie nicht flüchten vor dem infernalischen Gestank, den so ein totes Tier verströmt, weil ihre Häuser hinter Knochenzäunen stehen und sie die Delfter Fliesen und die Kostbarkeiten in den Glasvitrinen doch dem Tran der Wale zu verdanken haben.

Jahrhunderte verrutschen manchmal auf den Inseln. Man kann das Zeitgefühl verlieren, wenn man vor reetgedeckten Häusern steht, die noch die Grönlandfahrer-Initialen in den Giebeln tragen. Und dann vergessen, dass die Zeit der Walfangschiffe seit Jahrhunderten vorbei ist, auch wenn die Nachgeborenen noch vom Geerbten zehren.

Die Leute von den Inseln müssen nicht mehr frieren, und sie müssen auch nicht mehr zur See. Sie müssen nicht mehr wissen, wie man einen Wal zerlegt.

Sie dürfen sich, wie alle anderen, erschrecken, wenn sie an einem Wintermorgen, kurz nach Sonnenaufgang, einen Pottwal in der Brandung finden.

Jens Sander hält das Fernglas fester, drückt es mit beiden Händen an die Augen, bis er erkennt, was da am Strand liegt, einen halben Kilometer weit von seiner Tür entfernt. Kein umgekippter Bus, kein angetriebener Container, sondern ein viel zu großer Körper, deplatziert, wie etwas Außerirdisches.

Ein Wal an einem Strand ist so verkehrt, dass man sich an den Anblick erst gewöhnen muss. Jens Sander braucht die tausend Schritte zwischen seinem Schöpfwerk und dem Berg von Tier, bis er den Augen wirklich traut.

Der Wal liegt auf der rechten Seite, und er atmet noch. Sein Unterkiefer mit den großen Zähnen hängt wie ein Sägeblatt im Sand. Jetzt wird er hier im flachen Brandungswasser sterben, weil er im Nordatlantik irgendwann falsch abgebogen ist.

Wahrscheinlich ist er nicht der Einzige, der sich verschwommen hat, die jungen Pottwalbullen wandern meist gemeinsam Richtung Süden. Halbstarke, noch nicht ausgewachsen, leichtsinnig vielleicht und übermütig wie bei einem Junggesellenausflug. Wenn einer einen falschen Weg nimmt, folgen ihm die anderen. In manchen Wintern treiben fünfzehn oder zwanzig dieser Wale in der Nordsee, liegen auf dem Watt bei Ebbe, werden auf Sandbänke gespült, verenden an den Stränden, manchmal ganz dicht beieinander, dann liegen sie wie tote Brüder.

Dieser liegt allein. Sein Auge ist geöffnet, und Jens Sander hält dem Blick ein paar Sekunden stand, dann wendet er sich ab, weil er nicht weiß, was schlimmer ist: von diesem Auge angeschaut zu werden oder hineinzusehen und sich vorzustellen, wie es in tausend Metern Tiefe durch die Finsternis geschwommen ist. Was es gesehen haben mag. Die Wracks vermisster Schiffe und die Schädel von Ertrunkenen. Unterseevulkane, Seeschlangen, Riesenquallen und Laternenfische. Der Mensch weiß nichts von dieser Welt dort unten, die Tiefsee ist ihm fremder als der Mond. Und die Geschöpfe, die von Zeit zu Zeit nach oben kommen, Fischern in die Netze schwimmen oder angespült an Stränden liegen, scheinen allen Meeressagen recht zu geben, allen Schauermärchen, die Matrosen sich schon seit Jahrhunderten erzählen. Die Tiere aus der Tiefe sehen aus wie Fabelwesen, ausgedacht und unwirklich.

Der Kopf groß wie ein Panzerschrank, mit dem man Schiffe rammen kann. Der Kiefer viel zu schmal für diesen Kasten, als wäre er von einem anderen Tier, wie ein Ersatzteil, das nicht richtig passt. Die Haut des jungen Wals ist dunkelgrau und glatt, aber Jens Sander sieht die Schrammen, Narben, Bissspuren und Saugnapfmale der Kalmare, die sich nicht von ihm fressen lassen wollten.

Der Körper, der dem großen Druck der Tiefsee standhält, ist an Land zu schwer. Der Wal erstickt an seinem eigenen Gewicht.

Jens Sander hört, wie es rumort in diesem Leib, sein Mitgefühl und sein Entsetzen halten sich die Waage. Er möchte weg von hier und weiß nicht, ob er gehen darf. Es fühlt sich an, als ob man einen Anverwandten in der Brandung liegen ließe. Als schulde man dem Wal, wenn man ihm schon nicht helfen kann, doch wenigstens die Sterbewache.

Er steht so dicht bei ihm, dass er ihn mit der Hand berühren könnte. Ein Tier, das wie ein Mythos ist, Propheten schluckt und Kapitäne in den Wahnsinn treibt. Das, wenn es will, ein Schiff versenken kann.

Vielleicht graut ihm auch vor dem Menschen neben ihm.

Wer weiß, ob nicht die jungen Wale von den alten lernen, dass man sich hüten muss vor Kreaturen wie Jens Sander. Ob sie nicht Schlimmes hören über Lebewesen, die für das Land gemacht sind und auf See zu Ungeheuern werden.

Das Auge ist noch klar, groß wie ein Tennisball und doch sehr klein für diesen Körper, reglos liegt es zwischen seinen dicken Lidern, die es alt aussehen lassen, müde.

Jens Sander hat in seiner Werkstatt eine Schublade mit Augen, die aus handbemaltem Glas gemacht sind, alle Farben, und die größten sind so groß wie Mantelknöpfe. Er ist ein Mann, der Tiere präpariert, seit er bei Mattis Möllgaard in der Kammer sitzen durfte. Er hätte nicht geglaubt, dass er sich noch vor einem Körper fürchten könnte. Jetzt hält er diesen Blick nicht aus, den tranigen Geruch und die entsetzlichen Geräusche, die so ein großes Meerestier beim Sterben macht.

Kein anderer Mensch in Sicht, nur ein paar Silbermöwen kreisen, landen, schreiten durch den Sand, als wären sie ganz zufällig vorbeigekommen, als machten sie sich nichts aus Wal, nicht das Geringste. Sie warten noch, bis sich der Mensch entfernt. Als sich Jens Sander umsieht, stehen schon die ersten beiden auf der Fluke.

Die Wale stranden meistens, wenn es still ist auf den Nordseeinseln. Wenn alle Neujahrsgäste abgereist sind und am Hafen die Hotels, Cafés und Restaurants für ein paar Wochen schließen. Die Eigentümer machen Ferien, die Kellner, Köche, Zimmermädchen, Waffelbäckerinnen gehen stempeln, in den Apartmenthäusern werden Teppiche gereinigt, und die Inselleute treffen sich zum Kartenspielen, zum Kaffee, zu einem Bier in der *Kajüte*. Sie sitzen beieinander auf den leeren Bänken an der Promenade, bis der Regen und der Wind sie wieder in die Häuser treiben. Treffen Nachbarn und Bekannte in der Stadt, im Dorf, am Strand, am hellen Vormittag. Verschwinden nicht, sobald die Fähre anlegt, hinter Türen oder Gartentoren. Sie leben so, als wäre dies jetzt wieder ihre Insel.

Die Ruhe hält bis Ende Februar, wenn an den Stränden Feuer angezündet werden und die Besucher wieder von den Fähren strömen, um die alten Winterfeste mitzufeiern.

Wenn Wale angetrieben werden, hält die Inselruhe nicht.

Die Bürgermeister seufzen und stornieren ihre Festlandsreisen, verfluchen leise ihre Wiederwahl und hängen sich ans Telefon, wenn sie von einer Pottwalstrandung hören. Dann ziehen sie sich alte Jacken an und machen sich ein Bild von der Bescherung.

Der Wal ist tot, als Henri Brix und seine Schwiegersöhne mit Kettenbagger und Traktoren an den Strand gerattert kommen. Sie schleppen den Kadaver von der Brandungszone bis zum Parkplatz. Zwei Gurte reißen unter der Last, der dritte hält, und wie ein Graben zieht sich dann die Schleifspur durch den Sand bis zum Asphalt. Blut sickert aus dem Tier und es beginnt bereits zu riechen, als die Feuerwehr rot-weißes Flatterband um den Kadaver zieht.

Die Nachricht von dem Wal macht auf der Insel schnell die Runde, schon um die Mittagszeit füllt sich der Parkplatz. Kinder, alte Leute, junge Eltern stehen in der Kälte, und die meisten sprechen leise, flüstern fast, als stünden sie an einem Sarg. Ein kleiner Junge, sieben oder acht, zieht seinen Vater an der Hand den ganzen Walkörper entlang, vom Kiefer bis zur Fluke, mit einem Plastikpottwal in der anderen Hand. Er überprüft, ob alles stimmt, vergleicht das Tier mit dem Modell, geht auf der anderen Seite von der Fluke bis zum Kiefer und ist am Ende nicht zufrieden mit dem Original. »Papa, ich glaub, das ist kein richtiger.«

Elsa Henk, seit sieben Jahren Bürgermeisterin, spricht lange in ihr Handy. Es ist so kalt, dass man sie atmen sieht, die warme Luft aus ihrem Mund steht ihr wie eine Sprechblase vor dem Gesicht. Sie geht beim Reden auf und ab, zeigt auf den Kopf des Wals, scheint ein paar Takte lang mit ihrer rechten Hand zu dirigieren, steckt sie dann in die Tasche, wandert weiter, blickt auf ihre Füße, auf das Absperrband und wieder auf den Wal. Als das Gespräch beendet ist, legt sie den Kopf kurz in den Nacken, als warte sie auf einen Helikopter oder auf ein Zeichen. Ein Wal hat ihr gerade noch gefehlt. Erst die Querelen um den neuen Klimadeich, dann das Getöse um das Baugebiet am Inselwald. Das Jahr fängt nicht gut an.

Die Feuerwehr wird auf dem Parkplatz Wache halten, bis vom Festland die Experten kommen. Meeresbiologen, Nationalparkleute, Wissenschaftlerinnen, die ihr sagen müssen, was mit diesem Tier passieren soll. Ob es wie Sondermüll behandelt werden muss, weil es mit Quecksilber und Cadmium verseucht ist, ob es mit Viren infiziert ist, ob man den Mageninhalt untersuchen muss, den Darm, was mit dem riesigen Gehirn passieren soll, mit all dem Glibberzeug in seinem Kopf, mit seinen Zähnen, mit den Augen. Wie man den ganzen Kram jetzt von der Insel kriegen soll, den Haufen Speck, den Berg von Fleisch, die Innereien und die Knochen, und wohin dann eigentlich damit?

Sie ruft im Institut für Meereskunde an, wo ihr genau erklärt wird, was man braucht, um einen Pottwal zu zerlegen: einen Menschen, der sich damit auskennt, und ein Dutzend Freiwillige mit langen Fleischermessern. Dazu am besten einen, der die Klingen schärft und kleine Schnittwunden versorgt, Gesichter abwischt, Brillen putzt, wenn sie von Blut und Fett verschmiert sind.

Man braucht Container, einen Bagger und idealerweise jemanden, der ein paar tiefe Löcher in den Körper sticht, so schnell es geht. Ein toter Wal bläht auf, es gärt in ihm, und der Kadaver kann im schlimmsten Fall zerbersten.

Elsa Henk, die seit den frühen Morgenstunden tiefer in das Thema Meeressäuger eingestiegen ist, als sie sich je hat träumen lassen, verliert für einen Augenblick die Fassung bei der Vorstellung, dass ihr hier dreißig Tonnen angeweste Biomasse um die Ohren fliegen könnten. Sie geht ein Stück beiseite, beugt sich vor und stützt die Hände auf die Knie wie nach einem harten Lauf. Atmet große Wolken, lässt das Handy in der Tasche klingeln.

Dann möchte sie, dass augenblicklich jemand kommt, der diesen Wal ansticht, bevor der Druck in seinem Bauch noch größer wird.

Es weiß nur keiner von den Leuten hier, wohin man stechen soll bei einem solchen Tier. Was immer sie noch in sich haben mögen von den Männern mit Erfrierungen, sie scheinen kein Gefühl für einen Wal geerbt zu haben. Die Inselfeuerwehr steht ratlos am Kadaver, und Henri Brix und seine Schwiegersöhne denken nicht daran, den Pottwal anzufassen. Sie schleppen ihn und baggern auch die Überreste weg, nur berühren wollen sie ihn nicht.

Jens Sander, Vogelwart und Kleintierpräparator, wird also abgeholt von seinem alten Schulfreund Brix, der ihm das längste Messer aus der Küche der *Kajüte* mitgebracht hat und ihn mit Warnblinker an allen Schaulustigen vorbei bis an das Flatterband chauffiert. Es steht schon eine Trittleiter parat, zwei Männer halten fest, Jens Sander klettert mit dem Messer in der Hand drei Stufen hoch, dann rammt er es dem Wal in seine Seite, dort, wo der Bauch schon etwas aufgebläht ist.

Die Haut ist dick, es fühlt sich an, als schneide er durch einen Taucheranzug, und der Speck darunter ist sehr zäh. Nach jedem Stich hält er den Atem an. Es klingt, als lasse man die Luft aus einem Reifen, und die Männer, die die Leiter stützen, drehen ihre Köpfe weg, verziehen die Gesichter, stöhnen leise, wenn der Pesthauch aus dem Wal in ihre Nasen dringt.

Jens Sander schafft es nur mit Mühe, die Klinge wieder aus dem Wal zu ziehen, und beim Stechen muss er sich mit seinem ganzen Oberkörper auf das Messer stemmen, um durch die Speckschicht durchzudringen. Er sticht fünf Mal, dann zittern ihm die Hände so, dass er es gut sein lässt. Schweißgebadet steigt er von der Leiter, hager und mit weißem Bart, das lange, blutverschmierte Messer in der Hand. Die Bürgermeisterin reckt beide Daumen hoch, dann fährt sie ins Büro, wo sie den Rest des Tages an der Strippe hängen wird.

Am frühen Nachmittag zieht Nebel auf. Die feuchte Kälte kriecht den Menschen in die Jacken, und der Anblick eines toten Pottwals, der wie ein Haufen Gammelfleisch auf einem asphaltierten Parkplatz liegt, ist bei dem trüben Wetter nicht gut auszuhalten. Manche steigen lieber gar nicht aus den Autos, bleiben sitzen hinter Scheibenwischern, sehen zu, wie jetzt der Nationalparkleiter, zwei Assistenten, eine Meeresbiologin Fotos machen und den Wal vermessen. Mit einer Spritze in der Hand kniet sich die Forscherin auf seinen Kopf. Sie sticht die Nadel in sein Auge und zieht Flüssigkeit heraus.

Der Inselpastor hat, als ihn die Nachricht von der Strandung heute früh erreichte, den Gemeindebus geholt und ist mit seiner Konfirmandengruppe hergekommen. Jetzt stehen seine Jugendlichen frierend vor dem Absperrband. Sie finden den Kadaver krass und halten sich die Nasen zu, atmen in die Ellenbeugen, und eine Weile nicken sie noch höflich, während er mit großen Arm- und Rumpfbewegungen vom Leviathan erzählt, vom Jona-Buch und dem Verschlingenden, der Reue Gottes, von der Gnade und Vergebung. Sie hören zu mit artigen Gedenkstättengesichtern, und Pastor Lehmann macht es noch ein wenig plastischer: verschluckt zu werden von einem Tier wie diesem! Drei Tage Angst und Finsternis im Bauch des Wals! Was kann uns die Geschichte sagen?

Die jungen Leute sind nicht richtig bei der Sache. Die ersten machen Selfies, sprechen Textnachrichten in die Handys, drehen Videos vom knüppellangen Walpenis und schlendern schon mal zum Gemeindebus zurück.

Am Abend wird der Himmel klar, der Nebel lichtet sich, ein großer Mond geht auf. Dann kommt der Wind, dann kommt der Frost und kühlt den Wal.

Jens Sander will am nächsten Morgen kaum aus seinem Bett, es ist so kalt. Er steht kurz auf und schichtet Feuerholz und Späne in die Öfen, zündet an und geht dann wieder unter seine Decke, sitzt mit dem Rücken an der Wand auf seinem Bett, die Daunen bis zum Kinn, und wartet, bis es wärmer wird im Zimmer. Er sieht das harte Blau des Winterhimmels durch die Eisenfenster, Wolken, die nach Osten ziehen wie gehetztes Vieh, die See mit weißen Kappen. Die alten Fenster halten schlecht den Wind ab, immer zieht es im Gebäude, dünnes Glas und hohe Wände, seit November friert er schon. Es hat ihm früher gar nichts ausgemacht. Jetzt bibbert er hier morgens wie ein Zitterrochen.

Als das Holz in beiden Öfen knackt, schiebt er die Decke

weg und zieht sich an. Geht in die Küche und brät Eier, schneidet Speck dazu und Brot und brüht sich Kaffee auf – den er erst trinken darf, wenn er zwei Gläser Leitungswasser intus hat. Widerwillig kippt er jetzt jeden Morgen Wasser in sich hinein, mittags auch und abends noch zwei Gläser, weil er nicht enden will wie Eskes Pflegefälle. Er musste mit ihr auf Station und sich die schlecht ernährten, dehydrierten Vogelscheuchen ansehen, die bei ihr eingeliefert werden und die sie dann nicht wieder auf die Beine kriegt.

Er schlingt das Frühstück und verbrennt sich seinen Mund am Kaffee, lässt die Hälfte stehen. Dann zieht er zwei Pullover an und zwei Paar Socken, steigt in sein Wetterzeug und in die Stiefel, hängt sich das Fernglas um und geht zum Wal.

Der Parkplatz mit dem toten Tier ist über Nacht zu einem Pilgerort geworden. Schon mit der ersten Fähre müssen Waltouristen angekommen sein, junge Paare, Rentnerinnen und Familien. Er sieht zwei kleine Kinder mit Piratenmützen, die in einem Bollerwagen hergezogen werden. Gekreuzte Knochen über ihren winzigen Gesichtern, Totenköpfe auf den Wimpeln. Die Eltern ziehen mit den Kleinen an den Strand, als gingen sie auf Kaperfahrt. Was denkt man sich dabei, ein Kind als Seeräuber zu kleiden, bevor man es auf eine Nordseeinsel bringt? Und dann zu einem Walkadaver zieht?

Die Leute, die am Absperrband zusammenstehen, machen Fotos, reißen Witze, spekulieren über Gründe für die Strandung, staunen über diesen riesenhaften Kopf, die breite Fluke, stöhnen über den Geruch, der trotz der Kälte schlimmer ist als gestern.

Der Wal hat keine Zähne mehr. Trophäenjäger müssen in der Nacht mit Sägen hergekommen sein, abgestumpft genug, um sich bei Vollmond wie die Leichenschänder auf den Strandparkplatz zu schleichen. Der Nationalparkleiter hat es kommen sehen und steht aufgebracht am Wal. Restlos bedient! Weil er schon gestern angeordnet hat, dass man den Kiefer absägt und verwahrt! Jetzt kann der Präparator nachher nur noch Plastikreplikate machen!

Die Bürgermeisterin blickt schweigend auf die Stümpfe, nickt und nickt und wartet, bis der Mann sich nach und nach beruhigt. Es nützt ja nun nichts mehr.

Nach einer kurzen Nacht ist Elsa Henk am frühen Morgen aus dem Bett geklingelt worden. Hanne Sander stand schon gegen sechs vor ihrer Tür, um ihr zu sagen, dass sie das Walskelett für ihr Museum haben will. Wie ein fünf Meter langer Pottwalschädel in das alte Kapitänshaus passen soll, ist Hanne ganz egal, zur Not ein Anbau. Hauptsache, der Wal bleibt auf der Insel.

Dann rief der Mensch vom Institut für Meereskunde wieder an, weil er das Herz des Wals gern plastinieren möchte, »wenn der Verwesungsgrad es zulässt«. Und auf dem Handy war die Sprachnachricht von einer Firma, die das Tier zu Biokraftstoff raffinieren will.

Den ganzen Morgen hat die Bürgermeisterin das alte Lied von der Pastorenkuh im Ohr, die tot im Stall gefunden und dann im ganzen Dorf verteilt wird. Unmöglich, den Refrain aus ihrem Kopf zu kriegen. Sie darf nur nicht den Fehler machen, dieses Lied jetzt vor sich hin zu summen, weil der Choleriker vom Nationalparkamt sonst in die Luft geht wie ein aufgeblähter Meeressäuger.

Jens Sander, dem zu viele Menschen hier sind, geht vorbei am Wal und dann den Holzsteg hoch zur Düne, wo er von oben auf den Parkplatz sehen kann. Lehnt sich mit seinem Fernglas ans Geländer und ist froh, dass er nicht ins Gewimmel muss.

Er sieht, wie eine Frau, sehr klein und ungefähr in Eskes Alter, das Absperrband anhebt und zum Kadaver geht. Sie steckt in einem dunkelgrünen Gummianzug, und jetzt zieht sie die Kapuze über ihre Haare und setzt sich eine Art Laborschutzbrille auf.

Am Kopf des Wales werden Helfer eingewiesen, überwiegend junge Leute, die hier wohl ehrenamtlich im Naturschutz arbeiten, für ein paar Monate auf diese Insel kommen, Gänse zählen oder Gäste durch das Watt führen. Sie scheinen viel zu spiddelig zu sein, um sich mit Fleischermessern über einen Pottwal herzumachen, Jens Sander kommen sie wie Kinder vor.

Aber seit er auf Driftland einen Jonas in der Vogelhütte hatte, weiß er, dass die jungen Menschen in Kapuzenjacken nicht zu unterschätzen sind. Er sieht auch ein paar ältere und kräftigere und einen, der in kurzen Hosen kommt und barfuß auf dem Parkplatz steht, bis sie auch ihn in einen Schutzanzug und ein Paar Gummistiefel stecken.

Der Wind ist eisig, und obwohl der Wal die ganze Nacht bei Frost an Land gelegen hat, dampft es aus ihm, als seine Speckschicht aufgeschnitten wird, und der Gestank schlägt die Empfindlichsten schon in die Flucht. Ein paar der Schaulustigen weichen jetzt ein Stück zurück und atmen in die Jackenkragen und die Schals.

Jens Sander sieht die Drenthe-Brüder mit ihrem alten

Vater aus dem Auto steigen. Sie haben einen Plastikstuhl für ihren Senior mitgebracht, jetzt prüfen sie, woher der Wind kommt. Dann gehen sie zur Luvseite des Wals, wo der Gestank nur halb so schlimm ist, schieben sich mit großer Selbstverständlichkeit nach vorne, drücken die Touristen weg wie Brustschwimmer das Wasser. Der Stuhl kommt an das Absperrband, sodass John Drenthe es direkt vor seiner Brust hat. Melf und Harro stellen sich daneben, rechts und links, die Hände in den Hosentaschen.

Henri Brix sitzt auf dem Bagger mit seinem Enkel neben sich und wartet, bis die erste Speckbahn von den Messerleuten angeschnitten wird, dann greift er mit der Baggerschaufel vorsichtig das lose Ende, hebt es an und hält es leicht auf Spannung, während auf dem Wal der Speck vom Fleisch getrennt wird.

Sie schälen ihn wie eine riesige Orange. Es dauert gut drei Stunden, bis er gehäutet auf dem Parkplatz liegt und zwei Container bis zum Rand mit Speck gefüllt sind.

Jens Sander steht hier oben schutzlos in den Böen, seine Finger, seine Zehen spürt er schon nicht mehr. Mit steifen Füßen macht er sich von seiner Düne auf den Weg nach unten, als er sieht, dass Henri ihm aus der Kabine zuwinkt und die Thermoskanne schwenkt. Er hat die Baggerschaufel abgesetzt, jetzt öffnet er die Tür und übergibt den Enkel an die Tochter. Das Führerhaus ist für zwei Männer eigentlich zu klein, Jens quetscht sich irgendwie hinein. Der Teedampf aus der Kanne lässt die Kabinenscheiben schnell beschlagen. Sie fluchen leise, während sie ihn trinken, weil er schmeckt wie abgekochtes Heu. Seit seinem Herzinfarkt füllt Henris Frau ihm nur noch Kräutermischung in die

Thermoskanne, ein dünnes, gelbliches Gebräu. Henri schüttelt sich nach jedem Schluck. Dann wischt er mit dem Ärmel seine Scheibe frei. Heiß ist er wenigstens.

Sie sehen schweigend zu, wie der geschälte Wal nun von den Leuten mit den Fleischermessern klein geschnitten wird, die sich durch Muskelfleisch zu den Organen vorarbeiten.

Der Fotograf vom Inselblatt und ein Filmteam vom Festland machen Bilder von den Helfern, und zwei junge Frauen, fettverschmiert und blutbesudelt, lächeln kurz in beide Kameras, bevor sie weiterschneiden. Neben ihnen steht der Mann, der heute Morgen barfuß kam, jetzt ragt nur noch sein Oberkörper aus der dunkelroten Masse. Henrik Sander, Fleisch und Blut bis zu den Hüften, scherzt mit den Reportern, hebt mit beiden Händen einen Brocken Fleisch und tut, als wollte er den Zeitungsmann damit bewerfen. Dann geht er wieder an die Arbeit, stößt sein Messer in den Wal, als hätte er nie etwas anderes getan. »Alle Achtung«, murmelt Henri, »nicht für Geld und gute Worte stell ich mich da rein und säbele so ein Tier in Stücke.« Jens Sander schraubt die Thermoskanne zu und nickt. »Von mir hat er das nicht«, sagt er und klettert aus dem Führerhaus, als Henri Brix den Bagger wieder anwirft.

Er stellt sich zu den Drenthes und den anderen beiden Fischern, auch der Reeder und die Wirtin der *Kajüte* sind gekommen. Es zieht sie alle an den Strand an diesem Wintertag, als hätte man ein Feuer angezündet mit dem Tran des Pottwals.

Selbst Ryckmer Sander kommt. Er muss den ganzen Weg zu Fuß gegangen sein, jetzt hustet er sich hier den Weg nach vorne frei, die Zigarette in der ausgestreckten Hand.

Jens hört die Drenthes murmeln, halbe Sätze zwischen Vater, Söhnen, Brüdern hin- und hergeraunt, wie seit Jahrzehnten auf dem Kutter. Sieht Henri, der sich jetzt das andere Enkelkind in seinen Bagger holt und mit den Schwiegersöhnen später die Container an den Hafen schleppen wird.

Sieht seinen Jüngsten bis zum Bauch in einem Wal.

Hört seinen Ältesten mit rauer Stimme reden, gut zwei Armlängen von ihm entfernt.

Seine Söhne würden ihm wohl keinen Stuhl in ihre Mitte stellen.

Er war auf See, als Ryckmer auf die Welt kam, nach einer Winterhochzeit im August geboren, und Hanne hatte ihren Sohn in einem Korb dabei, als sie zum Hafen kam, um ihn vom Schiff zu holen. Ein sonniger Oktobertag, am Himmel keine Wolke, und sie stieg nicht aus dem Wagen. Jens Sander musste auf den Rücksitz klettern, vorne stand der Kinderkorb, und schweigend fuhren sie nach Hause. Sie sprach zwei Tage nur das Nötigste mit ihm, wusch seine Wäsche nicht und warf ihm wortlos das Geschirrtuch zu, als sie die Teller spülte.

Sie ließ ihn zahlen für die Einsamkeit, die schwere Schwangerschaft, die Schmerzen der Geburt, die Nächte ohne Schlaf, die Sorge um das Kind, das in den ersten Wochen seines Lebens kränkelte.

Er lernte, dass er in den ersten Tagen einen Bogen um sie machen musste, bis ihre Wut sich langsam legte. Abflaute zu einer Ungeduld, wenn er den Jungen anders hielt als sie, den Rasen anders mähte und die Teller anders stapelte, den Gartenschuppen in der falschen Farbe strich.

Dass er warten musste, bis sie lachte, ihm beim Spülen plötzlich Seifenschaum in sein Gesicht warf oder ihm die Hand auf seine Wange legte. Ihn mit Küssen überrumpelte und sich dann amüsierte über sein verdattertes Gesicht.

Sie hatten schöne Wochen miteinander, bis er anfing, für die nächste Fahrt zu packen. Türenknallen, stures Schweigen, und die letzte Nacht schlief sie im Kinderzimmer. Sie brachte ihn zum Hafen, blieb am Steuer sitzen, ließ den Motor laufen. Sah in den Rückspiegel, bis er den Seesack aus dem Kofferraum genommen hatte, und gab Gas. Wenn er an Deck stand, atmete er auf.

Dann fing sie an mit den Vermietungen, es kamen Badegäste, und das Haus war viel zu voll, wenn er von Bord kam. Er stand im Weg, sein Stuhl am Küchentisch war meist besetzt, im Garten standen Liegestühle, und als Eske auf die Welt kam, trugen fremde Menschen seine Tochter durch das Haus. Wenn er sie halten wollte, weinte sie. Und Ryckmer saß verheult und starr auf seinem Schoß, weil er sich fürchtete vor diesem Mann mit Bart. Er brauchte Tage, bis er »Papa« sagte.

Und dann ließ er sie zahlen für die Kränkungen, die Sehnsucht und das Heimweh, kam immer seltener nach Hause, zog in den großen Hafenstädten durch die Bars und Clubs und Kneipen. Manche Dinge, die er tat, bereut er heute. Manche nicht. In jedem Hafen einen anderen, die Liebe der Matrosen, auch solche Zeiten gab es, und er will sie gar nicht missen.

Er brauchte das Verrufene und das Verbotene vielleicht, um zu verstehen, dass es das geben darf: einen Sander, der das Seemannseheleben nicht mehr will. Die Wut der Frau nicht und die fremd gebliebenen Kinder auch nicht. Der lieber in der Stelzenhütte einer Vogelinsel steht als auf der Brücke eines Schiffes. Er war auf Driftland nie so einsam wie auf einem Frachter.

Was er von Wind und Wasser weiß, von Strömungen, von Drift und Sog, weiß er von seinem Alten, nicht von der Seefahrtsschule. Aber das andere, das Leben mit der Frau, das Kinderhaben und das Vatersein hat er ihm nicht erklärt. Man kann es oder kann es nicht. Sein Vater konnte es wohl auch nicht. Sie sprachen wenig miteinander, und als er starb, empfand Jens Sander mehr Erleichterung als Trauer. Erst nach dem Tod des Vaters konnte er die Seefahrt an den Nagel hängen.

Ryckmer Sander steht am Kopf des Wals und scheint halb mit sich selbst zu sprechen, halb spricht er mit den Leuten neben sich, die diesem Mann in seiner Seemannsjacke alles glauben würden. Er raucht und hustet, spuckt vor seine Füße, hält seine Zigarette hoch und sagt, der Rauch sei gut gegen den Walgestank. Und außerdem sei das noch gar nichts, und er zeigt auf die Container mit dem Speck: »Vierhundert Fässer von dem Zeug drei Monate an Bord und dann zur Kocherei und in die Tranpfanne damit. Dann weißt du, was Gestank ist.« Er schaut beim Reden in die Ferne, auf den Wal, auf seine Hand. Es scheint egal zu sein, ob jemand zuhört oder nicht, er ist jetzt bei den Harpunierern, die in Ruderbooten einem Wal zu Leibe rücken, der viel größer ist als dieses kleine Jungtier hier. Die mit zerfetzten Händen noch die Leinen halten, wenn der Wal getroffen ist und taucht, die mit ihm untergehen, wenn er im

Todeskampf das Boot zertrümmert. Er ist bei all den armen Teufeln, die im Walblut elendig ertrinken, und bei den Speckstechern und Fischbeinreißern, die sich mit einem falschen Schnitt den Fuß abtrennen, bei den Schiffsjungen, zwölf, dreizehn Jahre alt, wenn sie vor Seekrankheit und Heimweh in die Stiefel kotzen. Die ihre Mutter nicht erkennt, wenn sie nach Monaten auf See nach Hause kommen, die Hände krumm gefroren und die Zähne wacklig vom Skorbut.

Man sieht ihn vor sich, Ryckmer Sander, Wale stechend, Tran auslassend, stoisch den unmenschlichen Gestank ertragend. Dieser Mann mit seinem ungekämmten Bart und seinem Ring aus Gold im Ohr muss gerade erst den Nordatlantik hinter sich gelassen haben, er kann erst gestern oder vorgestern zurückgekommen sein. Hin und wieder greift er in die Innentasche seiner Jacke, nimmt einen Schluck aus seiner Flasche, dann erzählt er weiter. Übertreibt vielleicht, wenn er von Ambra spricht, die man im Darm des Pottwals finden kann, kostbarer als Gold, schon von Kleopatra für ihr Parfum gebraucht. Von Sonnenstürmen, die die Wale in die Irre führen. Von ihren Stimmen, die viel lauter sind als Düsenjäger. Er lügt vielleicht, wenn er vom Auge eines Grönlandwals erzählt, in das ein Seemann niemals blicken darf, weil er sonst in die Tiefe fahren wird. Von Pottwalherden, die wie Seeräuber vor Kanada die Fischernetze plündern.

Und wenn er schon dabei ist, kann er auch noch erzählen von den Monsterwellen, von Kaventsmännern und den drei Schwestern, die Containerschiffe untergehen lassen oder Bohrinseln versenken, und von der weißen Wand, die kaum ein Seemann überlebt, wenn er sie sieht.

Und weil ihn niemand unterbricht, sagt er danach noch seine lange, schreckliche Ballade auf, von Sturmfluten, die Nordseeinseln auseinanderreißen und die nach Heiligen benannt sind.

Dann gehen ihm die Zigaretten aus. Er tritt die letzte Kippe aus und geht.

Ryckmer Sander, Seemann ohne Schiff, hat seinen Teil der Arbeit jetzt getan. Den Rest erledigen die anderen. Und all die Inselmänner, bis auf einen, schauen zu.

Die Zerteiler finden keine Ambra im Gedärm des toten Wals, nur einen halben Plastikeimer und ein paar Meter Fischernetz, das ihm die Meeresbiologin aus dem Magen zieht. Die Drenthe-Brüder lehnen sich ein Stück zurück und kreuzen ihre Arme vor der Brust, und Harro räuspert sich, nur für den Fall, dass irgendjemand jetzt den Fischern auch noch einen toten Pottwal in die Schuhe schieben möchte.

Es dunkelt schon, als Henri Brix den Schädel und den Rest des blutigen Skeletts in den Container hebt und die erschöpften Helfer sich zusammenstellen für ein letztes Gruppenbild. Sie werden jedes Kleidungsstück wegwerfen, das sie an diesem Tag am Leib getragen haben, und dann in ihren Badezimmern lange unter heißem Wasser stehen, Bürsten brauchen, große Seifenstücke, immer wieder ihre Zimmer lüften und trotz allem noch sehr lange den Geruch des Pottwals an sich haben.

Jens Sander geht zurück, den dunklen Strand entlang zum stillgelegten Schöpfwerk, wo kein Ofen brennen wird, wenn er nach Hause kommt, kein Licht, und wo die hohen

Räume hallen. Es ist ein Haus für Pumpen und Turbinen, für einen Menschen ist es nicht gebaut.

Hier lebt man nicht, hier strandet man.

Er hat noch seinen Schlüssel für die Seitentür und Hannes altes Fahrrad, das sie wohl nie vermisst hat. Er weiß nicht, ob sie überhaupt noch Fahrrad fahren kann, ob sie es jemals gut gekonnt hat. Er kennt sie nur zu Fuß, im Laufschritt meistens, und am Steuer ihres Autos, in dem sie wie der Henker über die Inselstraßen fährt. Sie ist nicht langsamer geworden mit den Jahren, eher schneller.

Es sind nur drei, vier Kilometer bis zum Dorf, und Ende Januar macht sich Jens Sander auf den Weg.

Die ersten hundert Meter sind noch mühsam, dann wird der Schotterweg allmählich fester, und an der Straße biegt er auf den Radweg ab. Als er angekommen ist, stellt er das Rad nicht an den Knochenzaun, sondern schiebt es durch den Garten in den Schuppen und geht dann durch die Seitentür hinein.

Beim ersten Mal schleicht er nur leise durch die Räume, seinen Rücken leicht gebeugt, damit er mit dem Kopf nicht an die Deckenbalken stößt. Er geht in Eskes altes Zimmer, wo Hanne jetzt die Nähmaschine hat, das Bügelbrett, die Mangel und die Wäschekörbe. In Henriks, das das hellste ist, weil es nach Süden geht. Tapeten und Gardinen unverändert, selbst die karierte Bettcouch und der Kiefernschreibtisch stehen da, als könnte seine Mutter immer noch nicht glauben, dass ihr Jüngster nun erwachsen ist und nicht mehr wiederkommen wird.

Als er ganz sicher ist, dass sie nicht da ist, öffnet er die Tür zu Hannes Zimmer, geht hinein und setzt sich auf das Bett, das auch mal seins gewesen ist. Sie schläft am Fenster, auf dem Nachttisch steht ihr Wecker, und daneben liegt ein kleiner Stapel Bücher. An ihrer Seite schläft seit zwanzig Jahren niemand mehr, aber das zweite Kissen und die Daunendecke sind bezogen. Und das kann alles heißen oder gar nichts. Hanne weiß wohl selbst nicht mehr, worauf sie wartet und auf wen. Sie wusste es vielleicht noch nie.

Er findet nirgendwo ein Körnchen Staub auf den Regalen, keine Krümel auf dem Teppich, keine Flecken auf den Fliesen.

Sie muss die Wände immer mal gestrichen haben, auch die Fenster und die Haustür. Neue Vorhänge genäht, den alten Herd, die alte Waschmaschine rausgeschmissen, die große Tiefkühltruhe angeschafft.

Sie schneidet sich im Garten Zweige. Silberblätter, rote Winterbeeren stehen in der Vase auf dem Küchentisch.

Sie backt die kleinen Kuchen noch, vor Weihnachten. Neun Sorten, und die Dosen aus Emaille standen schon in dieser Speisekammer, als seine Mutter noch gebacken hat. Er isst von jeder Sorte einen.

Dann geht er in die Stube, setzt sich auf das Sofa, hört die Wanduhr ticken, schließt die Augen für ein paar Minuten.

Und er könnte jetzt ein Junge sein, ein Mann oder ein Greis. Vor diesem Ofen hockend, an den Fliesen lehnend, Karten spielend, rauchend, auf dem Sofa Zeitung lesend und im Anzug eines Bräutigams am langen Tisch der Stube sitzend. Auf demselben Tisch im selben Anzug liegend, aufgebahrt. Jahrzehnte und Jahrhunderte verwischen sich in diesem Haus, die Leben scheinen eins zu werden, immer nur das eine Leben. Seemann.

Sie gaben ihm den Namen seines Bruders, der mit drei ins Hafenbecken stürzte und ertrank.

Es zählten nur die Männer, die hinausgefahren sind. Man sah herab auf »trockene« Berufe, als wären alle Lehrer, Bauern, Tischler, Bäcker Feiglinge, die sich nur drücken wollten vor der See. Er erinnert sich noch an das Mitleid seines Vaters, als die Neffen in den *Einzelhandel* wollten und der Onkel fast vor Scham verging.

Beim ersten Mal bleibt er nicht lange, steht schnell vom Sofa wieder auf, verlässt das Haus und schließt die Tür ab, fährt zurück zu seinem kalten Pumpenhaus. Aber am nächsten Morgen kommt er wieder und am übernächsten auch. Er wartet, bis es zehn ist, weil er Hanne nicht begegnen will.

Und dann, nach ein paar Tagen schon, versteckt er sich nicht mehr, schleicht nicht mehr wie ein Dieb durchs Haus, die Nachbarn sehen ihn sowieso, wenn er am Morgen angeradelt kommt. Er setzt sich in die Küche, liest die Zeitung, wie ein Mann, der hier zu Hause ist.

Geht nach oben, in das Badezimmer, das sie wahrscheinlich immer noch das neue nennt, vor vierzig Jahren für die Gäste eingebaut. Duscht und rasiert sich dort, dann macht er seine Wäsche. Setzt sich an den Küchentisch, hört Radio, bis seine Waschmaschine fertig ist und er die Sachen auf den Trockenboden hängen kann. Als er hungrig wird, brät er sich Eier, schneidet sich zwei Scheiben Brot ab, kocht sich Tee. Spült hinterher, räumt alles weg. Und später setzt er sich in Hannes Sessel, nimmt ein Stück von ihrer Schokolade, verschlägt die Seite ihrer Fernsehzeitung, versteckt die Fernbedienung unter einem Kissen und zieht ihr eine Nadel aus dem Strickzeug.

Legt einen Bernstein auf den Küchentisch, stellt eine ausgestopfte Zwergseeschwalbe auf die Fensterbank.

Sie war am nächsten Tag noch da, nur stand sie auf der anderen Fensterbank, beim alten Hundepaar aus Porzellan.

Und dann erschreckte Ryckmer ihn beinahe zu Tode, als er im Flur auf einmal vor ihm stand, weil er verschlafen hatte. Sein Sohn war noch erschrockener als er. Jens sah, wie er zusammenzuckte und erstarrte, mit dem ertappten Blick des ewig Schuldbewussten. Am hellen Vormittag erst auf dem Weg zur Arbeit, die Augen rot, die Fahne auch mit Pfefferminz nicht wegzukriegen.

So entgeistert von dem Anblick seines Vaters, dass er wie ein Versteinerter im Hausflur stehen blieb.

Jens Sander sieht es, wenn er einen Trinker vor sich hat, und aus den Dingen, die ihm Eske nicht erzählt hat, kann er sich ungefähr den Rest zusammenreimen. Von keinem Haus, von keiner Frau hat sie erzählt, von keinem Kind. *What shall we do with the drunken sailor?* Er ist wohl kaum der Mann, der seinem Sohn mit guten Ratschlägen zu kommen braucht.

Sie wussten beide nicht, was sie nun sagen sollten, also gaben sie einander nur die Hand. Seitdem ist einer auf den anderen gefasst, und sollten ihre Wege sich hier wieder kreuzen, werden sie vielleicht ein bisschen reden über Sturm und Feuerholz und Wandergänse. Und wieder keine Fragen stellen, weil sie sich beide fürchten müssen vor den Antworten.

Er ging dann später hoch in Ryckmers Zimmer, sah auf dem Schreibtisch seine Flutstatistiken und Bücher, öffnete das Fenster und saß ein paar Minuten auf dem ungemachten Bett, in dem er selbst geschlafen hat, als er der Junge war.

Sie hätten anders leben können, er und Hanne. Stattdessen haben sie das Leben ihrer Eltern fortgesetzt, Seefahrer und Seemannsfrau gespielt, die Wut für eine alte Wut gehalten und die Verletzungen für unvermeidlich. Ein Erbe angetreten, das man auch hätte ausschlagen können.

Und ihren Ältesten nicht davon abgehalten, diesen Fehler noch einmal zu machen.

Dem Haus sieht man die Wut nicht an, die Fehler auch nicht. Je öfter er durch diese Zimmer geht, den Kopf ein bisschen eingezogen, desto stärker friert er hinterher im Schöpfwerk.

Und jede Nacht, bevor er schläft, sieht er das Auge dieses jungen Wals vor sich, der sterben musste, weil er sich verschwommen hatte.

# 9
# *The Pictish Beast*

Der Schorf ist abgeheilt, es tut jetzt kaum noch weh. Ein bisschen spannt die feine Silberhaut noch über dem Tattoo, wenn sie das Schulterblatt bewegt. Allmählich wird der Platz auf ihrem Oberkörper knapp.

Sie hat auf Bauch und Brust die Reiter und die Bogenschützen, auf ihrem rechten Arm den Stier, das Ruderboot und das gekerbte Rechteck, auf ihrem linken Arm den Fisch, die Schlange und den Halbmond. Und auf der Schulter jetzt das rätselhafte Tier, *The Pictish Beast*, gekrümmt und leicht verschnörkelt, das an ein Meerestier erinnert, Seepferdchen, Schnabelwal oder Delfin. Manche halten es für einen Drachen oder einen Wassergeist.

Im Norden Schottlands meißelten die Pikten es vor anderthalb Jahrtausenden in ihre Sandsteinstelen, immer wieder dieses Tier. Wie Bilderrätsel an die Nachwelt stehen ihre Steine heute in der Landschaft, an den Küsten, auf den Inseln, als hätten diese Menschen schon gewusst, dass sie verschwinden würden, sang- und klanglos untergehen.

Seit sie das erste Mal von diesem Volk gelesen hat und die Symbole auf den Steinen sah, fühlt Eske Sander sich von ihnen angezogen, fast verwandt mit diesen frühen Kelten, die sich mit blauer Farbe tätowierten und von den Römern nicht besiegen ließen. Die Frauen waren Kriegerinnen.

Von ihrer Sprache gibt es nur noch ein paar Zeichen, über die sich die Gelehrten wohl noch ewig streiten werden. Niemand weiß, was auf den Steinen steht, was die Spiralen und die Doppelscheiben und das namenlose Tier bedeuten sollen.

Sie glaubt, dass man es ungefähr erahnen kann. Weil das, was diese Menschen dachten, sagten oder sangen, wohl nicht viel anders war als das, was man in einem Altersheim auf einer Nordseeinsel hören kann, wenn man an Kaffeetischen oder Sterbebetten sitzt.

Weil sich die Völker an der See wahrscheinlich alle vor den gleichen Dingen fürchten und an die gleichen Dinge glauben. Überall erzählen sie sich von versunkenen Städten und von Meeresungeheuern, von den Wiedergängern der Ertrunkenen, von Geisterschiffen und von Kindern, die man aus der Tiefe holt. Und alle wissen, dass die See nicht gut ist oder böse, sondern beides, eine unberechenbare Mutter, die man liebt und fürchtet. Die ihre Kinder wiegt und füttert und mit ihnen spielt und manchmal untertaucht und frisst.

Das Tier auf ihrer Schulter wird jetzt jeden Tag ein bisschen klarer, die Konturen sind so scharf, als wären sie mit dem Skalpell geschnitten worden. Bevor sie heute Morgen aufgestanden sind, hat Freya es ein letztes Mal mit Salbe eingerieben.

Vier Wochen Schmerz und Zärtlichkeit, am Ende weiß sie nie, ob diese Zeit nun schön war oder nicht. Sie weiß nur, dass sie beides will: die Stiche und das Streicheln, beides von derselben Hand. Nicht zucken unter Freyas Tätowiermaschine, klaglos auf der Pritsche leiden und danach in Freyas Bett getröstet werden.

Sie steht an Deck und friert, steckt ihre Hände in die Jackentaschen, fühlt das Handy, lässt es aber ausgeschaltet. Erst wenn die Fähre auf der Insel angelegt hat, darf sie ihre Textnachrichten lesen und die Mailbox öffnen.

Wie andere sich zum Jahreswechsel Sport und Nüchternheit verordnen, zwingt Eske Sander sich zum Inselfasten. Jedes Jahr nimmt sie am zweiten Weihnachtsfeiertag die letzte Fähre Richtung Festland, macht das Handy aus und lebt vier Wochen lang, als wäre sie ein freier Mensch. Als gäbe es die Insel nicht, die Brüder und die Eltern und die Leute in den Pflegebetten. Als wäre sie noch Eske, die in einer hafenlosen Stadt studiert und eine kleine Liebe hat.

Sie tut nicht viel in ihren inselfreien Wochen. Die meiste Zeit verdöst sie in der Ladenwohnung, die zum Studio gehört, liegt auf dem Bett und liest, wenn Freya nebenan den Leuten Totenschädel in die Arme sticht und Anker, Kreuze, Herzen in die Brust. Drachen, Schlangen, Krieger auf die Rücken, Sterne oder Rosen auf die Schultern.

Sie riecht das Antiseptikum, den Schweiß, die Vaseline und die Tinte, und manchmal dämmert sie ein bisschen weg beim Summen der Maschine, wird geweckt, weil jemand aufschreit oder stöhnt, hört Freya leise sprechen oder lachen. Die meisten ihrer Kunden kommen immer wieder.

Man kann nach diesen Nadeln süchtig werden wie die Matrosen früher, die auf der Haut ein Logbuch ihrer Fahrten führten, bis ihre Körper alten Schulatlanten ähnelten, so tintenfleckig und so vollgeschrieben.

Sie will das auch, bei jeder Fahrt ans Festland eine neue Tätowierung. Auf Freyas Pritsche liegen, sich die Haut aufstechen lassen und den Schmerz aushalten.

Und dann mit einer Wunde, die noch nässt, Silvester feiern. Tanzen und sich heiser brüllen in der *Metal-Werkstatt*, wo sie niemandem erklären muss, was daran schön sein soll, weil alle dort so sind wie sie. Und dann die Magenwände beben lassen am Verstärker, um sie herum nur hochgereckte Arme und verschwitztes Haar. *Heaven Shall Burn*, bis es in ihren Ohren nur noch rauscht und Freya sie bei Tagesanbruch irgendwie nach Hause schleppen muss, wo sie bis abends schlafen wird. Und dann verkatert in der Küche sitzen und vor Übelkeit und Reue wimmern. Freyas *Bloody-Mary*-Suppe löffeln und sie aus Dankbarkeit belügen wollen. Die alte Hoffnung füttern und so tun, als könnte aus der kleinen Liebe doch noch eine große werden. An manchen Tagen glaubt sie es fast selbst.

An anderen schämt sie sich und denkt, dass diese Wohnung wie ein Pfandhaus ist, in dem ihr Tafelsilber liegt: Festplatten und Dokumente, die sie in Freyas Abstellkammer aufbewahrt, ein altes Liederbuch und handgeschriebene Rezepte, zwei Inselbilder aus der Zeit der Künstlerkolonie, einen ausgestopften Sanderling im Brutkleid und, zwischen Mottenkugeln, eine Tracht und ein paar Handarbeiten, Stickdecken und Wollpullover mit den alten Mustern. Dinge für die Nachwelt, damit die Inselleute, wenn sie untergehen, nicht vergessen werden wie die Pikten. Jedes Jahr bringt sie noch ein paar Stücke mehr in Sicherheit, den Nachlass einer Inselehrerin, die auf Station gestorben ist, oder das Fotoalbum eines Steuermanns.

Sie fürchtet sich davor, dass Freya fragen könnte, was sie bei ihr will. Ob sie mit den vier Wochen, die sie bei ihr bleibt, nur eine Art Archivgebühr begleicht.

Manchmal, wenn sie in Freyas Küche sitzt, in ihrer Badewanne liegt, sich auf dem Sofa in die Decke wickelt, muss sie an Hanne und die Gäste denken, die im Sommer jedes Jahr ihr Haus besetzten. Der Umgang miteinander hatte immer etwas Ungenaues, nicht ganz Sauberes, es war ein Tauschgeschäft mit einem Beigeschmack. Gastfreundschaft, die von Herzen kommen mochte und trotzdem etwas kostete. Familienanschluss, den die Gäste nicht bezahlten, aber doch erwarteten. Geburtstagskuchen, gern gebacken, Weihnachtskarten, gern geschrieben, und doch war all das auch mit eingepreist als Stammgastpflege. Und Eske fand es anrüchig und hasste Hannes Herzlichkeit bei den Begrüßungen, wenn sie die Gäste von der Fähre holte, ihr Winken mit dem weißen Taschentuch am Fähranleger, wenn sie nach ein paar Wochen wieder fuhren.

Jetzt fragt sie sich, ob sie denn besser ist. Und ob nicht jede Freundschaft, jede Liebe auch nur eine Art von Handel oder Tauschgeschäft ist.

Kurz nach Neujahr, wenn sie vom Feiern nicht mehr taub und heiser ist, macht sie sich auf den Weg zum Campus, der in den ersten Tagen eines Jahres immer noch wie ausgestorben daliegt. Der Block der Geisteswissenschaften ist so hässlich, dass es wehtut, pockennarbiger Beton und Stahl, ein Bauwerk wie ein Vorwurf. Als wollte man den Schöngeistern, die hier die brotlosen Gewerke lehren und studieren, von Anfang an die Instrumente zeigen.

Kaum jemand kommt ihr auf dem Weg zur Fakultät entgegen, nur ein paar Einsame, die durch die Flure schleichen und die Pinnwände studieren, sich einen Schokoriegel aus dem Automaten in der Eingangshalle ziehen und ihn auf einer klammen Steinbank vor der Mensa essen, weil sie nach all den Feiertagen lebensmüde werden, wenn sie noch einen Vormittag allein in ihren Wohnheimzimmern bleiben müssen.

Jedes Mal, wenn sie so eine einsame Gestalt im Nieselregen sitzen sieht, fragt Eske sich, ob sie sich kümmern müsste. Hingehen und fragen, wo es wehtut. Und immer steuert sie schon fast die Bank an, bis ihr einfällt, dass sie nicht die ganze Welt zu pflegen hat. Sie ist hier nicht die Schwester.

Den Fahrstuhl braucht sie nicht. Sie geht zu Fuß nach oben, lässt die Außenfläche ihrer Hand über die unverputzte Wand des Treppenhauses streifen, und wenn sie angekommen ist im sechsten Stock, sind ihre Fingerknöchel rot geschliffen vom Beton. Dann knickt der Flur am Ende ab. Von dort muss sie nur noch dem kratzigen Geruch der Zigarillos folgen. Hinter dem Kopierraum und der Kaffeeküche liegt das Wörterbucharchiv, wo Dr. Flemming Jespersen in seiner Tabakwolke sitzt, weil er das Rauchverbot für eine Zeitgeistblase hält, die sich demnächst erledigt haben wird. Und bis es so weit ist, klebt er den Feuermelder mit Paketband ab.

Sein Schreibtisch ist umstellt von Stahlschränken und Zettelkästen, in denen noch die Bänder, Tonkassetten, Wörterlisten längst verstorbener Kollegen liegen. Siebzig Jahre Feldforschung, die hier geduldig auf die Digitalisierung warten. Hilfskräfte pendeln hin und wieder zwischen dem Archiv und ihren Rechnern hin und her und übertragen Wörter von den Zetteln in Dateien, wie Eske es vor fünfzehn Jahren auch schon tat.

Dass Flemming Jespersen mit seinem Atlas alter Nordseesprachen jemals fertig werden wird, glaubt nicht einmal er selbst. Mit der Langmut eines Dombaumeisters werkelt er an seinen Lautverschiebungen, fügt Wortschätze zusammen, stellt Silben um, bis ihre Muster einen Sinn ergeben.

Von manchen Dialekten gibt es nur noch Trümmer. Ein, zwei Sagen oder ein paar Schüttelreime, die vor langer Zeit ein Insellehrer oder Pastor aufgeschrieben hat. Sie sind dann Stoff für Doktorandinnen und Nachwuchsforscher, die ein paar Jahre Lebenszeit damit verbringen, Wortstämme zu vergleichen, Endungen zu rekonstruieren, Hypothesen zu begründen, bis irgendwann auf einem Kirchenboden oder im Nachlass eines Heimatdichters noch ein paar Trümmer mehr gefunden werden, die dann alles widerlegen. Stoff für den nächsten Jahrgang.

Flemming Jespersen reißt seine Fenster auf, wenn Eske ihn besucht, und kippt den Inhalt seines Aschenbechers in einen Deckeleimer aus Metall, der unter seinem Schreibtisch steht. Dann trinken sie Kaffee aus Einhorn- oder Katzenbechern, die er irgendwo in seinem Zimmer findet, meistens noch halb voll, gefährlich schief auf Bücherstapeln. Sie hinterlassen braune Ränder auf vergilbten Seminararbeiten, kleckern auf die Sonderdrucke der Artikel, die er hin und wieder für die Fachzeitschrift der Dialektologen schreibt. Ein paar der Becher glitzern, und aus einem ragt ein goldfarbenes Horn. Er ist ein später Vater, und seine Töchter schenken ihm gern Dinge, die er gut gebrauchen kann. Auf seiner neuen Federtasche galoppiert ein Pferd.

Die Leute auf der Insel amüsierten sich über den fremden jungen Mann, dem sie erzählen sollten, wie sie Schollen fingen,

Reet schnitten, Möweneier sammelten, Strandwegerich und Muscheln zubereiteten. Er ging mit seinem Mikrofon zum Hafenmeister, zu den Krabbenfischern und zu den Seemannswitwen, die ihr Leben lang nicht von der Insel fort gewesen waren. Ihre Sprache war noch wie vor hundert Jahren, sie kannten noch die alten Wörter und bauten ihre Sätze nach den alten Plänen. Und manche hörten dann nicht wieder auf zu reden, weil Flemming Jespersen in seinem Kauderwelsch der Erste war, der ihnen jemals Fragen stellte.

Er wohnte drei, vier Wochen lang im kleinsten Zimmer, und weil er immer in der Nachsaison kam, waren außer ihm nie Gäste da. Hanne nahm ihm dann kein Geld mehr ab, auch für das Essen nicht.

Er ruft bis heute bei ihr an, wenn sie Geburtstag hat, und Hanne lacht ihn aus, wenn er ein Wort verdreht. Sie backt noch immer Sirupbrot für ihn, und Eske nimmt es mit, wenn sie nach Weihnachten aufs Festland fährt.

Er packt es sofort aus, als hätte er das ganze Jahr darauf gewartet, und dann stippt er es in seinen Kaffee wie die Alten im Seniorenheim und macht, wenn er es isst, die gleichen schlimmen Sauggeräusche. Lacht über Eskes angewidertes Gesicht.

Flemming Jespersen ist wie ein älterer Verwandter, ein Cousin, der sie seit Kindertagen kennt. Beim Stippen seines Sirupbrots geht er die Sanders durch und fragt sie ab, als wären sie Vokabeln: »Und Ryckmer?« – »Und Henrik?« Wenn er die Brüder und die Eltern durchgenommen hat, will er von Eske wissen, was die Liebe macht und ob im Altersheim ein Mensch gestorben ist, den er noch kennt.

Dann laden sie die Audios, die sie ihm mitgebracht hat, in den Rechner und hören sich zusammen an, was sie im letzten

Jahr gesammelt hat. Gespräche mit den Leuten auf Station, die sie nach Dienstschluss aufgenommen hat, an Wochenenden oder freien Tagen. Erzählungen von Inselsommern und Erinnerungen an die Hochzeiten und Winterfluten, die toten Kinder und die großen Fahrten. Sie schreibt sie ab, wenn sie am Abend nach dem Tagdienst nicht zu müde dafür ist, und sammelt Lebensläufe für ein Buch. Noch eine Inselchronik für die Nachwelt, vielleicht die letzte. Die Töne lässt sie im Büro von Flemming Jespersen, wo nie ein Wort verschwindet.

Als sie zum ersten Mal in dieses Zimmer kam, mit neunzehn, war ihr noch unbegreiflich, wie ein Mensch sein Leben so verbringen kann: von Stahlschränken umstellt an alten Silben fummelnd, täglich Stromstöße kassierend von seinem abgelatschten Kunststoffteppichboden.

Sie hatte nach dem Abi planlos in der Luft gehangen, im Inselsupermarkt Regale aufgefüllt, im Altersheim geputzt und in der Bäckerei gejobbt, mit Henriks Wellenreiterclique Strandpartys gefeiert und sich auf einem Heavy-Metal-Festival die erste Tätowierung stechen lassen, bis Hanne irgendwann ein Machtwort sprach und sie fast mit Gewalt in dieses Institut bugsierte. Als hätte sie gewusst, dass Flemming Jespersen und sein Archiv der Nordseesprachen für ihre heimwehkranke Tochter eine Insel werden könnten. Sogar der Zigarilloqualm half ihr am Anfang bei der Eingewöhnung, weil sie den kratzigen Geruch von früher kannte.

Es gab nur eine Handvoll Erstsemester außer ihr, und Eske Sander wurde von den anderen im Seminar ein bisschen angehimmelt, weil sie die einzige Studentin war, die eine dieser Nordseesprachen schon von klein auf kannte.

Sie hörte alte Tonaufnahmen ab und wusste, dass die meisten, die auf diesen Bändern sprachen, ihre Lieder sangen und Gedichte aufsagten, schon längst gestorben waren. In den Zettelkästen fand sie Wörter, die sie fast vergessen hatte, als kleines Kind zuletzt gehört bei alten Nachbarn oder ihren Großeltern. Die Sprache ihrer Insel starb, und sie verstand es erst in diesem trostlosen Büro in einer fremden Stadt. Sie las von anderen Sprachen, längst verstummt, nur ein paar Zeichen noch in Steinstelen geritzt, die an der See im Laufe der Jahrhunderte verwitterten.

Wenn Flemming Jespersen in seiner Zigarillowolke sitzt, zwischen Einhörnern und Zettelkästen über Phoneme und Morpheme und Syntagmen spricht, ist es wohl seine Art zu sagen, dass er das Sterben dieser alten Sprachen nicht erträgt, und Eske Sander geht es ebenso.

Sie hält es auch nicht aus. Das schreckliche Verstummen nach dem letzten Wort, wenn im Seniorenheim noch eine ihrer alten Inselfrauen stirbt, noch einer von den letzten Männern. Ein Choral, der immer leiser und dann irgendwann verklungen sein wird. So muss die Stille sein, wenn große Schiffe sinken oder Kirchen untergehen.

Auf ihrem Weg zurück, wenn sie sich ihre andere Hand von der Betonwand schleifen lässt und die sechs Stockwerke nach unten geht, dann über den verwaisten Campus bis zum Parkplatz, stellt sie sich andere Leben vor, die sie auch hätte führen können. Als Frontfrau einer Metal-Band, als Muse einer Tätowiererin, als nächste Dombaumeisterin im Wörterbucharchiv, als Keltologin auf den Shetlandinseln.

Wenn sie nach vier Semestern nicht zurückgegangen wäre,

weil sie trotz Flemming Jespersens Archiv und Freyas *Metal-Werkstatt* krank vor Heimweh war.

Man hat Respekt vor dieser Krankheit, wenn man auf einer Insel aufgewachsen ist. Sie konnte nicht mehr essen, als sie nach einem langen Wochenende an der Nordsee wieder in die Stadt fuhr. Erst drei Tage lang, dann vier, dann fünf, bis sie am Morgen nicht mehr aus dem Bett kam. Als sie wieder auf der Fähre stand, ging es ihr besser.

Freya hat nie geglaubt an diese Heimwehkrankheit. Sie denkt, dass Eske nur zurückgegangen ist, weil sie die Sanders halten muss. An jeder Hand ein Elternteil, an jedem Bein ein Bruder.

Die Fähre zieht durch kabbeliges Wasser, und an Deck riecht es nach Öl. An diesen dunklen Wintertagen sind der Himmel und die See aus einem Guss, das Grau des einen ist vom Grau der anderen nicht mehr zu unterscheiden.

Die Insel ist noch nicht zu sehen, und fast rechnet sie damit, dass sie bereits verschwunden ist. Dass diese Fahrt nie enden wird und dieses Schiff nun ewig auf den Wellen bleiben muss, die Insel aufgelöst im großen Grau, die Vogelinsel weggespült, die ganze Welt nur noch ein Himmel und ein Meer. Sie stellt sich vor, auf einem Segelschiff zu stehen, eine Hand am Mast, nach Monaten auf See, kein Land in Sicht. Man kann nie sicher sein.

Ihr fallen jedes Mal, wenn sie an Deck steht, Ryckmers ewige Geschichten ein von Schiffen, die in heimischen Gewässern untergingen. Wenn sie in Sommernächten die Matratzen aneinanderschoben, erzählte er ihr solche Dinge, und sie malten sich dann aus, wie diese Männer, die die halbe Welt umsegelt hatten, kurz vor dem Heimathafen noch in einen Sturm gerieten und im Licht des Leuchtturms, vor den Augen ihrer Angehörigen, ertranken. Sie konnten nächtelang darüber reden, was wohl schlimmer wäre: irgendwo auf hoher See und in der Fremde zu ertrinken oder dort, wo man das Wasser kannte und das Land schon sehen konnte. Es ist die Art von Frage, die ihren Bruder wohl noch immer umtreibt und ihn nachts nicht schlafen lässt.

Die Fähre ist fast leer, es sind nur ein paar Handvoll Passagiere auf dem Schiff. Man müsste hier nicht in der Kälte stehen, man könnte unten im Salon mit ein paar anderen Inselleuten Kaffee trinken oder Karten spielen.

Sie bleibt an Deck, weil das die Regeln sind: vier Wochen Festland und dann frierend wieder auf die Insel. Also steht sie hier, die nackten Hände an der Reling, und der Wind beißt zu, als prüfte er ein Holz oder ein Stück Metall. Es müsste eigentlich ein Wort für diese Kälte geben.

Auf der Kiste mit den Rettungswesten sitzt eine Frau im Thermo-Overall, die ihren Reißverschluss ganz hochgezogen hat bis an das Kinn. Martje Wehner, Decksfrau, macht die Leinen los und fest, seit Ryckmer Sander abgemustert hat. Ganz neue Sitten auf dem Schiff. Seit sie an Bord ist, werden selbst die fremden Passagiere angelacht und freundlich eingewiesen. Jetzt winkt sie Eske zu, und ihre Hände sehen aus wie große Knollen in den dicken Fäustlingen. Sie lehnt sich mit dem Rücken an die Schiffswand und verschränkt die Arme vor der Brust.

Die hohe Front der Nordseeklinik ist das Erste, was man von der Insel sieht. Weiß ragt sie aus der See, daneben ragt die Sünde, das Apartmenthaus aus einer Zeit, als man Beton an Sandstrand noch mondän fand. Erst danach erkennt man auch die Kirche und den Leuchtturm, beide etwas abgedrängt, wie ältere Verwandte, die auf Familienbildern Platz zu machen haben für den Nachwuchs.

Über allem schweben jetzt zwei Kräne, die vor vier Wochen noch nicht da gewesen sind. Sie weiß nicht, was hier gerade neu gebaut wird, Parkhaus, Spa-Resort, Erlebnisbad, es spielt auch keine Rolle mehr.

Ein paar Jahrzehnte noch, dann wird all das verschwunden sein. Die Meeresspiegel steigen, und die Stürme werden härter. Sie braucht die Fluttabellen ihres Bruders nicht, um das zu sehen. Kein Wellenbrecher wird die Nordseeinseln retten und kein Klimadeich, weil sie nicht für die Ewigkeit gemacht sind. Nichts Vertikales hat Bestand in dieser Landschaft, nicht die Kirchen, nicht die Sünden aus Beton, auch nicht die Reetdachhäuser mit den spitzen Giebeln, nicht einmal die Bäume. Es gibt hier nichts Beständiges. Das Fließen, Strömen und Verlanden, Stürmen, Auseinanderreißen hört nicht auf. Land gewonnen, Land zerronnen. Alles will hier Horizont sein.

Und falls die See doch länger brauchen sollte, werden Bustouristen, Kurzurlauber, Kapitänshauskäufer dafür sorgen, dass die Leute von den Inseln untergehen. Ihre Sprache nicht mehr sprechen, ihre Lieder nicht mehr singen, ihre Trachten nur noch für die Gäste tragen und zu Kleindarstellern ihres Lebens werden.

Sie rollt vom Schiff und fährt zum Parkplatz an der Mole, wo sie den Motor abstellt und das Handy aus der Tasche holt. Mit klammen Fingern schaltet sie es ein und rechnet mit dem Schlimmsten. Jedes Mal, wenn sie zurückkommt, ist sie geplagt von Schuldgefühlen, als hätte sie vier Wochen lang die Aufsichtspflicht verletzt. Sich auf dem Festland amüsiert, um nichts gekümmert und die Insel unversorgt gelassen. Jetzt fürchtet sie die Katastrophenmeldungen, die Todesfälle und die Unglücke, die nicht geschehen wären, wenn sie sich nicht davongeschlichen hätte.

Was sie findet, sind Silvestergrüße von Kolleginnen und ein paar Dienstplanänderungen, die sich längst erledigt haben.

Ein Foto, nicht ganz scharf, das Hanne mit dem neuen Smartphone aufgenommen hat: Titelbild der Inselzeitung, Henrik steht in einem Walkadaver, von Kopf bis Fuß mit Blut verschmiert, und lacht.

Auf ihrer Mailbox Jens, der wissen will, wann sie zurückkommt, weil seine *Zittertropfen* bald zur Neige gehen.

Zwei Textnachrichten von Ryckmer. Erstens: ob sie wusste, dass junge Schweinswale an Akne leiden können. Und bei der zweiten geht es um die Peristaltik eines Pottwaldarms, den Rest versteht sie nicht, wilde Autokorrektur und seltsame Emojis.

Sie atmet durch und lehnt sich kurz in ihren Sitz, dann dreht sie die Musik auf und fährt los. *Covered with Sores*, fast dreißig Jahre alt, Chris Barnes röhrt wie ein Tier, und Eske Sander fährt zuerst zum Kutterhafen, wo sie das Licht in Henriks Werkstatt brennen sieht. Wahrscheinlich ist er noch dabei, die Trümmer zu beseitigen, die Jana hinterlassen hat, als sie am Tag vor Weihnachten so ziemlich alles kurz und klein geschlagen hat, was sie im Schuppen finden konnte. Normalerweise gehen seine Lieben still zu Ende. Ein resigniertes Fade-out, wenn die Freundinnen verstanden haben, dass Henrik niemals einen Menschen brauchen wird, solange er den Strand hat.

Am Drenthe-Kutter wird geschweißt, und Ryckmer steht

in Arbeitskluft am Steuerhaus und schleift die Farbe ab, noch ist er also halbwegs nüchtern. Er sieht ihr Auto nicht, und Eske fährt vorbei.

Am Haus der Sanders hängen keine Lichterketten mehr, und Hanne hat den Weihnachtsstern längst wieder abgebaut, jetzt brennen nur die kleinen Lampen auf den Fensterbänken, die sie im Winter anlässt, damit die Zimmer nicht so unbewohnt aussehen. Gleich ist es drei, dann schließt sie das Museum ab und wird nach Hause kommen.

Eske Sander fährt zum Strandparkplatz, weil sie ins Wasser will, solange es noch halbwegs hell ist. Bevor sie aussteigt, ruft sie Jens kurz an, um sich zurückzumelden. »Du hast hier was verpasst«, sagt er.

Und dann versucht sie, nicht an einen toten Wal zu denken, als sie, schon in der Dämmerung, zur Brandungszone läuft. Vier Wochen lang entwöhnt von dieser Kälte, die Silberhaut auf ihrer Schulter noch sehr dünn – das erste Bad im neuen Jahr ist schlimm genug, schon ohne einen Wal im Wasser neben sich. Die Vorstellung allein lässt sie fast umkehren.

Zwei Nachrichten von Freya auf dem Handy:

»Ich wollte hören, ob du gut angekommen bist. Und sagen, dass es schön war.«

Die zweite, etwa eine Stunde später:

»Ich kann das nicht mehr, Eske.«

Sie zieht sich aus, so schnell sie kann, dann rennt sie los und wirft sich in die Wellen. Zählt ihre Züge, und bei zwanzig darf sie aus dem Wasser. Dreißig schafft sie.

Nichts tut so weh wie diese Kälte, und es gibt nicht einmal ein Wort dafür.

## 10

## *Glaube, Liebe, Hoffnung*

In vielen Hafenstädten steht das Denkmal einer Seemannsfrau, aus Bronze oder Stein gemacht, und in den Stuben vieler Inselhäuser hängen Ölgemälde, die sie wartend an den Fenstern zeigen, sorgenvoll, den Blick aufs Meer gerichtet. Mit einem Kind auf ihrem Arm am Strand, das Haar vom Wind zerzaust, die Röcke wehend. Winkend oder Ausschau haltend.

Und wenn es etwas gibt, das Hanne Sander nie getan hat, ist es das. Sich an ein Hafenbecken stellen, an die See, den Horizont absuchen oder den Deich abwandern und bei Sturm zum Fernglas greifen und in die Lichtstreifen des Leuchtturms starren, bis die Augen tränen.

Man muss, wenn man alleine ist, die Sonnenuntergänge meiden, das Träumen und das Grübeln, auch das Schlendern an den Stränden. Und wenn man samstags mit den Gräbern fertig ist, darf man den Blick nicht ziellos schweifen lassen. Nicht über den Inselfriedhof wandern, nicht die Namen auf den Steinen lesen. Man muss um Ruhebänke einen Bogen machen, wie um Strandkörbe und Gartenliegen. Immer in Bewegung bleiben. Schnell sein.

Hanne Sander hat die Krankheiten des Wartens immer

schon im Keim erstickt, die Schwermut und die Lebensmüdigkeit, weil sie nicht eine dieser Frauen werden wollte, die sich die Haare nicht mehr waschen und mit Löchern in den Strümpfen auf die Straße gehen. Laute Selbstgespräche führen und den Mann, die Seefahrt und den Rest der Welt verfluchen. Und irgendwann die Suppe kalt aus einer Dose löffeln und die Bohnen aus dem Glas.

Man muss vom Tag so müde sein, dass man am Abend schlafen kann. Sie ist ihr Leben lang früh aufgestanden, sie kann schlafen wie ein Stein, und wenn sie aufwacht, ist es fünf. Sie braucht den Wecker nicht, um das zu wissen. Ihr Körper ist ein Uhrwerk, und das Einzige, was Hanne Sander fürchtet, ist der Stillstand.

Wenn sie die Ölgemälde im Museum abstaubt, fragt sie sich manchmal, wie es sein kann, dass die Seemannsfrauenmaler immer nur die Wartekranken porträtierten. Ob die Künstler, die vom Festland kamen und die Sittenbilder einer Insel malten, es nicht besser wussten oder ob sie nur das malten, was sie glauben wollten: dass die Frauen wie gekappte Marionetten in den Inselhäusern hingen, wenn die Seeleute auf ihren Schiffen waren. Und dass das Stück erst weiterging, wenn nach der Rückkehr jeder Mann in seinem Haus die Fäden wieder in die Hände nahm. Als würde auf der Insel in der Zwischenzeit nur ausgeharrt und nicht gelebt.

Die Männer auf den Schiffen wollten auch gern glauben, was die alten Seemannsfrauenbilder zeigten. Auf See erzählten sie sich Märchen, wenn sie Heimweh hatten. Über engelsgleiche Frauen, die geduldig auf die Rückkehr ihrer Männer warteten. Ihnen jede Nacht ein Licht ins Fenster stellten, in allen Stürmen für sie beteten und ihnen Essen auf dem Herd warm hielten, jahrelang, wenn nötig. Keine Fragen stellten, wenn die Männer wiederkamen, niemals klagten, nichts als Dankbarkeit und Glück empfanden.

Und wenn sie nicht gestorben sind, was dann? Wie die Geschichten nach der Rückkehr weitergingen, wurde nie erzählt.

Der Quittenbaum in ihrem Garten blüht in diesem Jahr für zwei. Die Krone ist wie eingeschäumt, in seinen Zweigen summen die Insekten. Es ist der erste Frühling ohne seinen Zwilling, der im November auf dem Rasen lag, den Stamm seltsam verdreht, als hätte ihn der Sturm gequält, bevor er ihn entwurzelte. Das Grundstück sieht ganz anders aus, dem Haus fehlt jetzt sein Gleichgewicht, weil links des Giebels diese Lücke ist.

Am Anfang dachte sie, dass man den zweiten Baum am besten auch gleich fällen sollte. Nun ist sie froh, dass er noch steht.

Man könnte an die alte Stelle einen neuen pflanzen – und dann versuchen, nicht daran zu denken, wer seine Quitten einmal ernten wird, sie schälen, zu Gelee verkochen. Und wem der Baum, das Haus, die Speisekammer mit den Quittengläsern dann gehören werden.

Der Flieder und der Weißdorn und die Heckenrosen blühen, die Amseln brüten bald zum zweiten Mal, die Schwalben sind zurück. Der Mai ist wie ein viel zu kurzer Rausch. Sie fühlt sich, wenn sie durch den Garten geht, wie auf der Festwiese als Kind, wenn Inseljahrmarkt war und in der Wonne immer schon die Wehmut lag, weil all die bunten Buden und die Fahrgeschäfte bald schon wieder weg sein würden.

Man will auf jedes Karussell. Man will und will und will, und dann ist es vorbei.

Weißwangengänse kreuzen Tag und Nacht, der Himmel ist in diesem Frühjahr unruhiger als sonst. Sie sieht, wie sie in großen Scharen über Deich und Vorland fliegen, unentschlossen, wie es scheint, und ratlos. Als wüssten sie nach all den Jahren plötzlich nicht, wohin.

Die Schuppentür steht offen, und sie hört, wie er herumhantiert mit Rasenmäher, Gießkannen und Eimern. Der Gartenschlauch, die Schubkarre, das alte Regenfass, in dem sie ihren Rosendünger aufbewahrt, und ein paar große Blumenkübel hat er schon herausgeholt. Das alles muss woandershin, damit im Schuppen wieder Platz ist für die Werkbank und den Schrank, in dem er seine Chemikalien aufbewahrt und seine Bälge, Glasaugen und Schaumstoffkörper.

Er wollte seine toten Vögel in die Tiefkühltruhe legen, auf ihre Bohnen und die Dorschfilets. In alten Plastikbeuteln, auf denen Pflasterstreifen klebten, die er beschriftet hatte: Brandgans. Zwergmöwe. Schafstelze. Küstenseeschwalbe. Sie hielt es erst für einen Scherz, und als er wirklich mit den Beuteln in die Speisekammer ging und ihre Truhe öffnete, war sie so außer sich, dass sie den Deckel zuschlug. Er konnte gerade noch die Hand wegziehen.

So war es früher nicht, wenn sie sich stritten. Sie kann sich gut an ihre Wut erinnern, an das Türenknallen und das Schreien, aber nicht an das Gefühl von Ohnmacht. Damals wusste sie, dass er in ein paar Wochen wieder fahren würde.

Jetzt wird Jens Sander, wie es aussieht, bleiben, und auf

einmal leben sie fast wie die anderen alten Paare auf der Insel: Der Kapitän i. R. verbringt mit seiner Frau den Lebensabend hinter einem Knochenzaun, wie seine Väter schon.

Nur mit dem Unterschied, dass in der Mitte mehr als zwanzig Jahre fehlen.

Man stellt sich eine Heimkehr anders vor. Man denkt, dass jemand, der so lange fort gewesen ist, mit seinem Seesack auf der Schulter vor der Haustür stehen müsste, abgekämpft und durchgefroren nach einer abenteuerlichen Reise. Man stellt sich vor, dass man von seinem Klopfen aus dem Schlaf gerissen wird in tiefer Nacht und dass das Herz beginnt zu rasen. Auch das ein Märchenanfang.

Stattdessen geistert einer, der jahrelang nur Vögel um sich haben wollte, plötzlich wieder durch das Haus. Nimmt sich Eier oder Käse aus dem Kühlschrank, bringt die Zeitung durcheinander, hängt seine Wäsche auf den Boden und vergisst in der Maschine eine Socke.

Ihre Töpfe standen hin und wieder falsch, die Gabeln lagen bei den Messern, und einmal knirschten noch die Scherben einer Tasse unter ihren Füßen, die ihm wohl aus der Hand gefallen war. Keine von den guten.

Sie hatte anfangs Ryckmer im Verdacht, dabei fasst er ihre Töpfe gar nicht an. Er brät auch keine Eier, sondern macht sich in der Küche höchstens Brote, kocht sich Kaffee für die Thermoskanne, die er mitnimmt, wenn er morgens aus dem Haus geht, um den Kutter für die Drenthe-Brüder umzubauen. Und die Waschmaschine hat er noch nie angerührt.

Sie fragte sich, ob sie Gespenster sähe. Bis sie den ausgestopften Vogel auf der Fensterbank entdeckte – und die

Stricknadeln, die er aus ihrem Strumpf gezogen hatte, warum auch immer. Kleiner Scherz, sehr typisch für Jens Sanders seltsamen Humor. Sie kennt ihn immerhin noch gut genug, um das zu wissen.

Es war eigenartig, sich das Haus mit einem Mann zu teilen, den man nicht zu Gesicht bekam. An manchen Tagen war der Tee in ihrer Kanne nicht mal abgekühlt, wenn sie nach Hause kam, das Teelicht brannte noch, und Hanne wusste nicht, ob er es nur vergessen hatte oder für sie angelassen. Sie will sich solche Dinge auch nicht fragen. Was es bedeuten könnte, wenn ein Teelicht brennt, warum ein Mensch erst weggeht und dann halb zurückkommt, und was sich einer denken mag, wenn er sich wie ein Hausfreund durch die Seitentür hereinschleicht, darüber denkt sie gar nicht nach. Sie hütet sich davor, den Dingen auf den Grund zu gehen. Was sie da unten finden könnte, will sie gar nicht sehen. Man darf nicht jede Frage endlos weiterdenken und an allem ewig kratzen oder schürfen. Wohin das führt, kann sie an Ryckmer sehen. Am Ende ist der Mensch dann nicht mehr zu beruhigen.

Sie hat sich also nicht gefragt, was die Besuche zu bedeuten haben, sonst wäre sie vielleicht daraufgekommen, dass Jens Sander wohl nicht ewig dieser Hausgeist bleiben würde, der sich in Luft auflöst, sobald ein Mensch sich nähert.

Dann hätte sie vielleicht nicht wie ein Mondkalb in der Tür gestanden, als er an einem Nachmittag im Februar auf einmal in der Küche saß. Ein alter Mann, in einem Hemd, das sie noch kannte.

Man glaubt, man ist gefasst auf alles: Springfluten, schwere Stürme, Männer, die nach Hause kommen, volltrunken oder nüchtern, mit gletscherblauen Steinen oder ohne. Und dann steht man doch sprachlos und wie festgefroren auf der Schwelle. Überrumpelt, ausgerechnet von Jens Sander.

Sie fanden beide keinen Anfang. Saßen, bis es dunkel wurde, und schalteten das Licht nicht an.

Jede Viertelstunde schlug die Wanduhr in der Stube, und sie hörten, wie der Wind, der durch den Schornstein kam, die Ofenklappe zittern ließ.

Hin und wieder das Geräusch von Reifen auf dem Kopfsteinpflaster, wenn ein Auto vor dem Haus die Dorfstraße entlangfuhr.

Das Reiben einer Hand auf rauem Stoff.

Fingerknöchel, die ein paarmal knackten.

Ihr Ring, an dem sie unablässig drehte, fiel ihr irgendwann vom Finger, klirrte auf den Fliesen, rollte noch ein Stück und blieb dann liegen. Er schob den Stuhl zurück, stand auf und machte Licht. Fand ihren Ring und hob ihn auf und legte ihn vor Hanne auf den Tisch.

»Du musst ihn kleiner machen lassen.«

Und dazu hätte sie jetzt ein paar Dinge sagen können.

Zum Beispiel, dass man einer Frau auch einen Ring mitbringen kann, der nicht zu groß ist. Und dass ein Mann, der sich hier zwanzig Jahre lang nicht blicken lässt, ihr nicht zu sagen braucht, was sie zu tun hat, dass er hier nicht den Kapitän zu spielen hat, der, noch mit einem Bein an Bord, gleich wieder das Kommando übernimmt.

Und dass er sich um seine eigenen Sachen kümmern soll, um dieses abgewetzte Hemd zum Beispiel.

Sie hätte ihn auch fragen können, worüber er denn all die

Jahre nachgedacht hat, als er bei seinen Vögeln saß, als ihm die Welt zu laut war und die See zu rau, die Frau zu wütend und das Vatersein zu viel. Ob dieser kümmerliche erste Satz tatsächlich alles ist, was er da ausgebrütet hat.

Der Ring zu groß und dieser Satz zu klein. Nichts, was er für sie hatte, schien ihr je zu passen.

In kleinen Wellen rollte ihre Wut an, brach und wurde Schaum, und Hanne Sander sagte gar nichts. Sie lehnte sich in ihrem Stuhl zurück und sah ihm ins Gesicht. Entdeckte unter all dem weißen Kopf- und Barthaar und dem Gekritzel seiner Falten nach und nach ein paar vertraute Züge. Jens Sanders Mund in diesen schmalen Lippen, seine Augen in den runzeligen Lidern, etwas dunkler als der Stein in ihrem Ring.

So ähnlich war es früher auch, wenn er nach einer langen Fahrt nach Hause kam, sie sind dann jedes Mal erschrocken voreinander, beide älter, härter, kleiner als erinnert. Nur war der Schreck noch nie so tief wie dieses Mal, und seine Hände haben früher nicht gezittert.

Sie streiten sich jetzt nicht mehr laut. Es scheint, als hätten sie das Schreien mit der Zeit verlernt, wie eine Sprache, die man lange nicht gesprochen hat. Dabei gäbe es für Hanne Grund genug zu schreien, jeden Tag, weil er, wie früher schon, ihr austariertes Leben durcheinanderbringt.

Sie fechten stille Kämpfe aus, wenn er am Abend in die Stube kommt und wortlos mit der Fernbedienung ihre Filme wegdrückt. Dann schaltet sie zurück und legt die Fernbedienung neben sich, und wenn es zehn ist, kann er sehen, was er will, weil sie dann schlafen geht.

Er bleibt viel länger auf als sie, und hin und wieder wacht

sie auf, wenn er spätnachts noch in die Küche geht, um Tee zu kochen. Er schläft in Henriks altem Zimmer, Wand an Wand mit ihr, und wenn er schnarcht oder im Schlaf spricht, hört sie ihn.

Seit er zurück ist, kommt es manchmal vor, dass sie am Morgen später wach wird. Heute früh war es fast sechs, als sie auf ihren Wecker sah. Die Amseln lasen ihr schon lautstark die Leviten.

Sie hört die Gänse über sich, den schiefen, heiseren Gesang, ein schlechter Chor, der Töne sucht und sie nicht trifft. Der große Schwarm macht sich nun endlich auf die Reise. Tausende von Vögeln. Sie sollten längst im Norden sein, es ist schon Ende Mai.

Jens Sander steht vor seinem Schuppen mit dem Kopf im Nacken und den Händen in den Hüften, er scheint seit Mitte März den größten Teil des Tages so zu stehen, die Augen stundenlang am Himmel. Frühmorgens zieht er mit dem Fernglas Richtung Strand und kommt oft erst zum Mittagessen wieder, spricht noch weniger als sonst und isst so hastig, dass er sich verschluckt. Fängt Dinge an und lässt sie liegen, räumt im Garten seine Sachen hin und her und greift dann doch nur wieder nach dem Fernglas und verschwindet zu den Muschelbänken, wo jetzt die ersten Austernfischerküken schlüpfen. Oder wandert Richtung Vorland, um Touristen zu vertreiben, die alle Hinweisschilder ignorieren und achtlos über Bodenbrüternester latschen. Viele lassen, mitten in der Brutzeit, ihre Hunde frei, die dann durch die Gelege rennen, Sandregenpfeifer von den Eiern jagen, Rotschenkel hetzen, und Jens Sander kann sie nur mit Flüchen und Verwünschungen verfolgen.

Ihn nimmt die Jahreszeit sehr mit. Er sieht das große Morden, das im Mai geschieht, die Küken, die die Füchse und die Bussarde sich holen, die kleinen Amseln, die vom Marder aus dem Nest gerissen werden und dann verfüttert an die Marderwelpen, die Austernfischereier, die zertreten werden. Das Geschrei der Vögel, das nur ahnungslose Wonnemonat-Schwärmer für ein Singen halten können.

Er sollte jetzt bei seinen Zwergseeschwalben sein, in Ove Haarens Stelzenhütte, fünf Meter über Driftland. Ende März fuhr er mit Arne Dircks noch einmal hin, stand mit dem Fernglas eine Weile an der Hüttenwand, um Brutpaare zu zählen.

Viel hat sich auf der Vogelinsel nicht verändert, seit der Junge mit dem Klappcomputer die Regentschaft übernommen hat. Nur der Alkoven ist weg, weil man darin angeblich nicht gut schläft. *Gift für den Rücken*, findet dieser Grünschnabel von Vogelwart, und Ove Haarens Fliesenmosaik hat er mit einer bunt gewebten Decke abgehängt.

Jens Sander kam zurück, als hätte man ihn angeschossen.

Nach Driftland kann er jetzt nicht mehr, und hier im Dorf bewegt er sich noch wie ein Fremder. Er kann nicht glauben, dass im Frühjahr schon die Fähren voll sind mit Touristen, dass sich die Autos am Gründonnerstag schon in der Hafenstraße stauen und an den Ostertagen Sonnenbrillenmenschen auf dem Kopfsteinpflaster vor dem Haus spazieren, Hunde ziehend, Kinderwagen schiebend. Sie bleiben vor den Knochenzäunen stehen, machen Fotos von sich selbst, vom Haus der Sanders und von Jens, wenn er, nur für ein paar Minuten, in der Mittagssonne auf der Bank sitzt,

Augen zu, Mund auf, den Kopf im Nacken. Er kommt sich vor, als wäre er im Zoo, auf der verkehren Seite des Zauns.

Jetzt weiß er, warum Hanne, wenn das Wetter schön ist, nur frühmorgens in den Garten geht und dann erst wieder kurz vor Sonnenuntergang. Warum sie ihre Zeitung auf dem alten Stuhl im Schatten liest, der hinten steht, nicht weit vom Komposthaufen und den Abfalltonnen.

Schon im März beginnt das große Hin und Her am Hafen, auf den Inselwegen, in Cafés, Hotels und auf der Promenade. Der Frühling ist die Jahreszeit der Stippvisiten. Ein Kommen und ein Gehen, das vor Ostern anfängt und bis Pfingsten dauert. All die Feiertage, langen Wochenenden, Brückentage locken Kurzurlauber auf die Insel, die nur zwei, drei Nächte bleiben, schnell entschleunigen und schnell wieder verschwinden. Dann warten schon die Nächsten vor den Unterkünften, und die Putzkolonnen kommen kaum noch mit dem Saugen, Wischen, Bettenmachen hinterher.

*Kurztripper* nennt Eske diese Feiertagstouristen, und Hanne möchte gar nicht wissen, wie ihre Tochter wohl die Tagesgäste nennt, die nur für eine Runde mit der Kutsche auf die Insel kommen.

Zwei Wochen vor Karfreitag fährt Henri Brix mit beiden Schwiegersöhnen und drei Anhängern aufs Festland, um seine Pferde von den Winterweiden abzuholen. Dick und struppig kriegt er sie zurück, und seine Töchter striegeln sie bis Ostern wieder halbwegs glatt. Die ersten Inselrunden fährt Familie Brix dann leer, noch ohne Gäste, weil die Tiere nach den langen Winterferien der Hafer sticht, wenn sie auf einmal wieder vor die Wagen sollen.

Man weiß, dass die Saison beginnt, wenn man die Inselkutscher fluchen hört und auf den Wegen bremsen muss für quer stehende Gespanne und pummelige Pferde, die sich keilend im Geschirr verheddern.

Hanne Sander hört das Hufgetrappel auf dem Kopfsteinpflaster näher kommen, als sie zur Pforte geht, um ihre Post zu holen. Sie wartet jeden Tag auf einen Brief vom Festland, weil ihr der Aufbau ihres Walskeletts vor dem Museum noch genehmigt werden muss. Und dann muss sie das Geld zusammenkriegen.

Es dauert Monate, bis man die Knochen eines Pottwals ganz von ihrem Fett befreit hat. Der Schädel und die Wirbel liegen immer noch in einem riesigen Bassin mit Lauge. Der Präparator zeigte sie ihr, als sie bei ihm in Holland war, ein schmaler Mann, den jeder kennt, der ein Problem mit Walen hat. Ihm ist wohl der Geruchssinn mit der Zeit verkümmert, anders kann sich Hanne nicht erklären, wie ein Mensch den bestialischen Gestank tagein, tagaus erträgt. Sie hätte sich um Haaresbreite übergeben, als sie von seiner Leiter aus auf diese Knochenbrühe blickte.

Es ist kein Brief gekommen, nur wieder einer dieser Flyer, die der Inselmakler ständig in den Kasten wirft. *Wir bewerten Ihre Immobilie!* Sie wandern immer gleich ins Altpapier.

Sie wartet, bis die Kutsche mit dem offenen Verdeck vorbeigefahren ist, und winkt zurück, als ihr ein kleines Kind mit beiden Händen zuwinkt. Die lachenden Gesichter auf dem Wagen, der warme Wind, das Bienensummen in den Zweigen wecken plötzlich ein Gefühl von früher, fast vergessen. Sie spürt den ersten Hauch von Sommer und ein Flirren, das sie an die Gästezeit erinnert.

Die Insel schien, wenn die Saison begann, auf einmal zu vibrieren, als würde man nach einer langen Zeit der Ruhe wieder angeschlossen an einen schnellen, starken Kreislauf. In allen Inselhäusern fing das Bettenmachen an, das Lüften und das Teppichklopfen. Die Kinder zogen in die Sommerkammern, und die Mütter standen unter Strom.

Hanne weiß noch, dass sie Lampenfieber hatte, wenn sie am Hafen stand und ihre ersten Gäste von der Fähre kamen, ein bisschen bleich vom Wellengang, die Kinder fremdelnd und die Eltern fröstelnd, *weil es doch ziemlich frisch ist hier bei Ihnen*, und sie erinnert sich, dass sie das anfangs immer noch persönlich nahm. Als trüge sie die Schuld an der zu frischen Luft. Als hätte sie auch noch das Wetter vorbereiten müssen.

Ihr Haus schien sich zuerst noch etwas schwerzutun mit ihren Gästen. Sie packten ihre Rucksäcke und Koffer aus und hängten ihre Kleider in die Schränke, und Hannes Dielenböden knarrten wie beleidigt von den fremden Sohlen. Treppenstufen ächzten unter ungewohnten Schritten, selbst das Wasser aus der Leitung rauschte, lief und tröpfelte auf einmal anders. Fremde Hände drehten fester an den Hähnen oder zaghafter als die der Sanders.

Nach ein, zwei Tagen war man warm geworden miteinander, dann wusste sie, wie ihre Gäste morgens ihre Frühstückseier wollten, ob sie das dunkle Brot des Inselbäckers mochten und welchen Fisch sie gerne aßen.

Und dann begann die Zeit, die ihr am liebsten war.

In diesen Sommerwochen, wenn sie die Zimmer voller Gäste hatte und die Arbeit kaum zu schaffen war, fühlte sie sich ganz in ihrem Element: Hanne Sander, Kapitänsfrau, die im schönsten Haus der Insel lebte. Die man für ihre Krabbenfrühstücke und ihr Gelee aus Quitten und Johannisbeeren rühmte, für ihre selbst gemachten Brötchen und die frischen Blumensträuße in den Gästezimmern, die faltenfreien Tischtücher und Bettbezüge, für ihre selbst genähten Kleider und ihre wohlerzogenen und hilfsbereiten Kinder, für diesen prächtigen, gepflegten Garten.

Sie war, wenn sie die fremden Menschen um sich hatte, glücklicher und leichter als in stillen Zeiten. Es gab sie in zwei Ausführungen: die Sommerhanne und die andere.

Sie hörte, wie die Festlandsfrauen sprachen. Sah, wie sie sich frisierten, sich bewegten, was sie trugen. Merkte sich die Schnitte, und im Winter nähte sie die Röcke, Kleider, Blusen nach. Sie las die Bücher, die die Gäste in den Zimmern liegen ließen, schnitt die Rezepte aus den Frauenzeitschriften und die Artikel über Reisen, von denen sie im Winter zehren konnte.

Auf manche Gäste freute sie sich wie auf Freunde, und sie pflückten mit ihr die Johannisbeeren oder fütterten die Kleinen, trugen sie ein bisschen durch den Garten, wenn sie weinten, weil Hanne gerade Betten machte oder kochen musste.

Einer wusch ihr jedes Mal das Auto, wenn er kam, und schleppte ihr die Saft- und Wasserkisten in den Keller, wenn Ryckmer nicht zu finden war. Sie revanchierte sich mit Marmelade und Likör und einmal auch mit einem Kuss, als sie von dem Likör ein bisschen mehr getrunken hatten als normalerweise. Vielleicht auch zweimal.

Die meisten waren wie Verwandte, Onkel oder Schwägerinnen. Man suchte sie sich zwar nicht aus, kam aber gut zurecht mit ihnen, fand sich mit ihren Macken ab und seufzte heimlich über ihre Extrawünsche, pflegte die Wehwehchen. Versorgte ihre Sonnenbrände und die Schnitte an den Füßen, wenn sie im Watt auf spitze Muscheln oder Scherben traten. Kochte Haferbrei für die gereizten Mägen und Holundersaft, wenn sie erkältet waren von der viel zu frischen Inselluft. Bei manchen winkte sie dann etwas fröhlicher zum Abschied, wenn sie endlich wieder auf der Fähre standen.

Jens machte Eindruck auf die Gäste, wenn er nach Hause kam mit den vier Streifen auf den Ärmeln. Kapitän Sander wurde ehrfürchtig begrüßt und schüchtern angeschwärmt, auch angeflirtet von den Gästefrauen, die Hanne oft beneideten um diesen schönen großen Mann.

Sie war nicht blind, sie sah ihn auch. Aber sie wusste in den Sommerwochen nicht, wohin mit ihm, wenn er von seinem Frachter kam. Er mochte das Gewimmel nicht, die fremden Leute, die mit seinen Türen knallten und auf seinem Rasen Federball und Boccia spielten, die an seinem Tisch in seiner Küche aßen.

Es war noch auszuhalten, wenn die Sonne schien, weil sie dann nach dem Frühstück Richtung Strand marschierten. Schlimm wurde es an Regentagen, wenn die Erwachsenen oben in den Zimmern stritten und ihre Kinder draußen das Gezeter abzuwettern hatten. Wenn sie dann pausenlos mit nassen Stiefeln aus dem Garten durch den Flur und in die Küche taperten, nur immer rein und raus, bis Ryckmer oder Eske sich erbarmten und mit ihnen in die Bretterbude zogen, die sie sich jedes Jahr im Sommer bauten, und im Winter riss die Flut sie wieder weg.

An Regentagen musste sie noch besser kochen als bei Sonne. Gut Wetter machen wie ein Schiffskoch, der an Bord die Meuterei verhindern muss, indem er den Matrosen ihre Leibgerichte kocht und Pudding extra.

Sie hatte in den Sommerwochen wenig Zeit, mit ihrem Mann am Tisch zu sitzen oder auf der Gartenbank, und wenn, dann waren sie dort nie allein. Ihm war die Sommerfrau auch nicht geheuer, und manchmal reizte ihn die ungewohnte Heiterkeit.

Dann nahm er seinen Teller mit und aß alleine in der Stube, bis Eske sich mit ihrem Essen zu ihm setzte. Ryckmer tat es nur, wenn Hanne ihn dazu verdonnerte, und Henrik war so klein, dass mit ihm noch nichts anzufangen war. Und als er groß genug war, kam Jens Sander schon nicht mehr.

Er brachte Spielzeug mit, das nicht zu seinen Kindern passte, Puppen, die in Eskes Zimmer in der Ecke landeten, und komplizierte Schiffsmodelle, die Ryckmer nie zusammenbaute. Eine Eisenbahn, die Henrik an den Strand mitnahm, wo sie verschwand. Die Geschenke wurden größer und die Reisen immer länger, bis er im Sommer schließlich nur noch auf die Vogelinsel fuhr, vom Schiff gleich weiter bis nach Driftland. Und irgendwann kam er im Winter auch nicht mehr, verkroch sich mit den toten Vögeln lieber im maroden Schöpfwerk, das Henri Brix den jungen Leuten von der Wattenschutzstation nicht mehr vermieten konnte.

Nichts hat je gepasst bei ihnen: die Kinder und die Seefahrt nicht zu Jens, das Warten nicht zu ihr. Sie haben es nur viel zu spät gemerkt. Zwei Sprösslinge aus altem Inseladel, füreinander wie gemacht. Wie hätten sie denn ahnen sollen, dass es von Anfang an verkehrt gewesen ist. Sie hätte besser auf ein Schiff gepasst, die fremden Häfen angelaufen und die Welt gesehen, und er gehört wohl in ein Haus.

Dass er die Türen immer offen lässt, ist neu. Er tut es erst, seit er zurückgekommen ist, und anfangs hat es sie verrückt gemacht. Wenn er sich mit der Zeitung in den Sessel setzt, lässt er die Tür zur Küche angelehnt, und wenn er schlafen geht, schließt er die Zimmertür nie ganz. Er mag wohl, wenn ein Mensch Geräusche macht, Teewasser aufsetzt, vor sich hin summt, über Dielen geht. Tief atmet. Sie hat sich jetzt daran gewöhnt und lässt die Tür zu ihrem Zimmer abends einen Spaltbreit offen.

Sie hatten eine schlimme Nacht, als Ryckmer in den Muschelbeeten lag. Sie wachten auf und hörten, wie er durch den Garten taumelte und sang und lachte, bis er stürzte. Dann brüllte er und kotzte, brüllte weiter, heulte, und sie schafften es, ihn irgendwie ins Haus zu kriegen. Ließen ihn im Flur und holten Decken, Wasser, einen Eimer. Zogen ihm die nass gepinkelten Klamotten aus und legten ihn in die stabile Seitenlage. Dann weinten sie im Wechsel. Erst über die verschrammten Wangen und das Wimmern, dann über alles andere. Sie hätten es wohl besser wissen müssen. Aber etwas anderes, als ihren Ältesten auch auf ein Schiff zu schicken, ist ihnen gar nicht eingefallen.

Hanne ging irgendwann ins Bett, und als sie aufstand, hatte Ryckmer es die Treppe hoch geschafft und in sein Bett.

Und es war gut, nach dieser Nacht zu zweit am Küchentisch zu sitzen, nicht allein.

Sie hört und sieht die letzte Zeit nicht viel von Ryckmer. Sie weiß, dass er bei Eske manchmal unterkommt und ab und zu in Henriks Schuppen schläft. Und ungefähr seit Ostern gibt es wohl eine Helena, die ihn auf ihrem Grundstück wohnen lässt, in einer Wohnung über der Garage. Hand gegen Koje, offenbar ist viel zu tun an ihrem Haus. Mehr sagt ihr Eske nicht, sie zuckt nur mit den Achseln. »Frag ihn selbst.«

Die Pferde stellen sich jetzt nicht mehr quer, sie haben sich mit ihrer Arbeit wieder abgefunden. Brav ziehen sie die Wagen durch das Dorf, und einen Kutscher bräuchten sie schon gar nicht mehr, sie fänden ihren Weg auch ohne ihn.

Hanne sieht die Gespanne jeden Tag, wenn sie an ihrem Haus vorbeigezuckelt kommen, und weiß genau, warum sie das Vermieten aufgegeben hat.

Die Leute kamen irgendwann nicht mehr wie Gäste in ihr Haus. Aus ihren Sommerfrischlern wurden mit den Jahren Kurzurlauber, die nur noch ein paar Tage bleiben wollten, eine Woche höchstens. Sie wollten Fernseher in ihren Zimmern, Frühstück bis um elf und Decken für Allergiker, sie mäkelten herum an Hannes schweren Fischaufläufen und den viel zu süßen Kuchen, und das Letzte, was sie wollten, war Familienanschluss. Wenn der Himmel sich bedeckte, waren sie beleidigt, und nach drei Tagen Regen kamen die Beschwerden. Das Bett zu weich, die Handtücher zu hart, der Schrank zu klein, das Licht über dem Waschbecken zu dunkel. Die Treppe zu den Zimmern viel zu steil. Der Schlickgeruch am Hafen ekelhaft, der Spielplatz an der Promenade öde und am Strand zu viele tote Quallen.

Wenn es heiß war, kamen sie halb nackt zum Frühstück, Frauen im Bikini, Männer nur in Unterhemd und kurzen Hosen und fast immer barfuß in den Plastiklatschen mit dem Steg zwischen den Zehen. Das Geflatsche dieser Schuhe ist das hässlichste Geräusch, das Hanne Sander kennt. Es war vielleicht der Tropfen, der das Fass zum Überlaufen brachte. Sie hat sich aus dem Gastgeberverzeichnis streichen lassen. Keine Plastiklatschen mehr in ihrem Haus.

Die Urlauber, die jetzt im Sommer von den Fähren kommen, sehen aus wie viel zu groß geratene Kinder: Erwachsene in Shorts und T-Shirts, die mit Wasserflaschen an den Rucksäcken und Sonnenhüten auf den Köpfen Richtung Promenade stapfen, als wären sie auf ihrem Weg zum Spielplatz. Sie schlecken Eis beim Gehen, essen Pommes mit den Fingern, und an den Stränden lassen ausgewachsene Männer bunte Knatterdrachen fliegen.

Die Leute kleiden und benehmen sich nicht mehr wie Gäste, und sie werden auch nicht mehr behandelt wie die Gäste früher, wie Verwandte oder gar wie Freunde. Eher so, als wären sie nur Nutzvieh.

Von Ostern bis Oktober hängt Henri Brix am Takt der Inselfähre wie ein Bauer an den Jahreszeiten und dem Rhythmus seiner Melkmaschine. Jeden Morgen holt er die Touristen von der Fähre, und dann kutscht er seine Herde zu den immer gleichen Weideplätzen, bis er sie abends leer gemolken auf das Schiff zurücktreibt.

Sein Tagwerk ist geschafft, sobald die Fähre abgelegt hat und die Pferde ausgespannt sind. Steffi Brix macht noch die Kasse, schließt den Hafenshop, und dann ist Feierabend.

Sie leben gut von ihren Kutschtouristen, und Henri Brix ist froh, dass er nicht mehr zur See muss wie die Väter. Noch nie hat man als Inselmensch sein Brot so leicht verdient wie heute, er predigt es den Töchtern und den Schwiegersöhnen immer wieder. Sie könnten den Sermon im Schlaf herunterbeten, rollen heimlich mit den Augen, wenn er zum x-ten Mal erinnert an den Blutzoll, den die Familien auf den Inseln früher zahlen mussten, als jeder dritte Bruder, Vater, Ehemann auf See zu Tode kam, die Söhne schon, kaum größer als das älteste der Enkelkinder heute. Sie sollen ihrem Schicksal danken, dass sie nicht mehr auf den schlechten Inselböden ackern müssen oder auf Fischtrawlern und Krabbenkuttern frieren. Dass sie nicht auszuwandern brauchen auf das Festland oder nach Amerika, wie noch die Brüder ihres Großvaters.

Das Schlimmste, was sie auszustehen haben, ist ab und zu ein nasses Fell, wenn sie an Regentagen zu bequem sind, das Verdeck zu schließen. Und das Gemurre in der Herde.

Weil die Sitze auf den Kutschen nicht gepolstert sind, der Kuchen in der *Leuchtturmstube* aus der Tiefkühltruhe kommt, die Seehundbecher ausverkauft sind. Weil das Wetter schlecht ist und der Wind zu windig und das Wasser nass. Auf jeder Fahrt gibt es die Räsonierer und Blasierten, für die ein Mensch auf einem Kutschbock ein Idiot ist oder ein Lakai. Und einen pensionierten Besserwisser, der einem unbedingt den Tidenhub erklären muss. Ein unverschämtes Kind, das an den Zügeln reißen will. Und eine Frau, die sich am Rand der Dünenwege übergeben muss, weil ihr von dem *Geschaukel* schlecht wird.

Es gibt mitunter Tage, an denen man vom Wagen springen möchte. Weil es so sinnlos ist, mit diesen Gästeherden immer nur im Kreis zu fahren, und man sich fragt, wer denn hier eigentlich das Rindvieh ist. Man zahlt ein Seelengeld für dieses Leben.

Aber man blutet nicht, und abends trinkt man auf der Mole noch ein Bier und spült mit einem letzten Schluck die Tageskränkungen hinunter. Schickt der Fähre, die am Horizont verschwindet, ein paar leise Flüche hinterher.

Die Gesetze der Gekränkten gelten wohl auf allen Inseln: nie zu freundlich zu Touristen sein. Nicht lächeln. Nicht mit ihnen plaudern. Ihre Fragen höchstens einsilbig beantworten. Weil man die Hand, die einen füttert, nicht noch küssen muss.

Die Seehundjäger halten sich daran, die jetzt mit Ausflugsschiffen ihr Revier abtuckern müssen, damit die Tagesgäste Kegelrobben knipsen können. Oder die Fischer, die, statt Butt und Dorsch zu fangen, auf ihren umgebauten Kuttern Dämmertörns mit den Touristen fahren. Und Eske Sander, wenn sie Vollgas gibt, sobald ihr auf den schmalen Inselwegen Fahrzeuge mit fremden Kennzeichen entgegenkommen. Sie macht es nicht bewusst, es ist wie ein Reflex, sie würde es wohl einen Akt der Notwehr nennen: Gas geben, keinen Zentimeter weichen, zügig weiterfahren, bis die Urlauber mit ihren Wagen halb im Graben hängen oder schief am Deich stehen. Sich nicht auch noch auf den Straßen an die Ränder drängen lassen.

Es gibt ein Spiel, das Kinder manchmal spielen, wenn sie auf einem Straßenpflaster hüpfen oder über einen Fliesenboden gehen: Manche Stellen darf man nicht berühren. Nicht auf den flachen Stein, nie auf die schwarze Fliese treten.

Eske spielt so ein Spiel ihr Leben lang: auf dieser Insel

leben, ohne mit Touristen in Kontakt zu kommen. Aber sie wütet nicht mehr gegen sie.

Mit achtzehn stellte sie sich noch zum Protestieren an den Fähranleger. Jedes Sommerwochenende fuhr sie mit ein paar Gleichgesinnten an den Hafen, dann ließen sie die schreckliche Musik aus ihren Autoboxen dröhnen und stellten sich den Leuten, wenn sie von der Fähre kamen, mit Plakaten in den Weg. *Tourismus ist Müll! Vermeidet ihn!* Manchmal setzten sie sich Affenmasken auf und trugen T-Shirts mit der Aufschrift *Füttern verboten!*, und natürlich schafften sie es damit in die Inselzeitung.

Und natürlich ging es Eske eigentlich darum, mit ihrer Mutter abzurechnen. Sie gab ihr lange das Gefühl, ein schmutziges Gewerbe zu betreiben, als wäre eine Ferienpension nur eine Art Bordell, wo man Verkehr mit Fremden hat, wie sie es einmal nannte, als Hanne Sommergäste hatte und sie in den Semesterferien nach Hause kam. Sie unterstellte ihrer Mutter Katzenfreundlichkeit und nahm ihr das Fraternisieren mit den »Feinden« übel.

Bis heute glaubt sie nicht, dass Hanne, wenn sie Gäste hatte, echt war.

Seit Jens zurückgekommen ist, kommt Eske einmal in der Woche, misst seinen Blutdruck und den Puls und fragt ihn, wie es geht mit dem Gezitter. Beim letzten Mal nahm sie auch Hannes Handgelenk und fühlte ihren Puls, als hätte sie das immer schon gemacht.

Falls Eske ihr noch etwas vorzuwerfen hat, sagt sie es nicht mehr laut, und Hanne hütet sich, mit diesem Thema anzufangen.

Der Pottwal strandete im Januar, Jens kam im Februar, und Hanne kann nicht sagen, welches dieser zwei Ereignisse ihr Leben mehr verändert hat. Das eine scheint sich mit dem anderen auf rätselhafte Weise zu verbinden.

Sie wusste nicht, wie sich die Haut der Wale anfühlt und wie es riecht, wenn man den Speck abschneidet. Es war das erste Mal, dass sie ein Tier von dieser Größe zu Gesicht bekommen hat. Ihr Jüngster stand in all dem Fleisch, dem Fett, dem Blut, und Hanne Sander hat zum ersten Mal verstanden, was es bedeutet haben muss, wenn man die Söhne zu den Walen schickte. Es muss gewesen sein, als schickte man sie in die Schlacht. Man kann sein Leben hinter einem Knochenzaun verbringen, Urenkelin von Grönlandfahrern sein, Walzahnschnitzereien in Glasvitrinen aufbewahren und den Museumsgästen jeden Tag von einer Inselblütezeit erzählen, ohne wirklich zu begreifen, was ein Wal ist.

Und darum will sie das Skelett. Es soll vor dem Museum stehen, fünf Meter Schädel und ein Brustbein, das so schwer ist wie ein Mann, die Wirbel groß wie Hafenpoller.

Die Bürgermeisterin hat zugestimmt, zermürbt vielleicht, weil Hanne sie so häufig aus dem Bett geklingelt hat, und bei der Inselzeitung ducken sie sich schon, wenn sie ihr Auto auf den Parkplatz fahren sehen.

Bei Henriks letzter Ausstellung hat sie mit Leuten angestoßen, die wohl zum zweiten Inselstamm gehören, Haus- und Bootsbesitzer, die die Werke ihres Sohnes sammeln. Wer so viel zahlen kann für ein Gespenst aus Treibholz, hat auch noch etwas übrig für ein Walskelett. Noch fehlt ihr eine Menge Geld, aber sie kann beim Spendensammeln ziemlich überzeugend sein. Sie hat schon lange nicht mehr etwas so gewollt wie diesen Wal.

Henri grüßt nicht mehr, wenn er am Haus vorbeifährt, blickt nur stur nach vorn auf seine Pferde, seit er mit seinem Freund Jens Sander über Kreuz liegt. Jens kann ihm nicht verzeihen, dass er den Inselwald verschachert hat an ein paar Kapitalanleger, die dort ein *Health Resort* errichten wollen. Man weiß schon, wie es laufen wird: Genehmigung für eine Klinik, und am Ende wird es dann doch wieder nur ein Wellnesstempel für die reichen Leute. Henri müsste wohl schon längst nicht mehr auf seiner Kutsche sitzen, es wird auch für die Kinder und die Enkelkinder reichen.

Das Leben der Familie Brix wird bald noch leichter sein, nur sind sie gerade einsam wie Verräter, weil sie das letzte unbebaute Stück der Insel, das noch frei durchwandert werden konnte, an fremde Geldvermehrer weggegeben haben.

Sie werden auf den Kutschen bleiben, bis sich die Wogen wieder glätten, das *Health Resort* eröffnet ist, die Zeitungen nicht mehr darüber schreiben und sich die Inselleute auch an diesen neuen Klotz gewöhnen.

Bis sie am Stammtisch der *Kajüte* nicht mehr fluchen über Henri, der den Kadaver eines Pottwals weggebaggert hat, damit die Bürgermeisterin beim Inselwaldverkauf auf seiner Seite ist.

Hanne Sander hört den Mann, der immer noch im Gartenschuppen poltert, und sie denkt, dass er zu lange bei den Vögeln war. Er hat vergessen, dass man gnädig sein muss mit den Menschen und dass die Freunde nicht an Bäumen wachsen.

*Wir bewerten Ihre Immobilie!* Sie hat den Flyer noch in ihrer Hand.

Das Reetdach hat im letzten Sturm gelitten, die Fensterrahmen halten höchstens noch zwei Jahre, und auf der Wetterseite ist das Mauerwerk porös.

Sie braucht den Makler nicht, sie weiß es selbst. Sie hätten ausgesorgt und ihre Kinder auch.

# 11
# *Schwarze Schwäne*

Sie fahren nur bei ruhiger See und nie viel weiter als drei Meilen raus. Dort lassen sie die Urnen dann zu Wasser, über rauem Grund, wo nicht gefischt wird und kein Sportboot fahren darf. Die meiste Zeit ist es an Bord sehr still. Erst wenn die Asche der Verstorbenen versunken ist und man die Rosen nicht mehr auf dem Wasser treiben sieht, hebt sich die Stimmung langsam.

Auf der Rückfahrt gibt es Kuchen im Salon, belegte Brote, Schnaps und manchmal Sekt, und es kommt vor, dass Hinterbliebene beschwingt von Bord spazieren wie nach einer Kaffeefahrt, wenn das Bestattungsschiff im Hafen wieder anlegt.

Mitte März hat Ryckmer Sander angeheuert, jetzt ist es Ende Mai und schon so warm, dass er die Jacke nicht mehr braucht. Er trägt in diesen Tagen nur die Uniform, wenn er als Kapitän der *MS Erika* die Trauernden an Bord willkommen heißt. Die Sonne lässt die Messingknöpfe glänzen, auch die Streifen auf den Ärmeln, und er weiß dann, dass er gut aussieht; es wurde ihm gesagt. Dass man sofort Vertrauen fasst zu ihm. Dass man die Asche seiner Angehörigen bei ihm in besten Händen weiß, das hat sie auch gesagt. Da kannte sie ihn allerdings noch nicht. Da war er nur ein Bild von einem Mann.

Er war erstaunt, dass seine Uniform noch passte, er wagte kaum, sie anzuziehen, als er sie nach der langen Zeit zum ersten Mal aus seinem Schrank nahm. Ein bisschen weit vielleicht, aber mit zugeknöpfter Jacke und der Mütze auf dem Kopf sah er tatsächlich wie ein Kapitän aus, immer noch. Nur seine Haare waren viel zu lang, sein Bart erst recht. Der Mann im Spiegel wirkte so, als hätte seine Mannschaft ihn nach einer Meuterei für ein paar Monate in der Kajüte eingesperrt, mit ein paar Kisten Rum zu viel. Ein etwas ramponierter Kommandant.

Arne Dircks hat ihm gesagt, er brauche mehr Fasson, und damit meinte er nicht nur die Haare und den Bart. Drei Stunden nüchtern auf dem Schiff und keine Fahne aus dem Hals, wenn er die Hinterbliebenen an Bord begrüßt, das waren die Bedingungen, und bisher hat sich Ryckmer Sander auch daran gehalten.

An das Halten einer Urne musste er sich erst gewöhnen. Allein die Vorstellung, dass sie ihm auf dem Weg zum Deck auf einmal aus den Händen rutschen könnte und zerbrechen, hat ihn nachts manchmal wach gehalten. Dann fing er an, sich Katastrophen auszumalen. Ein leichter Wellengang, ein kleiner Stolperer, und plötzlich steht man mit den Schuhen in den Überresten eines Menschen, hat die Asche eines Toten auf der Jacke. Und was macht man dann? Sie abklopfen? Wegfegen? Mit einem feuchten Schwamm abwischen? Vor den Augen der entsetzten Angehörigen? Die Urnen, die sie in der See versenken, lösen sich nach ein paar Stunden auf, sie sind aus Sand, aus Salz oder aus Muschelkalk gemacht. Nicht sonderlich stabil wahrscheinlich, ganz bestimmt nicht bruchfest.

Arne runzelte die Stirn und schüttelte den Kopf, als er mit ihm darüber sprechen wollte. »Nicht so viel denken, Ryckmer.«

Jetzt zittern ihm die Hände schon nicht mehr beim Tragen.

Der letzte Kapitän der *MS Erika* ist Ende Januar auf einmal umgekippt, vielleicht war das der Grund dafür, dass Arne Schwierigkeiten hatte, jemanden zu finden. Es ist wohl nicht die beste Werbung für den Job, wenn einer tot zusammenbricht auf einem Schiff für Seebestattungen. Die meisten Seeleute sind abergläubischer, als sie sich eingestehen wollen.

Ryckmer Sander hätte auch nicht angeheuert, wenn er noch ganz bei Trost gewesen wäre. Das war er aber nicht, als Arne fragte. Es war die Zeit der Panik. Schnaps und Sturmflutbingo jede Nacht. Auf einem Schiff tot umzufallen schien ihm damals nicht das Schlechteste zu sein, was einem Mann passieren konnte. Nur einmal fallen noch, ein letzter Aufprall und dann Ruhe.

Vom Deck der Fähre auf den Kutter und von da auf Arnes Urnenleger. Er dachte damals, tiefer kann ein Mann wohl nicht mehr sinken.

Jetzt steht er hier, die Sonne scheint, er ist ein Mensch im Mai, und er sieht nicht mehr aus wie einer, der vor einem Vierteljahr noch sterben wollte.

Drei schwere Fluten hatten sie im Februar, dazwischen kaum noch Tage mit normalen Wasserständen. Die Stürme ließen nicht mehr nach, und es war diese Sorte Sturm, die man persönlich nehmen muss. Drei Tiden lang stand hohes Wasser an den Inselkanten, fraß an den Stränden, drückte an die Deiche, und die Feuerwehr kam mit dem Sandsackfüllen nicht mehr hinterher.

Er ließ die Arbeit auf dem Kutter liegen, ging zum Schaufeln, wie die meisten, auch die Drenthes kamen mit und schleppten Sandsäcke zum Außendeich, der schon so aufgeweicht war, dass die See ihn wegzuspülen drohte.

Dann legte sich der Sturm, und alle wurden wieder ruhig, nur Ryckmer Sander nicht.

Er schob die Fluttabellen hin und her, jeden Abend, und verglich die Nordatlantiktiefs vom Jütland-Typ, bis er ganz sicher war, dass sich ein Supersturm entwickeln würde, und jede Nacht die größte vorstellbare Nordseeflut erwartete. Nie da gewesen, kaum vorherzusagen, selten, wie ein schwarzer Schwan.

Seit er gelesen hat, dass solche schwarzen Schwäne für die Nordsee längst berechnet wurden und vorhergesagt sind, ist er sicher, dass er die Flut der Fluten noch erleben wird.

Er weiß noch, dass er früher aufgeatmet hat, wenn Ende Februar die Zeit der Winterstürme endete, dann schien die Sturmflutzeit vorbei zu sein. Jetzt bläst es bis zum Sommer weiter, in der Brutzeit noch, die Kükenfluten werden fast normal. Die letzte hatten sie erst vor zwei Jahren: alle Bodenbrüter weg, die Nester mit den Eiern in die See gespült, die Küken auch, die noch nicht fliegen oder schwimmen konnten, und die Alten kreisten tagelang noch schreiend über ihren Brutgebieten.

So wenig Ryckmer Sander auch am Hut hat mit den Vogelzählern, Wattenschützern, Klimaaktivisten, die in den letzten Jahren scharenweise auf die Insel kommen – sie sagen das, was er seit Langem denkt. Man muss schon blind sein, um die Muster nicht zu sehen.

Seit er die weiße Wand gesehen hat, traut er der Nordsee alles zu. Wenn es die weiße Wand gibt, gibt es auch den schwarzen Schwan, und seit der ersten Flut im Februar hat er auf ihn gewartet, jede Nacht.

Tagsüber dachte er, was alle auf der Insel denken: So schlimm wird es nicht werden.

Wenn er mit Melf und Harro auf dem Kutter schweißte oder Rost abklopfte, kam er nicht viel zum Grübeln, weil die Drenthe-Brüder ohne Punkt und Komma redeten. Er war dann Zeuge ihrer endlosen und seltsamen Duelle. Sie konnten stundenlang darüber streiten, wer besser Aale abzieht oder Seelachs filetiert, wer schneller Heringe ausnimmt und Krabben pult, wer wann wie oft dem Alten seine Meinung sagt, wer jedes Mal den Schwanz einzieht, wer schneller essen kann, mehr trinken, weiter pinkeln. Sie versuchten sich sogar mit den Verletzungen zu übertrumpfen, die sie sich auf dem Kutter zugezogen hatten: die Hand gequetscht, Gehirnerschütterung, zweimal den Arm gebrochen, Schienbein aufgerissen. Stahlsplitter im Auge, Ringfinger gekappt.

Schürfwunden oder blaue Daumen zählten nicht.

Die Listen ihrer Leiden klangen, als wären sie nicht Fischer, sondern Krieger, und Ryckmer hatte den Verdacht, dass es in Wahrheit wohl um andere Blessuren ging. Man merkte es, wenn sie vom Wettkampf nahtlos in die Klagephase übergingen.

Was ihnen wirklich wehtat, war, dass sie sich von den *Brüsseler Schwachmaten* sagen lassen mussten, was sie fangen durften und wie viel. Dass irgendwelche *Öko-Spacken* Fangverbote für den Nationalpark forderten. Dass jeder ahnungslose *Umweltfritze* über zu viel Beifang lamentieren durfte. Dass sie mit ihrem Grundnetz einen Riesenbogen um die Offshore-Dinger fahren mussten, weil die *Windkraftfuzzis* Angst um ihre Kabel hatten.

Dass die Fangmengen rauf und runter sausten wie die Jo-Jos. Dass sie nicht wussten, wie sie noch vom Fischen leben sollen.

Sie hätten sich wohl gern noch ihre andere Hand gequetscht, den anderen Arm gebrochen und das andere Schienbein aufgerissen, wenn sie dann Fischer hätten bleiben können.

Als Ryckmer mit der Bordelektrik fertig war und sie im Innenraum nur noch den Tresen und die Bänke einzubauen hatten, sprachen sie von früh bis spät von ihren Plänen für den Neubeginn, und ausnahmsweise stritten sie sich dabei kaum.

*Erholungsfischerei mit Anschubfinanzierung der EU.*

Es klang so gut, dass sie es immer wieder sagen mussten. Und dann begannen sie damit, die Einzelheiten des Geschäftsmodells zu diskutieren, und beteten den Ablauf ihrer *Krabbenfang-Erlebnistörns* herunter, immer wieder, als wollten sie den neuen Zahlencode für einen Safe auswendig lernen. Von *Sicherheitseinweisung für die Gäste* über *Imbiss unter Deck* bis *Krabbenschälen in der Fischerküche* und *Punsch mit Trinklied in der Inselsprache* hakten sie die Punkte ab, bis Ryckmer sie zuletzt auch mitsprechen konnte. *Tschüß, Feierabend, Füße hoch*. Der letzte Punkt.

Weil ihm so graute vor den Fluttabellen und den schwarzen Schwänen, die zu Hause auf ihn warteten, ging er meistens gleich vom Schiff in die *Kajüte*, aß das Gericht von Marens Wochenkarte und hatte schon das erste Pils getrunken, bevor sie ihm das Essen brachte.

In dieser Zeit versackte er fast jeden Abend mit den Leuten, die am Tresen saßen, ganz egal, ob er sie kannte oder nicht. Er konnte immer schon die ganze Kneipe unterhalten. Er braucht nur zwei, drei Bier, bis die Erzählmaschine anläuft, dann fabuliert er los von Elmsfeuern und grünen Irrlichtern auf See, von Portugiesischen Galeerenquallen, die mit fünfzig Meter langen Gifttentakeln ihre Beute töten. Erzählt von Mondfischen, die Seeleute das Fürchten lehren, wenn sie wie bleiche Menschenköpfe dicht unter der Wasseroberfläche treiben. Von Killerwalen, die im Mittelmeer die Segelboote attackieren.

Maren lacht dann, weil sie die meisten der Geschichten nicht zum ersten Mal hört. Sie kennen sich schon, seit sie denken können, Ryckmer hat sie mal geküsst, mit zwölf, und sie ihn dann noch mal mit Ende zwanzig, vor der Hochzeit mit dem schönen Holger.

Ein paarmal ließ sie ihn, weil er noch nicht nach Hause wollte, in der Kneipe sitzen. Zapfte ihm ein letztes Bier, bevor sie ging und vorne abschloss, die Hintertür blieb auf. Er tigerte noch eine Weile um die Tische, nahm an der Theke ein paar kleine Schlucke aus den Korn- und Wodkaflaschen, stand am Fenster, sah das bleiche Licht der Straßenlampen und die Fahnen an der Promenade, abgenagt bis an die Masten. Wenn das Gebrüll der See zu laut war, nahm er zwei Biermanschetten, die er zusammenknüllte und sich in die

Ohren stopfte. Dann legte er sich wie ein Penner auf die Stammtischbank, zog sich die Jacke über seinen Kopf und schlief, bis ihn sein eigenes Geschnarche weckte oder seine Träume.

Meistens war es weit nach Mitternacht, wenn er von der *Kajüte* irgendwie nach Hause schlingerte, oft kam er erst um zwei Uhr morgens oder noch später. Dann die Treppe hoch, auf allen vieren, möglichst leise, weil Hanne es nicht mitbekommen sollte. Sie hatte ihm Silvester schon gesagt, sie schmeißt ihn raus, wenn er so weitertrinkt.

Einmal schlief er durch und wachte morgens in der kalten Kneipe auf, unter Marens Takelage-Deko und der schweren, dunklen Deckentäfelung, mit dem Gesicht auf einem Polster, das wohl jedes menschliche Sekret im Lauf der Jahre aufgesogen hatte. So roch es jedenfalls, nach Schweiß und Talg und all dem anderem, an das er gar nicht denken mochte. Er wusch sich das Gesicht im Waschbecken des Kneipenklos. Dann kaufte er beim Bäcker Kaffee und Rosinenbrötchen und für jede Jackentasche eine Flasche. Die erste trank er auf dem Weg zum Kutter und die zweite auch. Es war kein guter Morgen. Seine Nächte fingen an, die Tage anzufressen.

Und dann brauchte Hanne ihn nicht mehr herauszuschmeißen, weil er von selbst gegangen ist, nach einer Nacht, die schlimmer war als alle anderen.

Es lagen Zweige auf der Straße, daran kann er sich erinnern, und es war laut wie im Maschinenraum bei voller Fahrt, der Wind gab alles. Wie er es von der Kneipe überhaupt noch bis zum Haus geschafft hat, weiß er nicht.

Er muss gestürzt sein, über den Knochenzaun gefallen, in die Rosenhecke und von dort über die Muschelschalen und den aufgeweichten Rasen bis zur Tür gekrochen.

Als er im Hausflur zu sich kam, lag er auf Handtüchern, sein Kopf auf einem Sofakissen. Er war halb nackt und zugedeckt und sah in die Gesichter seiner Eltern. Beide. Über ihm.

So ist das also, dachte er. Ein Totenbett.

Es dauerte, bis sein umnebeltes Gehirn begriff, dass er nicht starb, sondern nur wimmernd auf dem Fliesenboden seines Elternhauses lag.

Dann dämmerte er wieder weg.

Am nächsten Morgen schneite es, der Wind war abgeflaut. Er sah aus seinem Bett die Flocken vor dem Fenster. Sie tanzten nicht, sie fielen einfach, still und schnell. Es war die Art von Schnee, die gar nicht liegen bleibt, sie schmilzt beim Fallen schon.

Er konnte sich kaum rühren, weil ihm der ganze Körper wehtat. Er fühlte sich, als hätte man ihn überfahren, sein Gesicht kam ihm gehäutet vor, das rechte Auge war wohl angeschwollen. Eine Weile lag er noch halb benommen auf dem Rücken, atmete, so flach es ging, und sah dem Schnee beim Fallen zu.

Und dann erwachte langsam sein Verstand, und sein Gedächtnis legte nach und nach die Trümmer dieser Nacht frei. Und Ryckmer Sander zog die Decke über seinen Kopf und betete, was jeder Trinker morgens betet: Lass es nicht wahr sein, bitte. Lass es einen Traum gewesen sein.

Dass seine Eltern ihn ins Haus gebracht und ausgezogen haben. Dass Jens ihn irgendwann die Treppe hochgeschleppt und in sein Bett gehievt hat. Ihm etwas Bitteres zu trinken eingeflößt und seinen Kopf gehalten, als er sich in den Eimer übergab. Dass er den Rest der Nacht noch auf dem Stuhl gesessen hat, am Bett, und aufgepasst, dass sein sternhagelvoller Sohn nicht am Erbrochenen erstickt. Lass es nicht wahr sein.

Man hat in diesem Haus noch nie etwas erzählt bekommen, geschweige denn erklärt.

Nicht das Geschrei und nicht das Schweigen, auch nicht das Verschwinden. Nicht Hannes seltsame Gesetze, ihr Leben nach der Stoppuhr, die gestrickten Strümpfe, die nur Männerfüßen passen.

Und jetzt wird auch die Rückkehr von Jens Sander unerklärt und unbegreiflich bleiben.

Nicht einmal Eske wusste, dass er wiederkommen wollte. Kein Wort zu ihr von seinem Plan, zurückzuziehen in sein Haus, zu seiner Frau. Sie weiß es nur, weil er im Schöpfwerk nicht mehr war, als sie bei ihm vorbeifuhr, und sie ihn dann auf seinem Handy anrief.

Ein altes Paar, die Zeitung lesend, leise Radiomusik, die Kaffeetassen auf dem Tisch. Man sieht sie in der Küche sitzen wie ein Bilderrätsel, und sie denken nicht daran, es aufzulösen. Vielleicht glauben sie auch, dass es immer noch normal ist in den Häusern mit den Knochenzäunen und den Delfter Fliesen, dass ein Mann nach einer Ewigkeit zur Tür hereinspaziert, als wäre er nur kurz mal an der Luft gewesen. Und eine Frau sich nicht darüber wundert. Zwanzig Jahre miteinander, zwanzig Jahre auseinander. Jetzt wieder miteinander. Nicht der Rede wert.

Ryckmer Sander lag im Bett und sah den schweren Schnee vor seinem Fenster fallen.

Und er konnte nicht nach dieser Nacht hinunter in die Küche gehen, zu den Eltern, wie ein Kind, das sich ein Zeugnis voller Fünfen unterschreiben lassen muss.

Ganz langsam stand er auf, erschrak vor dem Gesicht im Spiegel, wusch sich vorsichtig, so gut es eben ging, und zog sich an.

Nahm seinen Schlafsack mit, ein paar Klamotten und sein Waschzeug und versuchte nicht zu stöhnen auf den Treppenstufen, hielt sich am Geländer fest, und als er unten war, schloss er die Tür zur Küche, ehe sie ihn sehen konnten, fand seine Schuhe, die noch an der Haustür standen. Zog sie an und ging.

Nicht der Rede wert, dass einer sturzbetrunken auf dem Fliesenboden lag. Ryckmer Sander ließ es alles gar nicht wahr sein. Dann rief er Eske an.

Der Schnee tat seinen Schrammen gut, die Flocken kühlten sein Gesicht, und er war froh, dass niemand ihm entgegenkam, als er die Dorfstraße entlangging. An der Kreuzung setzte er die Tasche ab und stellte fest, dass ihm sogar das Rauchen wehtat, vorsichtig zog er am Filter, bis er ihr Auto kommen hörte und die Kippe wegwarf. Eske bremste hart und zog die Augenbrauen hoch, als sie ihn sah, atmete tief ein, aber sie sagte nichts, sie drehte nur die wütende Musik noch etwas lauter.

Sie mussten noch das kleine Stück zu Fuß über die Promenade und im Apartmenthaus den Fahrstuhl hoch zu ihrer Wohnung, er hielt den Blick die ganze Zeit gesenkt, um niemanden zu sehen. Eske schob ihn etwas unsanft in ihr Badezimmer, wo er sich auf den Rand der Wanne setzen musste und sie im hellen Licht des Spiegels sein Gesicht verarztete. Dann klappte sie ihr Sofa aus und machte ihm ein Bett, rief Harro Drenthe an und meldete ihn krank.

Sie saß noch fünf Minuten bei ihm, ehe sie zurück zur Arbeit fuhr, und Ryckmer lehnte seinen Kopf an ihre Schulter, sah die tätowierten Arme seiner Schwester, Ruderboot und Fisch und Mond, all diese blauen Zeichen auf der weißen Haut, die ihn an eine Delfter Fliesenwand erinnerten. Er war verkatert und kaputt und fing zu heulen an. Sie legte ihren Arm um ihn und wiegte ihn ein bisschen. »Nicht immer bis zum Anschlag, Ryckmer.«

Er stellte fest, dass er nicht viel von seiner Schwester wusste. Dass sie sich Haferbrei zum Frühstück kocht, dass ihre Wohnung fast so aufgeräumt und sauber ist wie Hanne Sanders Haus, nur dass bei Eske alles schwarz sein muss, der Teppich unter ihrem Esstisch, die Gardinen und die T-Shirts mit den schrecklichen Motiven, die sie wie Spitzenblusen bügelt. *Butchered at Birth*, aber Hauptsache, keine Knitterfalten. Dass sie Grammatiken von Sprachen im Regal hat, von denen er noch nie gehört hat. *Gàidhlig, Ingwäonisch, Norn*. Und dass es eine Frau mit blauen Dreadlocks gibt, die noch viel tätowierter ist als sie und offenbar so wichtig, dass ein Bild von ihr auf Eskes Schreibtisch steht.

Wenn sie zur Arbeit war, saß er den halben Tag auf dem Balkon, sah, wie die Fähre kam und wieder losfuhr, hin und wieder ein Containerschiff am Horizont, Lachmöwen in der Brandung, ein paar windgekrümmte Menschen auf der

Promenade. Viel mehr als rauchen oder schlafen konnte er die ersten Tage nicht.

Abends aßen sie zusammen, schauten einen ihrer Artus- oder Merlin-Filme an, und sie erzählte ihm von keltischen Druiden, Keilschriften und Piktensteinen, bis sie aufsprang, immer um die gleiche Zeit, sich schnell die Zähne putzte und ins Bett ging.

Es zog ihn nicht in die *Kajüte*, auch nicht in die Bäckerei. Die Hände zitterten ihm nicht, er brach auch nicht in Schweiß aus, wenn er nüchtern war. Er schlief sogar und träumte wenig.

Aber sie musste morgens durch sein Zimmer, wenn sie aufstand, und er weckte sie leicht auf, wenn er spätabends noch zum Rauchen draußen war. Eskes Wohnung war zu klein für einen Schnarchenden und eine Altenpflegerin mit Frühdienst, die zum Hoch- und Runterkommen Heavy Metal braucht. »Bei aller Liebe, Ryckmer«, sagte sie nach ein paar Nächten, »ich reich dich jetzt mal weiter an den Kleinen.«

Und Ryckmer Sander kam sich vor, als wäre er ein Staffelholz oder ein Findelkind, von einer Hand zur nächsten wandernd, herumgereicht in der Verwandtschaft, und alle müssen es mal nehmen und ein bisschen tragen, ob sie wollen oder nicht.

Er wurde nicht gefragt, ob er zu Henrik in den Schuppen ziehen wollte, zu seinem aufgedrehten Hund und all den seltsamen Figuren in der Werkstatt. Sie macht es schon wie Hanne, dachte Ryckmer, bloß nicht fragen, einfach durchziehen. Und er konnte es ihr nicht einmal verdenken, willenlos und planlos, wie er war. Ein Stück Treibholz mehr im Schuppen, passt schon.

»Wow«, sagte Henrik, »wer hat dich denn so vermöbelt, Bruder?« Aber natürlich wusste er von Eske schon Bescheid. Er brauchte keine Stunde, um ein paar Paletten zu verschrauben und ihm ein Lager in der Werkstatt aufzuschlagen, in der Ofenecke, zwischen den Regalen mit dem ganzen Zeug, das er am Strand gefunden hatte. Es roch nach Holz und Seetang, altem Fisch und Hund.

Das schwarze Viech lief Ryckmer sofort um die Beine, schnüffelte an seiner Tasche und an seinem Schlafsack, sprang an ihm hoch. »Komm, Schipper, lass mal«, sagte Henrik, und der Hund ließ ab vom neuen Mitbewohner.

Henrik redete mit seinem Hund nicht anders als mit seinem Bruder, und er sprach genauso mit den Treibgutdingern, während er sie baute, oder mit dem Pastor, wenn er ihm am Strand begegnete. Mit seinen Rettungsschwimmerfreunden, mit dem Bäcker und mit Hanne. Immer schien er zugewandt und abwesend zugleich zu sein. Man wusste nie genau, ob er zu seinem Gegenüber oder zu sich selbst sprach. Auch bei den Kunden und den Sammlern war es so, wenn sie in seine Werkstatt kamen, um zu sehen, was da gerade *Spannendes* geschaffen wurde. Sie kamen alle mit demselben Satz herein: »Was macht die Kunst?«, und Henrik grüßte jedes Mal gleich freundlich, nickte, lächelte und machte weiter.

Ryckmer ahnte, dass er mit seinen Freundinnen wohl auch nicht anders sprach als mit dem Hund, dem Pastor und den Treibgutwesen und dass sie deshalb vielleicht alle irgendwann das Weite suchten.

Das Geschirr war knapp in Henriks Küche, sie mussten ihre Teller und die Tassen gleich nach jeder Mahlzeit spülen, in seinem Schrank stand nur noch das, was Jana nicht zerschmettert hatte. Als er von ihrem Wutausbruch erzählte, klang es, als beschreibe er ein seltenes Naturschauspiel, beängstigend und ziemlich eindrucksvoll, wie ein Vulkan, Erdbeben oder Wirbelsturm. »Mann, war sie wütend«, sagte er, »die Sachen flogen nur so durch die Luft.« Es schien ihm gar nicht in den Sinn zu kommen, dass er an diesem Beben irgendwie beteiligt war.

Die erste Nacht lag Ryckmer lange schlaflos in der Werkstatt. Ihm kam es vor, als ob die Holzgestalten sich bewegten, miteinander wisperten, und draußen stand der Sturm und drückte an die Fenster. Er hörte den Hund, der rastlos durch den Schuppen taperte, das Hin und Her der Krallen auf den rohen Dielen, das Wasserschlabbern und das Seufzen, wenn er sich in der Küche wieder in den Korb warf, und das Schnauben, wenn er in seinem alten Wollpullover wühlte. Irgendwann, schon weit nach Mitternacht, kam er zu Ryckmer in die Werkstatt, stand vor dem Bett und winselte. Er war wohl auch kein guter Schläfer. Es half, wenn man ihn streichelte.

Nach einer Weile legte er sich hin, und Ryckmer ließ die Hand im langen Fell. Es tat ihm gut, das warme Tier zu fühlen, wenn es stürmte, vor allem hier in diesem Schuppen, der nach Seetang und nach Fisch roch. Voll von Dingen war, die aus der Tiefe kamen.

Als er am Morgen aufwachte, war schon kein Hund mehr da.

Wenig später kamen sie vom Strand zurück, beide nass, und Henrik zog sich um und kochte summend seinen Kaffee, unterhielt sich mit dem Hund, schlug ein paar Eier in die Pfanne und sang leise mit, als ihm ein Lied im Radio gefiel.

Sein Bruder kam vom Strand wie einer, der aus den Armen der Geliebten kam. Er brauchte nichts und niemanden, er hatte alles.

Von Henriks Schuppen war es nur ein Steinwurf bis zum Kutter, und als er nicht mehr aussah wie misshandelt, ging Ryckmer wieder zu den Drenthes, machte mit den beiden Brüdern noch die letzten Feinarbeiten, bis eines Morgens Arne Dircks die Kaimauer entlanggestiefelt kam, als er ihn auf dem Vordeck rauchen sah.

Er brauchte eine Nacht Bedenkzeit.

Henrik kochte jeden Abend, und es gab immer Nudeln oder Reis *mit irgendwas*, er hackte irgendein Gemüse, Zwiebeln, Lauch, Karotten, briet es in der Pfanne, kippte Tomaten aus der Dose darüber, warf eine Handvoll Kräuter in die Soße, und dann aßen sie das Ganze mit viel Reibekäse, tranken Bier dazu und rauchten nachher draußen eine Zigarette.

Henrik sagte eine Weile gar nichts, als ihn Ryckmer fragte, ob er nach seinem Tod wohl lieber in die Nordsee oder auf den Inselfriedhof möchte. Und dann erzählte er, dass man die Asche eines Menschen auch zu einem Diamanten pressen lassen könne, was er nicht schlecht fand.

Sie tranken noch ein Bier, und Ryckmer fragte sich, ob er noch in der Nordsee schwimmen könnte, wenn er ein Seebestatter wäre, oder ob er dann jedes Mal an all die Toten denken müsste. Ihm fiel der Pottwal ein, dem man beim Schwimmen auch nicht gern begegnet wäre. Dann dachte er daran, dass Wale Arme haben. Dass sie nicht immer Wassertiere waren, sondern irgendwann vom Festland in die See gekrochen sind.

»Vielleicht gehen wir ja alle noch mal irgendwann ins Wasser«, sagte Henrik, trank sein Bier aus, streckte sich und ging ins Bett. Und Ryckmer dachte, wenn es einen gibt, der irgendwann ins Wasser kriecht, dann ist es Henrik Sander.

Im Februar kam Klara Loof ins Altersheim, weil es zu Hause nicht mehr ging nach ihrem Schlaganfall. Sie hatte eine ganze Nacht in ihrem Flur gelegen, bis Marga Brix sie morgens fand, als sie die Zeitung brachte, die sie sich seit vielen Jahren teilen.

Und Marga fand dann auch das ganze Essen, als sie später ein paar Sachen für sie packen wollte und im Haus nach einer Tasche suchte. In allen Räumen standen Dosen, Schüsseln, Teller mit Verdorbenem, in Plastiktüten eingewickelt. Marga stand bedrückt in Klaras Küche, dann warf sie alles in den Müll. Zumindest das wollte sie noch tun.

Sie brachte Klara mit der Wäsche und den Zähnen auch den ausgestopften Hund ins Heim, und er lag bis zuletzt bei ihr im Bett. Sie konnte kaum noch sprechen, mochte auch nicht mehr, nur ein paar Dinge musste Eske unbedingt noch für sie regeln, und zwar schriftlich. Sie wollte nicht, dass Pastor Lehmann sie »in seine Finger kriegt«. Keine Trauerfeier in der Kirche, kein Begräbnis auf dem Inselfriedhof. Und vor allem keine Aussegnung am Sterbebett! Er durfte, wenn er am Mittwochnachmittag das Altenheim besuchte, auch nicht in Klaras Zimmer kommen, weil er ihr die Liebsten wegbeerdigt hatte, alle drei. Sie nahm Matthias Lehmann wohl in Sippenhaft für seinen Gott, dem das gefallen hat.

An einem klaren Vormittag im März stand Ryckmer Sander auf der *MS Erika*, um Klara Loof zu ihrer letzten Ruhestätte zu begleiten. Es war die erste Fahrt für ihn, zum Üben wie gemacht, fand Arne Dircks, weil Klara eine stille Seebestattung wollte. Keine Gäste auf dem Schiff, nur die Besatzung und die Urne, keine Trauerfeier im Salon, keine Rede und kein Lied, kein Blumenschmuck.

Einfach weg, so hatte Klara es bestellt. Und Eske musste Pastor Lehmann trösten, den sie nicht in das Totenzimmer lassen durfte.

Es gab von ihren Nachbarn keinen Nachruf in der Inselzeitung. Eske war darüber so erschüttert, dass sie selbst noch eine Anzeige aufgab, ganz klein, im Namen des Seniorenheims, aber die ganze Insel sprach darüber, weil sie sich wohl beim Text ein bisschen Luft gemacht hatte.

*Nach langer, schwerer Wartekrankheit starb einsam Seemannswitwe Klara Margarete Loof.*

Seine Schwester fuhr dann mit, und Ryckmer hätte wetten können, dass sie frotzeln oder grinsen würde über ihren Bruder, der in voller Kapitänsmontur und möglichst würdevoll die Urne in den zitternden, schweißnassen Händen hielt. Er brachte sie an Deck, nach Steuerbord, hielt seine erste Trauerrede, die er mit einem Psalm beendete, den ihm ein Schiffspastor mal vorgebetet hatte, nach dem Debakel mit der weißen Wand.

*Der Herr ist mein Lotse. Ich werde nicht stranden. Er leitet mich auf dunklen Wassern …*

Und es gab wohl keinen Grund zu grinsen, als er die Urne vorsichtig zu Wasser ließ, die Mütze abnahm und vor seiner Brust hielt, während Arne an der Schiffsglocke die vier

Doppelschläge läutete zur letzten Wache. Dann dippten sie die Fahne, die auf halbmast stand, und hissten sie, bevor sie eine Ehrenrunde um die Beisetzungsstelle drehten. Dabei spielten sie *Biscaya* über Bordlautsprecher, weil es von allen Liedern, die Arne Dircks im Angebot hat, wohl am häufigsten gewünscht wird.

Eske warf noch ein paar Rosen in die See.

Als sie schon fast zurück im Hafen waren, fiel ihm der ausgestopfte Hund ein, und er fragte, was aus ihm geworden sei. »Das willst du gar nicht wissen, Ryckmer«, sagte Eske.

Klara war die erste Inselfrau seit langer Zeit, die sich auf See bestatten ließ. Arne Dircks hat selten Hiesige auf seiner *MS Erika*, meistens sind es Fremde, die sich im Meer auflösen möchten, Hobbykapitäne, Seglerinnen oder Kreuzfahrtfreunde. Viele haben jahrelang die Ferien verbracht auf dieser Insel und sehnen sich sogar im Tod noch nach der Nordsee. In letzter Zeit hat er auch immer mehr Verstorbene, die sich vor Jahren schon ein Inselhaus gekauft und ihre letzten Lebensjahre hier verbracht haben. Man kennt sie dann vom Sehen, manche singen auch im Shanty-Chor und tanzen in der Trachtengruppe, aber meistens bleiben sie für sich.

Es scheint, als hätten diese Zugezogenen zur See ein anderes Verhältnis als die Inselleute. Wie in Familien manchmal jüngere Geschwister etwas zärtlicher an ihren Eltern hängen als die älteren, die noch geschlagen worden sind. Die meisten Leute aus den alten Kapitänsfamilien fürchten eine Seebestattung wie der Teufel das Weihwasser.

Jetzt ist es fast Routine. Er nimmt die Gäste in Empfang, gibt ihnen kurz und fest die Hand, und das allein scheint auf die Trauernden zu wirken. Eine Flagge, die auf halbmast weht, ein ernster, großer Mann in Uniform, der sie schweigend auf das Schiff begleitet, lässt schon die Ersten vor Ergriffenheit tief atmen. Vor der Urne im Salon beginnt dann das Genestel mit den Taschentüchern.

Die Trauerreden, die Ryckmer Sander aus der schwarzen Mappe vorliest, sind jedes Mal akribisch vorbereitet. Er feilt sehr lange an den Formulierungen und nimmt zur Sicherheit auf jede Fahrt drei Varianten mit. Je nach Stimmung wählt er die kurze, mittellange oder lange Rede aus. Mit Psalm am Ende oder ohne, auch das entscheidet er dann nach Gefühl.

Sein Bart hat jetzt Fasson, aber den Ohrring nimmt er nicht auch noch raus, das hat er Arne gleich gesagt.

Manchmal sprechen ihn die Trauergäste darauf an, und dann erzählt er ihnen nach dem Schnaps, warum Matrosen früher immer Gold in ihren Ohren hatten, mit ihren Initialen eingraviert. Dass der Ring ihnen ein anständiges Begräbnis garantieren sollte für den Fall, dass sie auf See ertranken und in der Fremde irgendwo an Land getrieben wurden. Die meisten Gäste lieben es, wenn einer so etwas erzählt, und keiner kommt auf die Idee zu fragen, warum ein Seemann denn vergraben werden will und nicht im Meer versenkt.

Wenn sie noch mehr Geschichten wollen, erzählt er ihnen über Stätten, die im Meer versunken sind. Atlantis, Rungholt, Doggerland, Vineta, im Grunde ist die Story immer gleich: Die Menschen waren schlecht, Gott strafte sie mit Fluten. Irgendwann gibt Arne ihm dann Zeichen, rollt ein bisschen mit den Augen oder pritscht mit seiner Hand die Luft, damit er aufhört.

Er weiß aber, was er an Ryckmer Sander hat, und bei den stillen Seebestattungen, wenn sie alleine mit den Urnen fahren, stellt er sich neben ihn an Steuerbord. Obwohl sie es nicht müssten, nehmen sie die Mützen ab und sprechen ein Gebet und läuten auch die Glocke, hissen ihre Flagge, weil sie es furchtbar finden, wenn die Toten sang- und klanglos untergehen. Man fragt sich dann, was diese armen Sünder wohl verbrochen haben.

Zwei Monate ist er jetzt Seebestattungskapitän, und er weiß heute schon, dass es der beste Job ist, den er jemals hatte.

Genau genommen weiß er es seit seiner achten Fahrt, die kurz vor Ostern war.

Ein alter Segler, Arne kannte ihn, weil er schon lange auf der Insel wohnte. Sein Musikwunsch war *La Paloma*, und es sollte Rosenblätter regnen über der Bestattungsstelle, die Familie hatte einen Korb mit Blüten bei sich, so weit alles ganz normal.

Es war noch frisch, er trug die Jacke über seiner Uniform, auch das war nichts Besonderes. Die Trauergruppe war sehr klein, nur eine Schwester und ein Bruder des Verstorbenen, die Pflegerin, die sich in seinem Haus um ihn gekümmert hatte, und eine Tochter, ungefähr in Eskes Alter. Braune Augen.

*La Paloma* dauert drei Minuten. In dieser Zeit schafft Arne gut zwei Ehrenrunden um die Urne, nach der ersten waren alle Rosenblätter ausgestreut, und als sich Ryckmer unter Deck um die Getränke kümmerte, stand sie auf einmal neben ihm. »Ich kenne Sie von der Fähre«, sagte sie.

Es gibt im Leben keine Zufälle, glaubt Helena, sondern nur Fügungen. Sie kennt die Insel, seit sie klein ist. Das Haus, in dem sie jedes Jahr die Ferien verbrachte, liegt außerhalb des Dorfes, an der großen Düne, nur ein paar Kilometer weit entfernt vom Haus der Sanders. Derselbe Strand, an dem sie baden gingen, derselbe Holzsteg durch die Dünen, auf dem sie sich die Splitter in die Füße zogen, und derselbe Leuchtturm, der ihnen abends in die Zimmer blinkte. Gut möglich, dass er sie mal irgendwann gesehen hat, wenn sie am Strand war.

Und trotzdem fragt sich Ryckmer, ob sie wirklich auf derselben Insel waren. Für Helena ist sie ein *Kraftort* und ein *Sehnsuchtsort*, wo sie frei atmen kann, wo alle Wunden heilen.

Und sie kennt Orte auf der Insel, an denen er noch nie gewesen ist. Eine Strandbar in den Dünen, eine windgeschützte Bank am Leuchtturm, und wenn sie durch die Brandungszone gehen, erklärt sie ihm den Aerosolkomplex, die Wirkungen der Badekur, die Heilkräfte des Meeres.

Sie geht bei jedem Wetter in die Nordsee. Manchmal kommt er mit, und Ryckmer Sander hätte nicht geglaubt, dass eine Frau vom Festland schneller schwimmen könnte als er selbst.

Es geht ihm alles fast zu schnell, und manchmal traut er diesem Glück noch nicht so ganz. Aber wenn es die weiße Wand gibt und den schwarzen Schwan, gibt es vielleicht auch Fügungen.

Über seinem Bett hängt jetzt ein *Traumfänger*, den Helena für ihn geflochten hat, aus Dünengras und Möwenfedern. Angeblich filtert er die Träume, nur die guten kommen durch, die schlechten werden unschädlich gemacht. Er schläft viel besser jetzt, und ihm ist es egal, ob das von Dünengras und Möwenfedern kommt oder von einer Frau mit braunen Augen.

# 12
## *Das ozeanische Gefühl*

Die Gartenpforte protestiert nicht mehr, sie leidet stumm, seit ihr der Regen und das Salz auch noch den letzten Rest der weißen Farbe weggeschliffen haben. Er braucht sie wohl nicht mehr zu trösten, und er wird sie auch nicht streichen oder richten. Sie steht nun offen, würdevoll ergraut und etwas schief, und bisher hat sich noch kein Mensch verirrt in den Pastorengarten.

Seit ein paar Wochen läuft er morgens wieder, ziemlich langsam noch, aber der Fuß tut nicht mehr weh. Er muss nur noch das krachende Geräusch vergessen, das seine Sehne machte, als sie riss, es war fast schlimmer als der Schmerz. Sein Laufstil sieht wahrscheinlich seltsam aus seitdem, die Schritte ängstlich überlegt und vorsichtig gesetzt, als liefe er auf Eiern.

Jetzt sind sie alle wieder da, die Sonnenhungrigen und Trostbedürftigen und an den Seemannsgräbern Seufzenden. Und all die Paare, die im Mai in einer Inselkirche Hochzeit feiern wollen, all die Eltern, die ihm Pfingsten ihre Kinder bringen, damit er sie mit Nordseewasser tauft. Es werden immer mehr, und viele hat er vor dem Ehe- oder Taufgespräch noch nie gesehen.

Die Inselleute haben früher nie gefragt, woher das Wasser kommt, das er den Kindern auf die Köpfe träufelt. Jetzt scheinen viele, die zum Taufen kommen, eher an die Kraft der See zu glauben als an Gott.

Er hat am Strand getauft, zum ersten Mal. Drei Kleinkinder, zwei Jugendliche und zuletzt noch eine Frau, die in die See eintauchen wollte wie Jesus in den Jordan. Also ging er mit ihr in das Wasser, in seinem weißen Tauftalar und barfuß, und es war für alle ein bewegendes Erlebnis, ein Moment der Gnade.

Nass, wie er war, segnete er sie alle noch, sein Haar vom Wind zerzaust und über ihm die große Wolkenherde, Seevögel in der Brandung, und dann ließ er sie beseelt nach Hause gehen. Und gab den Täuflingen noch eine goldbetupfte Engelmuschel zur Erinnerung an diesen Tag.

Er konnte leuchten, und die Funken sprangen über, fast wie früher.

Auch er scheint also wieder da zu sein: Matthias Lehmann, Inselpastor.

Pyrotechniker des Herrn.

Es kommt ihm vor, als hätte er den Winter unter einem Stein verbracht. Am liebsten würde er die Zeit von Weihnachten bis Ostern streichen. Ausreißen, wie die Seiten mit den grünen Druckbuchstaben aus dem Gästebuch der Kirche.

Er würde gern die Einsamkeit der Feiertage streichen, das leere Haus im Januar, wie von Termiten ausgehöhlt, und auch die langsame Erkenntnis, dass es in ihm nicht besser aussah.

Die traurigen Versuche, *es sich schön zu machen miteinander*, wenn Katrin an den Wochenenden da war. Sein

Winken jeden Sonntagabend an der Mole und den Absturz, wenn die Fähre auf dem Weg zum Festland war und er allein nach Hause kam. Die Nächte auf der Couch mit Bier, Kartoffelchips und Ratesendungen, und seine Angst davor, das Flimmern und die Stimmen abzuschalten, weil er die Stille nicht ertragen konnte und das Nagen der Termiten.

Er möchte auch den toten Wal vergessen, der in der Brandung lag wie eine Botschaft. Ein Wesen wie von einer anderen Welt, und wenig später sah man es gehäutet und erbärmlich stinkend auf dem Parkplatz liegen. Er war verstört und aufgewühlt von dieser riesenhaften Kreatur, die aus der Tiefe kam. Ersticken musste, weil sie ihr Element verlassen hatte. Sie hat ihn noch im Schlaf verfolgt, weil er sich selbst in ihr gesehen hat: ein Lebewesen ohne Auftrieb, das sich allein nicht tragen kann. Nur ein paar Stunden lagen zwischen der Erhabenheit und der Verwesung, und er kam nicht zurecht mit dem brutalen Tempo des Verfalls. In seinen Träumen fielen ihm die Zähne und die Haare aus, und einmal lag er in dem Berg von Fleisch und konnte nicht heraus, sosehr er strampelte.

Wenn er nicht träumte, lag er wach, weil ihn der Wind nicht schlafen ließ. Er fürchtet sich normalerweise nicht vor diesen Stürmen, aber diesmal fraßen sie ein großes Stück der Insel. Einer schien den anderen zu jagen.

Er möchte nicht mehr denken müssen an das furchtbare Geräusch, als er an einem regnerischen Morgen Mitte Februar beim Laufen stolperte und die Achillessehne riss. Es klang, als hätte man auf ihn geschossen, und er ging zu Boden, kroch durch den Sand, bis Henrik Sander ihn entdeckte, ihm auf den Treibgutwagen half und ihn zur Nordseeklinik zog.

Die ganze Promenade hoch auf einem selbst gebauten Anhänger, der stöhnende Pastor im Trainingsanzug und vor dem Wagen Henrik Sander, barfuß, mit dem aufgedrehten nassen Hund an seiner Seite. Er denkt jetzt nicht mehr oft an diese würdelose Krankenfahrt, aber er sieht das junge Paar noch vor sich, das vor der Eingangstür der Klinik saß, er auf der Bank und sie in einem Rollstuhl vor ihm. Der Junge hatte seinen Kopf in ihren Schoß gelegt, sie streichelte sein Haar. Ein Paar wie eine Pietà, man sah das Leiden und die Liebe, und er wäre gerne dieser junge Mann gewesen.

Er sagte Katrin nichts von seinem Sehnenriss, bis sie am nächsten Freitag kam, und sie versuchten gar nicht erst, es sich an diesem Wochenende schön zu machen miteinander. Er humpelte an seinen Krücken durch das Haus, und Katrin fand ihn *übellauniger als Captain Ahab*. Sie bot ihm trotzdem an zu bleiben, und er lehnte dankend ab.

Die beige Birte fuhr ihn dann zum Altersheim, zu den Essen in Gemeinschaft und zum Konfirmandenunterricht. Die Tauf- und Traugespräche machte er in seinem Arbeitszimmer, und in die Kirche kam er noch allein, nur auf die Kanzel nicht. Es war ein Glück, dass auf der Insel niemand starb in seinen Krückenwochen.

Nur Klara Loof, die nicht von ihm beerdigt werden wollte. Ihre Seebestattung war wie ein letzter Gruß an ihn, ein Spucken ins Gesicht des Inselpastors, und er hatte es verdient.

Wie alle anderen hatte er den ausgestopften Hund vor ihrem Bauch gesehen und auch das viele Brot, das sie beim Bäcker kaufte, all die Kuchen. Und trotzdem nicht bei ihr geklopft, so lange schon nicht mehr. Ihr die Gemeindebriefe und Kalender lieber in den Postkasten gestopft, um sich nicht anzustecken mit der abgrundtiefen Trauer dieser Frau. Sie hat ihm seine Feigheit angemerkt und nicht verziehen. Er wünschte sehr, er könnte das vergessen.

Die bösen Sätze, energisch und mit grüner Tinte in das Gästebuch geschrieben, kamen alle drei, vier Wochen, und sie zielten immer auf denselben Punkt. Sie verhöhnten ihn als *Rheumadeckenhändler*, *Kanzelkasper* oder *Hütchenspieler Gottes*.

Wer immer ihm da schrieb, war überzeugt davon, dass dieser Inselpastor log und heuchelte.

Und hatte recht.

Er bluffte in den Gottesdiensten, weil er blank war. Seit Monaten kein Eingang mehr auf seinem Glaubenskonto. Jeden Morgen sagte er, wenn er den Strand entlanglief, Markus 9,24 vor sich hin. Manchmal schrie er auch. Immer wieder, wie ein Mantra: *Ich glaube; hilf meinem Unglauben.* Aber er betete in einen echolosen Raum, da kam kein Widerhall. Kein Ton, kein Zeichen, auch kein Licht und keine Kraft, kein Vater.

Der Hütchenspieler Gottes war enttarnt und wusste nicht, von wem. Immer wieder riss er die Seiten aus dem Gästebuch, in der absurden Hoffnung, dass es niemand merken würde. Er fühlte sich verfolgt, schloss ab, wenn er nach Hause kam, und zog den Vorhang vor das Fenster, wenn er abends noch an seinem Schreibtisch saß. Begann, an seinem eigenen Verstand zu zweifeln. Er fragte sich, ob er in Schüben geistiger Umnachtung selbst diese Sätze an sein zweites Ich geschrieben hatte, und zuletzt war er so weit, den Teufel zu verdächtigen. Zuallerletzt dann Gott, natürlich.

Es war nicht seine erste *Pastoritis*, aber diese brachte ihn an seine Grenzen. Man kann für Glaubensprüfungen nicht lernen oder üben, sie kommen unverhofft und fragen Dinge ab, mit denen man nicht rechnet. Und manchmal fällt man durch.

Der Märzwind köpfte Osterglocken an der Promenade, als er nach seiner letzten Physiostunde aus der Nordseeklinik kam, sie hatten sich zu früh herausgewagt aus ihrem Beet, den ersten Sonnenstrahlen gleich vertraut, das rächte sich auf dieser Insel immer.

Ohne Krücken, aber immer noch sehr langsam spazierte er zum Hafen, und es war so kalt, dass er nicht viele Menschen traf. Den paar Touristen, die schon hergekommen waren, ging es wie den Blumen: zu früh gefreut, vom Frühling an der See geträumt, jetzt säbelte der Wind an ihnen.

Der Morgen hatte sonnig angefangen, gegen Mittag zogen Wolken auf. Sie sahen aus wie wucherndes Gewebe, große, knollenartige Tumore, die sich schnell vermehrten, bald würde wohl der Himmel ganz befallen sein.

Es herrschte Ebbe, und er stand am Kai und blickte auf den Grund der See. Wie Haut und Speck lag dicker Schlick im Hafenbecken, dazwischen kleine Priele, die sich verästelten wie Blutgefäße. Das Watt sah aus, als hätte man ein Tier gehäutet.

Er fror in dieser Salz- und Eisenkälte, wie es sie nur an einem Nordseehafen gibt, zog seine Schultern hoch und fühlte, wie sich in ihm etwas löste und verrutschte, in die Mitte seines Körpers sackte. Und auf einmal war ihm klar, dass er nicht mehr zu beten brauchte.

Da war niemand.

Er kaufte Wein und kochte, und es war fast wie immer. Er freute sich, wenn Katrin kam, und unter seiner Freude saß der Groll, den er so klein wie möglich hielt. Es brachte nichts, ihr jedes Mal zu sagen, wie sehr er das Gependel hasste. Am Fähranleger war viel los, die Ostergäste reisten an, und Katrin kam diesmal mit ihrem großen Koffer, weil sie länger bleiben würde, zwei Wochen mindestens, die ganzen Ferien.

Sie küssten sich, und als sie eingestiegen waren, sah sie ihn von der Seite an, legte den Kopf ein bisschen schief und grinste. Dann kniff sie einmal kurz in seinen Bauch. Er hatte zugelegt, sechs Wochen ohne Laufen, die Kartoffelchips, das Bier. »Ein bisschen gut gelebt, Herr Pastor«, sagte sie, und plötzlich sah er rot. Er brüllte schon, bevor er angeschnallt war. Und noch im Auto, auf dem Fähranleger, wo die Silbermöwen kreisten und die Heringsbrötchen in der Luft verschwanden, schrie er sich alles von der Seele.

Katrin schrie zurück, und diesmal ließen sie nichts aus. Sie gaben sich die ganzen traurigen Geschichten ohne Lücken, die ganze Wut, Enttäuschung und Verbitterung, die sich in ihnen angesammelt hatten. Sie hörten Namen und Geständnisse, fluchten, weinten und verletzten, bis sie beide nicht mehr konnten und nach Hause fuhren, wo sie aßen, tranken und sich den Rest dann auch noch gaben, die ganze Trauer und die Sehnsucht, lückenlos, und dann, o Wunder, *rampetampe, rollebollen, bonken.*

Er nahm am nächsten Morgen eine Schere aus dem Küchenschrank, ging in die Kirche und zerschnitt das Lederband, mit dem das Gästebuch am Pult befestigt war. Dann noch das zweite Band, an dem der Kugelschreiber hing. Ging zu den Abfalltonnen, riss alle Seiten aus dem Buch, schnitt sie in kleine Stücke und entsorgte sie im Altpapier. Danach warf er den Umschlag und den Stift in seine Restmülltonne. Zuletzt trug er das leere Pult noch aus der Kirche, brachte es ins Haus, wo er es auf dem Boden unterstellte.

Es war nicht sein Dachboden, und es war auch nicht sein Haus. Nicht sein Garten und nicht seine Pforte, er war hier nur der Pastor. Ein paar Jahre noch – vielleicht.

Er fragte sich, ob man berufsunfähig ist, wenn man als Priester nicht mehr glaubt, und Katrin fand, er hätte sich am besten seinen Glauben schon vor Amtsantritt versichern lassen sollen, wie manche Models oder Schauspieler sich das Gesicht versichern oder ihre Beine.

Sie tröstete ihn auf ihre Weise. »Du kannst dein Handwerk«, sagte sie, »und deine Kunden sind zufrieden. Das muss jetzt erst mal reichen.«

Der Frühling kam, wie immer. Knospen, Blumen, Vogelstimmen, Blütenduft, ein warmer Wind von See. Die große Auferstehung der Natur, die er zu Ostern jedes Jahr mit Inbrunst feierte, fand statt. Und auch die Freude kam, das Aufatmen, sogar die Dankbarkeit für dieses Wunder, auch wenn er nicht recht wusste, wo er sie nun lassen sollte.

Er predigte und sang und segnete, er leuchtete, die Funken sprangen über.

Es war die Auferstehung des Matthias Lehmann, die er feierte, sein Ostern ohne Christus.

Jetzt sind die Eisheiligen vorbei, und gestern war die Kirchenmauer warm vom Sonnenlicht, als er nach seinem großen Tauffest in der Nordsee abends noch ein bisschen an ihr lehnte.

Die Schwalben brüten, auf den Gräbern blühen Margeriten und Ranunkeln. Das Grün der Kirchenhecke und der Friedhofsbäume ist noch grell. Die Welt im Mai sieht immer aus, als wäre sie von einem Kind gezeichnet worden, sogar die See will spielen. Glitzern, funkeln.

Auf dem Gras liegt morgens noch der Tau, wenn er zum Laufen aus dem Haus geht, und für das erste Stück der Strecke lässt er sich viel Zeit. Erst wenn er an der Bäckerei vorbei ist, trabt er an, läuft langsam durch das stille Dorf und dann, noch langsamer, den schmalen Trampelpfad in Richtung See. Versucht, wieder normal zu laufen, nicht wie ein Eiertänzer.

Kiebitze und Austernfischer kreisen schreiend über seinem Kopf, um ihn von ihren Nestern fernzuhalten, als er den schmalen Weg am Deich entlangläuft. Das Vorland ist zu dieser Jahreszeit das Reich der Küken und der Jungen. Die Lämmer sind so groß geworden, dass sie nicht mehr an ihren Müttern hängen, jetzt rempeln sie in kleinen Banden über die Salzwiesen und Gräben, zeigen ihre ungelenken Sprünge, und wenn sie Hunger kriegen, stürzen sie auf ihre Muttertiere zu und werfen sich an ihre Euter, trinken hastig, hauen wieder ab. Sie erinnern ihn ein bisschen an die Konfirmanden.

Er sieht Jens Sander mit dem Fernglas auf dem Deich, wie jeden Morgen, seit die Brutzeit angefangen hat, als wäre er noch immer Vogelwart. Dass er bei Hanne wieder eingezogen ist, war tagelang ein Thema auf der Insel, fast so wichtig wie die Stürme, nur bei den Sanders scheinbar nicht. Als er Eske darauf ansprach, beim Seniorennachmittag im Februar, nickte sie nur kurz und sagte: »Ja, hab ich auch gehört.« Hob die Schultern, grinste und schob mit ihrem Pflegewagen weiter.

Er musste oft an Hanne Sander denken, an den Satz, den sie ihm sagte, als er zum ersten Mal in ihrer Küche saß und Jens gerade ausgezogen war. »So ist das jetzt bei uns.«

Nun ist es eben wieder anders. Vielleicht kommt Katrin eines Tages auch zurück, als wäre sie nie weg gewesen. Hoffen darf man ja.

Lange, ruhige Wellen ziehen an den Strand. Sie scheinen alle Zeit der Welt zu haben, bis sie brechen, zischend auseinanderfallen, und es klingt, als atmeten sie aus. Im Schneidersitz hockt eine Gruppe Weißgekleideter versunken vor der Brandung, ihre Hände auf den Knien mit den Handflächen nach oben. Reglos sitzen sie im Sand, im Hier und Jetzt wahrscheinlich, mit der See, dem Universum und sich selbst verbunden. Oder wenigstens auf ihrem Weg dahin.

Die Muschelsammler sind schon unterwegs, die Hundeleute und die Frauen, die mit Stöcken walken, und ein paar Hundert Meter weiter sieht er Henrik in der Brandung, tobend mit dem Hund und beide nass, noch mehr im Hier und Jetzt als all die Meditierenden in ihren weißen Kleidern.

Im Pastorat steht immer noch sein schiefer Engel aus dem Konfirmandenunterricht. Aus der Not geboren, weil dieser Fünfzehnjährige so nervte. Er konnte nicht zwei Stunden sitzen, ohne ständig auf dem Tisch zu trommeln, mit den Beinen hin- und herzuwackeln, mit den Fersen auf den Fußboden zu hacken. Zappelig wie ein Fisch, den man an Land geworfen hat. Nur wenn er etwas in den Händen hatte, ging es halbwegs, also durfte Henrik Sander bauen, während er die Psalmen und Gebote lernte, und die anderen mussten warten, wenn er einen Nagel einschlug oder mit dem Fuchsschwanz sägte. Was nicht schlimm war.

Konfirmanden warten ohnehin nur, dass der Unterricht vorbeigeht.

*Nähme ich Flügel der Morgenröte und bliebe am äußersten Meer …*

Derselbe Konfirmandenspruch, schon immer. Kein Mann in der Familie Sander scheint jemals einen anderen Psalm als 139 ausgewählt zu haben. Jeder Vater hat ihn an den Sohn vererbt.

Aber dieser Sander war der Erste, der sich barfuß konfirmieren ließ. Viel Sand auf seinem schwarzen Anzug und die Füße blau, es hatte in der Nacht gefroren.

Henrik Sander brauchte damals schon nicht mehr als seinen Strand und seine See. Er war der Einzige in seiner Konfirmandengruppe, der die Insel nie verlassen hat.

Ihm kommen seine Inselkonfirmanden immer ernsthafter und reifer vor als ihre Gleichaltrigen auf dem Festland. Sie werden früh erwachsen, weil sie mit fünfzehn schon entscheiden müssen, ob sie bleiben oder gehen wollen, die Inselschule endet nach der zehnten Klasse. Wer weiter will, muss bei Verwandten auf dem Festland unterkommen, in eine Wohngemeinschaft ziehen, in ein Internat. Dann sind sie weg aus den Familien, und man sieht sie nur noch in den Ferien und manchmal an den Wochenenden.

Wie seine Töchter, die mit sechzehn ausgezogen sind, weil ihr Vater sich berufen fühlte zum Pastorendienst auf dieser Insel.

Sie kamen schon sehr bald nicht mehr an jedem Wochenende, selbst in den Ferien verreisten sie dann lieber mit den anderen aus der Schülerwohngemeinschaft oder blieben bei den Freunden in der Stadt.

Katrin hat ihm die Entfremdung von den Kindern angekreidet, und Charlottes Wut auf ihn hat lange angehalten. Sie kaufte ihm, bis sie mit ihrem Studium fast fertig war, zu jedem Weihnachtsfest einen Leuchtturmkalender, und er hat lange nicht verstanden, dass es vergiftete Geschenke waren. Dass er sie nicht bekam, weil er die Leuchttürme so mag. Theresa hat es irgendwann verraten, nicht mit Absicht, sondern aus Versehen, dass ihre große Schwester ihren Vater einen *Fernstrahler* nannte. Je näher man ihm steht, desto finsterer wird es.

Psychologie studiert, die Trauung standesamtlich, aus der Kirche ausgetreten. Hin und wieder kommt sie mit den Zwillingen und ihrem Mann, bleibt zwei, drei Nächte auf der Insel, und dann versucht er, Abbitte zu leisten, wenn sie am Strand spazieren gehen, nur sie beide. Beim letzten Mal erklärte sie ihm *das ozeanische Gefühl*, es sei die Quelle aller religiösen Energie. Er ist kein Psychologe, ganz verstanden hat er es wohl nicht, aber was ihm seine Tochter sagen wollte, war vielleicht, dass sie in diesem *Ewigkeitsgefühl* hier an der See verbunden bleiben können, bei allem, was sie trennt.

Es wird besser. Und mit Theresa war es immer leichter, zumindest glaubt er das. Sie kommt nach Katrin, Lehrerin für Deutsch und Religion. Aber das Kind wird nicht getauft, es gibt ein Namensfest demnächst, Taufe ohne Christus, und ein Freund wird eine Rede halten.

Henrik Sander winkt ihm zu, er winkt zurück, dann trabt er wieder an. Sieht die Weißgekleideten noch immer vor der Brandung sitzen, tief atmend, Heilung suchend und Verbundenheit und Einklang, Kraft schöpfend aus der See.

Und vielleicht macht es keinen Unterschied, ob man in diesem Wasser steht und Menschen tauft oder sich in die Wellen wirft mit einem Hund. Ob man Ausschläge auf Haut und Seele hat oder verlassen wurde. Die See versorgt und hat genug für alle.

# 13
# *Feldversuche*

Sie mag den Nachtdienst lieber als die Tagesdienste, weil er ruhiger ist und sie auf der Station ganz gern alleine arbeitet. Wenn nach der Übergabe die Kolleginnen vom Spätdienst weg sind, macht sie die Runde durch die Zimmer und sieht nach, ob alle da sind, auch die Rastlosen und die Verwirrten, die sich zu später Stunde auf den Weg nach Hause machen. Zu ihren Eltern, die seit vierzig Jahren tot sind, oder den Kindern, die schon lange auf dem Festland leben. Zu ihren kleinen Brüdern oder Schwestern, die mit zwanzig nach Amerika gegangen sind und niemals wiederkamen. Manchmal schreiben sie zu Weihnachten noch aus Nebraska oder Iowa, wo sie jetzt auch in Altersheimen leben und dort vielleicht über die Flure geistern, auf der Suche nach Geschwistern.

Sie hilft den alten Leuten in die Betten, wenn sie es nicht alleine schaffen, wechselt den Gebrechlichen die Vorlagen und lüftet ihre Zimmer, verabreicht die Tabletten und die Tropfen für die Nacht, gibt allen noch ein bisschen Wasser oder Saft. Dann kocht sie sich Kaffee und macht sich an den Schreibkram, ehe sie dafür zu müde wird. Füllt den Pflegewagen auf und wird auf Trab gehalten von den Klingelnden und Rufenden. Zweimal in der Nacht geht sie durch alle Zimmer, lagert die Patienten, hilft den Rüstigen bei den Toilettengängen.

Es herrschen paradiesische Verhältnisse in diesem kleinen Inselaltersheim, sie hat nicht einmal zwanzig Menschen zu betreuen in der Nacht, von so viel Ruhe können die Kollegen auf dem Festland höchstens träumen.

Und trotzdem wollen alle weg von hier, weil sie von dem, was sie im Heim verdienen, kaum noch leben können auf der Insel. Sie finden keine Wohnungen, weil jedes Zimmer, jedes Haus und jeder Schuppen für viel Geld vermietet wird an Gäste. Ein paar der Pflegekräfte pendeln, wohnen auf dem Festland, aber lange hält man es nicht aus mit Schichtdiensten und einer Fähre, die bei Sturm nicht fahren kann. Das Heim stellt ein paar Unterkünfte für die Auszubildenden und jungen Pflegerinnen, die es am Anfang noch ganz lustig finden, in einer Wohngemeinschaft mit Kolleginnen zu leben, aber sie werden es schnell leid.

Eske ist schon eine der Dienstältesten im Team. Und hat gut lachen, weil ihr Hanne, als sie klein war, diese Aussteuerversicherung verpasst hat. Sie musste dann zum Glück nicht heiraten, um an das Geld zu kommen, konnte ihr Apartment anzahlen, und jetzt gehören ihr zwei Zimmer, Küche, Bad, Balkon, die sie sich heute längst schon nicht mehr leisten könnte.

Die Zeit bis Mitternacht geht schnell vorbei, zäh wird es erst ab zwei, dann scheint die Uhr auf einmal stillzustehen, und am schlimmsten ist es zwischen drei und fünf. Es sind die bangen Stunden, wenn die Alten rufen, weil sie den Tod um ihre Betten schleichen fühlen. Manche stehen auf und wandern durch die Korridore, verirren sich und finden nicht zurück, und manchmal gehen sie ins falsche Zimmer, wo dann tatsächlich jemand glaubt, jetzt kommt der Tod, und schreit. Man möchte glauben, dass die Alten, Schwachen, Leidenden nicht mehr so sehr am Leben hängen wie die Jungen und Gesunden, aber so ist es nicht. Die meisten klammern sich mit allem, was sie haben, an das bisschen Leben, das ihnen noch bleibt.

In manchen Nächten hat sie etwas Zeit und kann sich für ein paar Minuten in die Zimmer setzen, Hände halten, Wangen streicheln, Kinderlieder summen. Sie kennt fast alle, die da weinend oder sterbend in den Pflegebetten liegen, seit sie auf der Welt ist. Einige von ihnen kamen früher zu Besuch ins Haus der Großeltern, als es noch kein Museum war. Seemänner, die abends in der Stube Karten spielten und Zigarren rauchten, bis die Luft im Zimmer blau war, und ihre Frauen, die zusammen in der Ofenecke saßen, strickten, leiser sprachen als die Männer, öfter lachten, und es klang immer, als hätten sie Geheimnisse.

Sie kamen ihr schon damals alt vor, dabei waren sie wohl höchstens sechzig, jünger jedenfalls als Jens und Hanne heute.

Einen dieser Kartenspieler hat sie in dieser Nacht zweimal vom Flur zurück ins Bett gebracht. Marten Hoeg, der dreißig Jahre lang den Seenotrettungskreuzer fuhr, kam aufgebracht und hilflos aus dem Zimmer, ohne Hose, wie so oft in letzter Zeit. Sie musste hinter ihm den Boden wischen, ihm das Bett noch einmal neu beziehen und ihn waschen. Ihn in eine dieser *Windeln* zwingen, die er so hasst, weil er kein *gottverdammter Hosenscheißer* sein will. Sie hat ihm die Pyjamahose wieder angezogen, ihn zugedeckt und ihm gesagt, er müsse bitte, bitte liegen bleiben.

Und manchmal weiß sie nicht, wie man das eigentlich ertragen soll.

Um kurz vor sechs setzt sie den Kaffee für den Frühdienst auf, und wenn sie nach der Übergabe ihren Pflegekittel in den Schrank gehängt und ihre weißen Clogs in das Regal gestellt hat, versucht sie auch die Nachtgedanken loszuwerden. Steigt in ihr Auto, sucht die richtige Musik und dreht sie auf. *Ways to the Grave,* schreit dann ein anderer für sie, brüllt seine Wut ins Mikrofon, und Eske Sander braucht dazu nur mit den Händen auf das Lenkrad einzuschlagen im brutalen Rhythmus der Musik. Zwei, drei harte Stücke, danach geht es wieder.

Im Rückspiegel sieht sie das Herz, mit einem Finger in den Schmutz der Heckscheibe gemalt, an einer Stelle, die der Scheibenwischer nicht erreicht. Sie hat es gestern Abend erst entdeckt, als sie zu Hause auf dem Parkplatz ausgestiegen ist. Ein Herz, wie Freya es den Leuten auch auf ihre Arme tätowiert, sie muss es noch schnell hingekritzelt haben, als sie den Rucksack aus dem Kofferraum geholt hat. Dann stand sie auf der Fähre, winkte, wurde kleiner und verschwand, und Eske wusste nicht, ob sie darüber froh war oder nicht.

Sie weiß es nie. Mit einem unklaren Gemisch aus Wehmut und Erleichterung, ein bisschen Schuld und einem kindischen Gefühl von Trotz stand sie am Abend an der Mole.

Sie haben es tatsächlich miteinander ausgehalten auf der Insel, fast einen ganzen Monat lang. Es war wohl eine Art Versuch, vielleicht ihr letzter, auch wenn es Freya so nicht ausgedrückt hat. »Ich kenn dich gar nicht«, hatte sie gesagt, als sie im Winter auseinandergingen und nicht wussten, was sie eigentlich noch voneinander wollten. »Ich habe keine Ahnung, wie du lebst auf deiner Insel, Eske.«

Also kam sie Anfang Mai mit ihrem großen Rucksack, stellte ihre Mandelmilch und ihre Cashewbutter in den Kühlschrank, und dann wohnten sie vier Wochen lang zu zweit auf Eskes 48,5 Quadratmetern, im sechsten Stock, mit Blick aufs Wasser.

Die ersten Tage fühlte Eske sich beäugt wie ein Labortier. Es machte sie nervös, dass Freya ihr beim Leben zusah, fast wie früher Flemming Jespersen, wenn er mit seinem Bandgerät in Hanne Sanders Küche saß und alles aufnahm, was sie miteinander sprachen. Mit der Zeit vergaß man das Gerät und übersah das Mikrofon, das immer auf dem Tisch stand, aber jedes Mal, wenn man sich später selbst auf diesem Tonband hörte, zuckte man zusammen. Kein Mensch mag seine Stimme, wenn sie ihm vorgespielt wird, immer klingt sie fremd und eigenartig. Eske windet sich noch heute, wenn sie die Audios abhört, die sie nach Feierabend mit den Alten aufnimmt. Sie findet nicht, dass sie wie fünfunddreißig klingt. Zu leise und zu zaghaft, immer noch.

Aber Freya war nicht auf der Insel, um hier Feldversuche anzustellen. »Ich will bloß Zeit mit dir verbringen«, sagte sie. »Menschen machen so was, Eske.«

Sie räumte das Geschirr nicht in die Spülmaschine, ließ nasse Handtücher und schmutzige Klamotten auf dem Boden liegen. Drängte Eske nachts aus ihrem Bett, weil sie beim Schlafen ihre Arme und die Beine von sich streckte wie ein Seestern. Sie kochte Tee, vergaß ihn in der Kanne, krümelte die Küche voll und schleppte einen halben Sandstrand in die Wohnung. Eske holte irgendwann den Staubsauger, stellte ihn vor Freyas Füße und legte ihr den Schlauch wie eine Python um den Hals. Ging zur Arbeit, donnerte die Tür ins Schloss.

Aber es war schön, wenn man am Morgen nach dem Nachtdienst in das Bett kam, und der Seestern war noch da. Wenn sie sich abends in die Decke wickelten und draußen noch ein Bier zusammen tranken, auf der Balkonbank saßen und den Mond über die Nordsee wandern sahen. Auf dem Sofa lagen und *King Arthur: Legend of the Sword* anschauten, ohne irgendwelche Kommentare, anders als mit Ryckmer.

Freya konnte sich beschäftigen, solange schönes Wetter war, sie kam mit Muscheln in den Taschen wieder, wanderte im Watt und hörte sich die Kurkonzerte an. Es war nicht ganz ihre Musik, aber sie mochte diese goldenen Jacketts und dieses leicht ergraute Swingquartett, kam in den Pausen ins Gespräch mit Rentnern oder Kindern, die über ihre blauen Haare staunten und sich für ihre tätowierten Arme interessierten. Sie schaute sich den Sturmflutfilm im alten Kursaal an, ließ sich bei Hanne Sander im Museum die Harpunen und die Trachten zeigen, radelte zur Inselkirche, mietete sich einen Strandkorb. Nicht mal die Inselrunde mit der Pferdekutsche ließ sie aus, und sie kam klaglos mit ins kalte Wasser, jeden Tag, wenn Eske schwimmen ging, entweder vor der Arbeit oder hinterher. Zwei tätowierte Frauen, die sich mit Anlauf in die Brandung warfen, die Leute drehten sich nach ihnen um.

Und Eske musste dafür mit zur Promenade, durch die Einkaufsstraße schlendern, im Slalom um die Sonnenbrillenleute, die an Stehtischen ihre Scampispieße aßen, um die Bollerwagenkinder und die Ringelshirt-Familien und die alten Paare mit den Sonnenhüten. Es gibt Geräusche, die man irgendwann nicht mehr erträgt, wenn man auf einer Insel lebt: das Rollkofferrattern über Kopfsteinpflaster oder den Dieselmotor eines Gastrolasters, der jeden Montag von der Fähre an die Promenade rollt und allen Hafenrestaurants das gleiche vorgekochte Essen liefert. Der Fischertopf im *Anker* schmeckt wie die Nordseepfanne im *Klabautermann*, schmeckt wie der Schifferteller der *Kajüte*, weil alle nur mit Wasserbad und Mikrowelle kochen. Der Laster rollte auch zum neuen Strandbistro, das Freya so gefiel, wo sie auf Schaffell saßen, Weißwein tranken und den Sonnenuntergang bewunderten, in Decken eingehüllt, weil es im Mai am Abend noch nicht lau ist an der Nordsee.

Mit ihren Haaren, ihren Piercings, ihrem lauten Lachen fiel sie noch mehr auf als Eske. Nach zwei, drei Wochen kannte sie die halbe Insel, und die ganze Insel kannte sie.

Auch Jens und Hanne, die sich wunderten, als Eske diese bunte Frau mitbrachte, die jeden Winkel ihres Hauses sehen wollte, Fotos machte von den Sanders auf der Bank im Garten und die meiste Zeit mit Jens im Vogelschuppen saß, die Präparate ansah, seine Augensammlung und die Bälge. Später zeigte er ihr in der Küche noch die fünfzig Jahre alten Tätowierungen auf seinen Oberarmen, und sie glichen dann ein bisschen die Motive ab. Anker, Herz und Schwalbe hatten alle drei. Am Ende musste Eske noch das Tier auf ihrer Schulter zeigen, *The Pictish Beast*, weil Freya auf ihr Werk so stolz ist.

Jens und Hanne waren freundlich, wie zu allen Gästen, und nur Eske merkte ihnen an, wie überrascht sie waren. Vermutlich staunten sie ein bisschen über Freya, alle taten das. Aber am meisten wunderte sie wohl, dass ihre Tochter eine Liebe hat. So lange schon, dass sie ihr eine ganze Reihe keltischer Symbole auf den Körper stechen konnte. Kein Mensch kennt Eske Sander anders als allein, selbst ihre Eltern nicht.

Der Mai kann grau und windig sein auf einer Nordseeinsel, die See so trüb wie altes Pinselwasser, das der Maler dringend wechseln müsste, und dann sieht man, wie die Gäste leiden, wenn sie bei zwölf Grad plus und leichtem Regen durch die Hafenstraßen gehen, die Kapuzen in die Stirn gezogen und vom Westwind abgewatscht.

Freyas Stimmung schlug mit jedem Wetterwechsel um. Als Mitte Mai vier kalte, nasse Tage kamen, blieb sie im Bett, sah fern, und abends wurde sie dann rastlos, wollte feiern, tanzen, skypte mit den Leuten aus der *Metal-Werkstatt* und beklagte sich über die Inselödnis. Nach drei Tagen wollte sie den Rucksack packen. »Mach doch«, sagte Eske, schwer genervt von Freyas Wetterfühligkeit und ihrem Rumgememme.

Sie blieb dann doch, die Sonne kam zurück, es wurde warm, und ihre Laune klarte auf.

»Ach Mensch, hier kann man wirklich leben«, sagte sie, als sie nach einem langen Tag im Strandkorb in die Wohnung kam, sehr sandig und in jeder Hand ein Eis.

Und Eske wollte etwas sagen, überlegte kurz und ließ es dann.

Man glaubt, wenn man auf einer Insel aufgewachsen ist, an die Gezeiten und den Fahrplan einer Fähre. Die Besucherströme schwellen an und laufen wieder ab, und abends wagen sich die Hiesigen aus ihren Häusern, sitzen in der Dämmerung zusammen auf den Bänken, gehen mit dem Hund noch eine Runde durch das Dorf oder im Licht der Promenade einmal noch zur See.

Balancieren an den Rändern, aber dort sind sie jetzt auch nicht mehr für sich, seit es die Inselblogger gibt. Sie heißen *Strandmann*, *Dünenfräulein* oder *Nordseestern*, machen

Werbung für Hotels, Cafés und Läden und graben für ihre Follower Geheimtipps aus. Und dann verraten sie die letzten stillen Dünen und versteckten Inselpfade, die alten Punsch- und Sirupbrotrezepte und die besten Brombeerplätze.

Eske Sander balanciert, und ihre Ränder werden immer dünner. Sie hält den Mund, wenn sie mit Inselleuten spricht und sich ein Unbekannter nähert, weil sie zumindest ihre Sprache noch für sich behalten will, nicht auch noch ihren Wortschatz mit den Fremden teilen. Alles andere haben sie ja schon, die Badestrände und die Promenade und die vielen alten Giebelhäuser, selbst die Feste.

Was nicht verboten ist, weil diese Insel, diese Feste, diese Sprache niemandem gehören, auch Eske Sander nicht. Es ist nicht ihr Verdienst, dass sie in einem Haus mit Delfter Fliesen aufgewachsen ist, dass ihre Urgroßväter Walfangkapitäne waren, dass ihre Mutter ihr die Inselsprache beigebracht hat. Und trotzdem gibt sie Gas und drängelt fremde Autos von den Inselwegen, wenn sie kann. Weicht keinen Zentimeter aus und zwingt sie an die Ränder.

»Hier kann man leben«, sagt die Frau mit blauen Haaren, wenn sie an Sonnentagen glücklich aus dem Strandkorb kommt, und man erspart ihr die Geschichten vom Gerangel an den Rändern. Und geht zu Pfingsten auf das Hafenfest mit ihr, weil sie es gerne möchte. Weil es ihr letzter Tag ist auf der Insel und man darüber so erleichtert ist, dass man ein bisschen büßen möchte.

Es war so warm, dass sie die Jacken nicht mehr brauchten, und Freya zog ein ärmelloses T-Shirt an, weil sie gern ihre Werke zeigen wollte. Wo sonst, wenn nicht auf einem Hafenfest?

Man hörte schon von Weitem das Akkordeon, der Shanty-Chor sang zur Eröffnung, und am liebsten wäre Eske wieder umgekehrt, als sie die Buden und die Fahnen sah und das Getümmel.

Die Kutter lagen aufgetakelt an der Pier, geschmückt mit bunten Wimpelketten, und bei den Drenthes saß der Senior auf dem Plastikstuhl an Deck, umringt von Kindern, denen er das Krabbenkochen zeigte.

Die Drenthes haben nicht nur ihren Kutter renoviert. Melf und Harro tragen jetzt nicht mehr die grünen, ölverschmierten Arbeitsoveralls, mit denen sie seit Jahr und Tag hinausgefahren sind. Seit sie nur noch mit ihrem kleinen Schaunetz und den Gästen auf der Nordsee schippern, kleiden sie sich wie die Fischer in den Fernsehserien.

Eske musste zweimal hinsehen, um die beiden zu erkennen in den blau-weiß gestreiften Hemden und den dunkelblauen Westen. Sie standen an der Reling und schöpften den Touristen Krabben in die Plastiktüten, die sie nicht selbst gefangen hatten, sondern gestern schon bestellt bei dem Kollegen, der noch rausfährt. Der auch an diesem Morgen draußen war und nicht am Hafen lag, um Kinder zu bespaßen.

Freya machte Fotos von den Brüdern, Melf guckte weg, aber Harro grinste in die Kamera, und sie tippte ihm auf seinen Arm und sagte: »Kann ich gar nicht sehen so was. Ein nackter Fischerarm. Nicht mal ein Anker drauf oder ein Kompass!« Eske ging schnell weiter, als sie sah, wie Freya Harro Drenthe ihre Schwalben auf dem Bizeps zeigte.

Sie schlenderte am Stand der Töpferei vorbei, an Fisch- und Waffelbuden und am Tisch der Bernsteinschleiferin, schob sich mit all den anderen Festbesuchern durch das Spalier von Staffeleien, auf denen Hobbymaler ihre Werke präsentierten. Leuchttürme, Hafenimpressionen, Sonnenuntergänge in Acryl, Inselkirchenaquarelle, Dünenbilder. Sie zuckte kurz, als sie auf einer Staffelei ihr Elternhaus entdeckte, in naiver Malerei, der Garten kunterbunt und blühend, und es fehlte schon der zweite Quittenbaum.

Die Künstlerin trug einen Sonnenhut und saß auf einem Klappstuhl neben ihren Bildern, las in einem Taschenbuch, und Eske hatte sie noch nie gesehen.

Der Shanty-Chor war jetzt bei seinem letzten Lied. Die zweite Zugabe, mehr durfte er auch nicht, weil vor der Bühne schon die Trachtengruppe auf den Auftritt wartete.

Sie sangen *Goodbye Fare Thee Well*, und Eske wollte weitergehen, weg von den Männern in den weißen Hosen, die für das Publikum Matrosen spielten und von Dingen sangen, die sie höchstens noch aus den Erzählungen der Alten kannten. Kap Hoorn umsegeln, in die Wanten steigen, im Mastkorb nach dem Blas der Wale Ausschau halten, auf einer Viermastbark den Stürmen trotzen. Keiner dieser Sänger hatte das wohl je getan.

Und trotzdem blieb sie stehen, weil dieses Lied auf einmal nach ihr griff, es packte sie und zog sie in das blau gequalmte Zimmer ihrer Großeltern zurück. Immer nach dem Kartenspielen kam das Singen. Nur die Männer sangen, und die Frauen hörten ihre Lieder von der See, den Wellen und den Sternen, und sie machten sich dazu wohl ihre eigenen Gedanken.

Die meisten, die auf dem Hafenfest die alten Seemannslieder schmetterten, waren ungefähr im Alter ihres Vaters. Henri Brix, nach seinem zweiten Herzinfarkt ganz schmal geworden, saß mit seiner Bassgitarre auf einem hohen Hocker, alle anderen standen noch. In ein paar Jahren würden viele dieser Männer auch im Altersheim in ihren Pflegebetten liegen, nachts über Flure geistern, nach verschwundenen Geschwistern rufen. Und der Gedanke, dass sie dann immer noch den Nachtdienst machen und auch die nächste Generation von Inselleuten sterben sehen würde, war nicht auszuhalten.

Rette sich, wer kann.

Sie ging zurück und sah, dass Freya immer noch beim Drenthe-Kutter war und sich mit Harro offensichtlich glänzend unterhielt. Ryckmer stand jetzt bei ihnen, in der einen Hand die Zigarette, an der anderen Hand die Frau, die ihn bei der Bestattung ihres Vaters *klargemacht* hat, wie er sagte. Er hatte sich für dieses Hafenfest nicht extra umgezogen, trug seine alten Sachen, aber irgendetwas stimmte nicht mit ihm, er sah ganz anders aus als sonst. Sie musste ziemlich dicht herangehen, bis sie begriff, dass Ryckmer keinen Bart mehr hatte. »Ich wollte bloß mal wieder wissen, wie es ist«, sagte er und grinste, und sie durfte mal die glatte Wange fühlen. Konnte dann nicht anders, als die ganze Zeit das bartlose Gesicht des Bruders anzusehen, aber sie hatte sich so weit im Griff, dass sie es nicht noch einmal streichelte. Die Frau an seiner Hand sah Eske an, als wollte sie sie trösten. »Notfalls wächst er ja auch wieder.« Sie wirkte zart und zäh zugleich, wie eine Seglerin, und Ryckmer legte seinen Arm um sie und zog sie an sich. Sie sahen beide aus, als hätten sie gerade irgendwas gewonnen, zweimal erster Preis.

Eske ging mit Freya noch mal ins Getümmel. Wartete, bis sie sich einen Bernstein ausgesucht, geschliffen und poliert hatte, ein Loch hineingebohrt und sich an einem Lederband um ihren Hals gehängt. Sah zu, wie sie die Trachtengruppe filmte, und nickte nur, als sie versprach, zum nächsten Hafenfest die Tätowiermaschine mitzubringen und sich hier einen Stand zu mieten. Zwei Stunden noch, bis ihre Fähre gehen würde.

Ein klimperndes Geräusch, das schon die ganze Zeit zu hören war, kam näher, und Eske sah, wie ihre Mutter hier von Stand zu Stand marschierte und allen Leuten ihre Spendendose für das Walskelett unter die Nase hielt. In voller Tracht natürlich, Hanne Sander rauschte an und machte Eindruck, wickelte die Gäste um den Finger, was sie immer schon gut konnte. »Herrschaften, Klimperkram hab ich genug!« Sie war so überzeugend, dass sehr viele Scheine in der Dose landeten.

Hanne fährt jetzt oft nach Holland, *zu den Walen*, sagt Jens Sander, der sein Haus sehr gut allein bewohnen kann für ein paar Tage. Er wartet dann auf sie und schneidet Zweige für die Vase, wenn sie wiederkommt.

Jens Sander denkt gar nicht daran, zu einem Hafenfest zu gehen, und Henrik Sander muss nicht auf das Fest, die Leute kommen ja zu ihm.

In großen Trauben standen die Besucher vor dem Schuppen, sie traten sich in seiner Werkstatt sicher gegenseitig auf die Füße. Eske überlegte kurz vorbeizuschauen, aber sie ließ es dann. Lieber morgen, nach dem ganzen Zirkus.

Auf dem Weg zur Fähre stritt sie mit Freya, weil ihr von diesem Fest so elend war. Fischer, die sich für die Touristen

Fischerhemden kaufen, Trachtenfrauen, die für die Fremden tanzen, Shanty-Männer, die wie Matrosen singen und noch nie in einem Sturm gesegelt sind. Hier stimmte nichts, und Freya wusste nicht, wo das Problem lag.

Sie schafften es, sich zu vertragen, ehe Freya auf die Fähre ging, sie küssten und umarmten sich und sagten nicht »Bis bald«.

Es ist jetzt wieder hell, wenn sie vom Nachtdienst kommt am frühen Morgen, aber die kleine Kaffeebar am Strandparkplatz wird erst in ein paar Tagen öffnen, wenn die Hauptsaison beginnt. Sie sieht das Herz auf der verdreckten Scheibe, als sie aussteigt, und nimmt sich vor, das Auto bald zu waschen.

Seit Ostern ist die Strandkorbkolonie schon wieder da, nur der alte mit dem kaputten Schloss ist weg, wahrscheinlich haben sie ihn ausgemustert. Sie sucht im Sand nach einer kleinen Mulde, legt die Bäckertüte und ihr Handtuch hin, zieht sich schnell aus und rennt, das erste Mal wieder allein nach den vier Wochen. Und es ist besser so: der Sprung ins Meer, der wie der Sprung zurück an einen Anfang ist. Der Mund voll Salz. Das Eintauchen und das Getragenwerden, wie auf dem Rücken eines Bruders.

Nach zwanzig schnellen Zügen dreht sie sich, lässt sich im Wasser treiben, und das Blau ist noch ein bisschen müde über ihr. Sie denkt an Ryckmer ohne seinen Bart. Kein Bild von einem Seemann mehr, nur noch sein freies, ungesichertes Gesicht.

Als sie die Autotür aufschließt, hört sie im Handschuhfach ihr Handy klingeln. Es ist die Mailbox. Pastor Lehmann hat es ein paarmal versucht, und offenbar stand er im Wind, als er sie anrief. Die Verbindung ist sehr schlecht, aber sie hört ihn weinen, und sie hört ihn Henriks Namen sagen.

Der weit herausgeschwommen ist und nicht zurückgekommen.

# 14

# *Not waving but drowning*

Auf allen Inseln gibt es Friedhöfe für die Ertrunkenen und Namenlosen, die irgendwann verheddert in den Fischernetzen hingen oder angespült an Stränden lagen. Männer, die mit ihren Schiffen in der See versunken sind oder bei Stürmen über Bord gegangen. Frauen, die von Kliffen gefallen oder mit Steinen in den Taschen in das Meer gesprungen sind.

Und alle mussten sie von irgendjemandem gefunden werden, angesehen und berührt, gehievt und freigeschnitten, geschleppt oder getragen, bevor man sie bestatten konnte.

Und noch schlimmer, als Ertrunkene zu finden, anzusehen und zu bergen, ist wohl nur das Warten auf die Nachricht, dass der Sohn oder der Bruder, der ertrunken ist, gefunden wurde.

Man könnte glauben, dass die Mütter und die Schwestern auf den Inseln wissen müssten, wie man auf eine solche Nachricht wartet. Und dass die Väter und die Brüder, die zur See gefahren sind, berechnen können, wo ein toter Mann an Land gespült wird, weil sie die Gezeitenströme kennen, die Windrichtungen und die Wasserstände.

Hanne Sander stand am Tag nach dem Verschwinden ihres Jüngsten früher auf als sonst. Sie ging in ihre Vorratskammer, räumte die Regale aus und wischte sie feucht ab, sah die Konserven durch, sortierte aus und räumte wieder ein. Dann taute sie die Tiefkühltruhen ab und kochte für die nächsten Tage vor. Dicke Suppen, die man in großen Töpfen später nur noch heiß zu machen brauchte. Sie legte ihre Tracht an, schloss das Museum auf und führte Gäste durch die Räume. Schloss später wieder ab und ging nach Hause, zog sich um und wischte alle Böden.

Und Eske Sander hängte an den Frühdienst einen Spätdienst, fuhr nach sechzehn Stunden ohne Pause in ihr Elternhaus und aß mit Hanne einen Teller Suppe. Dann legte sie die Arme auf den Küchentisch und schlief im Sitzen, mit dem Handy neben ihrem Kopf, bis ihre Mutter sie ins Bett verfrachtete. Dort schlief sie weiter, auf der freien, unberührten Seite ihres Vaters, und Hanne legte sich auf ihre eigene Seite, als sie sich vor Erschöpfung nicht mehr auf den Beinen halten konnte.

Es spricht sich schnell herum, wenn von den Inselleuten einer fehlt. Die Drenthe-Brüder sahen, dass der Hund allein am Hafen lief, als sie mit ihren Gästen um die Mittagszeit die Pier ansteuerten. Und Pastor Lehmann fiel der Treibgutwagen auf, der immer noch am Strand stand, als er von seinem Morgenlauf zurückkam. Er hatte Henrik Sander schwimmen sehen, sehr weit draußen, ihm noch zugewunken, und ihm war, als hätte Henrik auch zurückgewunken, aber sicher war er nicht. Als dann die Rettungsschwimmer kamen und ihr Boot zu Wasser ließen, fanden sie ihn nicht, obwohl sie lange nach ihm suchten. Und auch der Helikopter, der um die Mittagszeit noch vor der Insel kreiste, kam zu spät. Kein Mensch zu finden in den schönen, mittelhohen Wellen an diesem letzten Tag im Mai, und Pastor Lehmann wird sich bis ans Ende seiner Tage fragen, ob Henrik Sander ihm nur winken wollte, wie er es oft getan hat, oder ob er dort, weit draußen, mit den Armen ruderte, weil er ertrank.

Der Erste, der zum Haus der Sanders ging, war Henri Brix, der Hanne kurz die Hände auf die Schultern legte und sich dann neben seinen alten Schulfreund in die Küche setzte. Jens holte eine Tasse aus dem Schrank, goss Kaffee ein und wischte das Verschwappte mit dem Ärmel weg, den Rest gleich mit, den Inselwald, den Streit. Dann schob er Henri Zuckertopf und Tasse hin.

Der zweite Mensch, der vor der Tür stand, war Matthias Lehmann. Er war so aufgelöst, dass Ryckmer ihm schnell einen Stuhl hinschob, auf dem er eine Weile schweigend saß, bis er sich räusperte und leise Henriks Konfirmandenspruch aufsagte. *Nähme ich Flügel der Morgenröte …* Hanne stand auf und ging nach nebenan, in Henriks altes Zimmer, wo man sie weinen hörte, bis Eske ihrer Mutter nachging und die Tür schloss.

Und Henri Brix fuhr dann das Auto, weil Jens zu zittrig war und Ryckmer keinen Führerschein mehr hatte. Mit der Abendfähre auf das Festland und zwei Stunden auf der Küstenstraße Richtung Süden, weil Jens ausgerechnet hatte, wohin ein Mann wohl ungefähr getrieben wird, der bei der großen Sandbank vor der Insel in die Nordsee geht, bei ablaufendem Wasser und ablandigem Wind.

Zwei Nächte schliefen sie in einer Unterkunft für Fernfahrer und Werftarbeiter, und als der Anruf von der Wasserpolizei dann endlich kam, hatten sie nur noch ein kurzes Stück zu fahren. Und sie brauchten auch nur einen schnellen Blick zu werfen auf den bleichen Körper, mussten nicht nach Narben oder Muttermalen suchen, ihn nicht auf die Seite drehen oder lange sein Gesicht anschauen, weil Henrik Sander noch den Wollpullover trug, graublau, in dem man ihn tagein, tagaus gesehen hatte.

Jetzt strickt sie wieder einen, halbpatent. In ein paar Tagen wird er fertig sein, und Hanne scheint sich nicht zu fragen, wer den Pullover tragen soll. Nächste Woche wird sie Henriks Kuchen zubereiten, diesen Klotz aus Kokosfett und Keks, und einunddreißig bunte Linsen in die Schokolade drücken. Und dann wird sie sich selbst vergeben müssen, weil Henrik es nun nicht mehr kann. Kein Siegel mehr von ihm, dass alles gut ist zwischen ihnen.

Wenn sie die Gräber macht am Samstag, füllt sie bei Henrik die Laterne mit Petroleum und macht sie an, bevor sie geht, damit er wenigstens ein bisschen Licht an seinem Stein hat.

Und wenn sie wiederkommt vom Friedhof, hat Jens Sander Tee gekocht.

In Henriks Werkstatt ist noch alles so, wie er es hinterlassen hat, nur liegt auf seinen Treibgutwesen jetzt der Staub von knapp vier Monaten, und Eske wagt noch immer nicht, hineinzugehen und sie anzusehen. Ryckmer wohl erst recht nicht. Er hat gewusst, dass man nicht mit dem Wasser spielen darf, und glaubt, er hätte seinen Bruder warnen müssen.

Man kann am Anfang nicht begreifen, dass die Welt sich einfach weiterdreht. Nicht einmal zuckt. Henrik Sander ist ertrunken, und die Sonne scheint, der Mond geht auf, die Sterne funkeln. Wie können sie es wagen.

Pietätlos kam der Sommer, trippelten die Sanderlinge in der Brandung, fuhren winkende Touristen auf den Kutschen um die Insel. Ging der Sommer wieder, wurde es September.

Und Henriks Hund bellt immer noch die Wellen und die Möwen an, genau wie vorher, stürzt ins Wasser, paddelt durch die Brandung. Dreht seine Endlosschleife der Begeisterung mit Ryckmer weiter, der jetzt jeden Tag die Stöcke für ihn wirft, obwohl er sich nie einen Hund gewünscht hat. Aber Helena schon immer, und jetzt gehört er ihnen beiden.

Zuerst will man die Welt anhalten, aber dann, nach ein paar Monaten, ist man nicht anders als die Erde und der Mond. Geht wieder auf und dreht sich um sich selbst. Versorgt die Alten in den Pflegebetten, kämpft für ein Walskelett, lässt Urnen in die Nordsee sinken, zählt Seevögel und stopft sie aus.

Aber kein Mensch, kein Hund, kein Mond ist halb so treulos wie die See, die niemanden vermisst, selbst Henrik Sander nicht. Die sich so lieben lässt und keinen je zurückgeliebt hat.

Eske war, seit Henrik weggeschwommen ist, nicht mehr im Wasser, einen ganzen Sommer nicht. Nach der Arbeit fährt sie immer noch zum Strand, geht an die Kaffeebar, isst ihr Rosinenbrötchen. Sitzt im Sand und möchte in die See und traut sich nicht hinein, weil sie sich vor der Tiefe fürchtet, vor dem Sinken auf den Grund.

Und manchmal fragt sie sich, ob Henrik ihr und allen anderen nur einen Schritt voraus gewesen ist. Ob er sich nach der Tiefe und dem Sinken sehnte, kein Landtier mehr und noch kein Wassertier, ein Zwischenwesen mit einem unstillbaren Heimweh nach dem Meer. Und einer unheilbaren Einsamkeit an Land.

»Noch nicht!«, schrieben die Rettungsschwimmerfreunde in ihrem Nachruf für die Inselzeitung. Sie vermissen ihn und trinken abends nach der Strandwacht manchmal Bier an seinem Grab. Und sie sind lieb zu Hanne, schauen immer mal vorbei. Schütteln hilflos ihre Köpfe, wenn die Mutter immer wieder rätselt, wie es sein kann, dass ein Henrik Sander, Inseljunge und ein exzellenter Schwimmer, den Fehler macht, zu weit hinauszuschwimmen, wenn das Wasser abläuft und der Wind ablandig weht.

Es wird jetzt ruhiger auf der Insel, keine Kurkonzerte mehr, bald werden auch die Kutschen wieder weg sein. Im Oktober bringen Henri und die Schwiegersöhne ihre Pferde auf das Festland, im November fliegen sie mit Kind und Kegel in die Sonne. Geld spielt keine Rolle mehr, sie haben sich den Inselwald sehr gut bezahlen lassen.

Die Kaffeebar am Strand wird nächste Woche schließen. Die Drenthes müssen noch ein bisschen länger fahren. Es gab ein paar Probleme mit der *Anschubfinanzierung der EU*, aber Melf und Harro schaffen es auch ohne. Die Saison war besser als erwartet, und sie trauern ihrem Fischerleben nicht mehr nach. Sie handeln jetzt mit Seifenblasen, wie die meisten auf der Insel.

Es ist ein sauberes Geschäft, verglichen mit dem Fischen oder mit dem Töten, Häuten, Kochen eines Wals.

Und trotzdem halten manche es nicht aus.

Auf allen Inseln gibt es eine, die sich schämt für Fischerhemden und die Kissen mit den Walen und den Ankern in den Hafenläden. Die die Wahrhaftigkeit vermisst und die Touristenautos an die Straßenränder drängelt.

Und die sich fragen muss, wem diese Inseln denn gehören und wo denn das Wahrhaftige zu finden ist. Wem kann man glauben? Vielleicht dem Mann mit ungekämmtem Bart und Messingknöpfen an der Jacke, vielleicht der alten Frau in Tracht oder der jungen Frau mit blauen Zeichen in der Haut, vielleicht dem Mann, der Möwen zählt, oder dem Jungen, der zum Strand geht.

Auch Eske Sander, die sich schämt, weiß nicht, ob sie noch etwas in sich trägt von einer Inselfrau. Sie müsste hier nicht bleiben, braucht auf niemanden zu warten und muss niemanden mehr hüten. Sie hat die Sprache noch, die Lieder und Gedichte und die Sehnsucht nach den Stimmen in den blau gerauchten Zimmern. Nach dem Rücken eines Bruders und dem Mund voll Salz.

# *Dank*

Danke, Sven und Maike. Wat weer ik ohne jem!

Mein Dank geht außerdem an
Claudia Vidoni (»Wo steht das?«)
Barbara Dobrick (»Mut der Verzweiflung ist ja auch Mut.«)
Maren Lindow (»De kenn ik aal.«)